中国政府出版品国际营销平台精选图书·文学书系　　王昕朋 主编

上海别录

Supplementary Records in Shanghai

陈仓 著

中国言实出版社

图书在版编目（CIP）数据

上海别录 / 陈仓著 .-- 北京：中国言实出版社，
2021.1

（中国政府出版品国际营销平台精选图书·文学书系 /
王昕朋主编）

ISBN 978-7-5171-3630-9

Ⅰ.①上… Ⅱ.①陈… Ⅲ.①中篇小说—小说集—
中国—当代 Ⅳ.① I247.5

中国版本图书馆 CIP 数据核字（2020）第 254386 号

出 版 人　王昕朋
责任编辑　张国旗　李昌鹏
责任校对　宫媛媛

出版发行　**中国言实出版社**

地　址：北京市朝阳区北苑路 180 号加利大厦 5 号楼 105 室
邮　编：100101
编辑部：北京市海淀区花园路 6 号院 B 座 6 层
邮　编：100088
电　话：64924853（总编室）　64924716（发行部）
网　址：www.zgyscbs.cn
E-mail：zgyscbs@263.net

经　　销　新华书店
印　　刷　北京中科印刷有限公司
版　　次　2021 年 1 月第 1 版　　2021 年 1 月第 1 次印刷
规　　格　880 毫米 ×1230 毫米　1/32　11.125 印张
字　　数　220 千字
定　　价　58.00 元　　　ISBN 978-7-5171-3630-9

有风骨讲美学接通全球

——"中国政府出版品国际营销平台精选图书·文学书系"总序

王昕朋

中国言实出版社是国务院研究室主管主办的国家级出版单位，出版定位是：主要出版党和国家重大政策的研究成果以及相关的辅导读物。1995 年成立以来，我们一直坚持这一出版定位，围绕党和国家中心工作开展出版活动，因而，国内外读者很少见到由中国言实出版社出版的文学类图书。但是，近几年文学界对中国言实出版社已不陌生。这源于出版理念的一次变革。习近平总书记在文艺工作座谈会上的重要讲话指出："一部小说，一篇散文，一首诗，一幅画，一张照片，一部电影，一部电视剧，一曲音乐，都能给外国人了解中国提供一个独特的视角，都能以各自的魅力去吸引人、感染人、打动人。"这给了我们启示、启迪，文学也是讲好中国故事、传播中国好声音的重要途径。所以，我们也用心、用功、用力打造文学板块，并将它推向世界。2018 年 8 月，由中国言实出版社出版的李春雷报告文学作品《朋友——习近平与贾大山交往纪事》获第七届鲁迅文学奖，同时入选"丝路书香"出版工程在国外出版，于是文学界发现，中国言实出版社在文学出版领域同样有不俗的表现。中国言实出版社的文学图书品种少而精，中国文学的声音在通过中国言实出版社持续传播到海外，承载着文化和文学信息的《温文尔雅》翻译成英文、日文、俄文、德文、法文、意大利文、西班牙文、葡萄牙文、阿拉伯文等多种语言向全球推介，英文版、中文繁体版荣获第十三届"输出版引进版优秀图书"奖，长篇小说《京西胭脂铺》一举登榜"中国图书世界馆藏影响力图书 20 强"。付秀莹、金仁顺、乔叶、魏微、滕肖澜、叶弥、戴来、阿袁等 8 位"当代中国最具实力女作家"的作品集同时推出，之所以在名称中冠以"中国"二字，是出于对外推介的考量，其中付秀莹、魏微、戴来等人的小说集后来入选"经典中国"项目在美国出版，产生良好反响。

近年来，中国言实出版社加快国际出版步伐，与英、美、日等多家国外出版单位建立战略合作关系，近百名当代中青年作家的作品陆续推介到美国纽约、日本东京、德国法兰克福等多个国际书展，被多个国家的图书馆收藏，图书受到国外图书界关注，连续 6 年入选中国图书世界馆藏影响力百强出版单位。2015 年经财政部批准立项，中国言实出版社建设并主办中国政府出版品国际营销平台，为推动"文化走出去"提供支持。2020 年，有感于体量庞大的中国当代文学无法快捷地被全球关注所带来的传播学遗憾，有感于年度文学选本出版周期较长，有感于众多具有潜力、实力、影响力的青年作家的作品没有很好的对外传播渠道，中国言实出版社整合资源，决定专门为中国政府出版品国际营销平台的文学板块打造出一种比年度选本出版周期短、对当代文学创作反应更为灵敏的季度文学选本。《中国当代文学选本》应运而生，书名由王蒙题写，选稿编委梁鸿鹰、李少君、王干、付秀莹、古耜皆为业内名家行家，所选作品为国内新近发表的文质兼美的力作。作为一种有公信力的季度文学选本，《中国当代文学选本》因"让国外读者快捷阅读当代中国文学精品"的窗口作用，以及"为中国作家走向世界铺筑交流合作桥梁"的桥梁作用，受到作家、汉学家、国内外读者一致好评。《中国当代文学选本》传播中国声音，讲述中国故事，产生良好社会效益。有鉴于此，中国言实出版社决定打造这套"中国政府出版品国际营销平台精选图书·文学书系"。

出版社并不承担培养作家的使命，但是这套"中国政府出版品国际营销平台精选图书·文学书系"的入选作品多是出自青年作家之手，原因在于，我们始终关注着中国当代文学最具活力与实力的鲜活部分，求取风骨与审美的统一，始终在精心遴选极具当代性的中国文学好声音，始终把推动中国当代文学与全球接通作为出版人的责任，这套"中国政府出版品国际营销平台精选图书·文学书系"的入选作家和作品便是如此。有风骨、讲美学，是选取这套丛书的思考维度。"有风骨"是要对民族精神有所反映，要为人民而文学，要关怀民生，帮助读者把无病呻吟、凌空蹈虚的作品以独特筛选眼光来淘汰掉；而"讲美学"是指中国言实出版社遴选书稿时看重作品的文本质量，内容和形式互为表里，是为美。美为作品飞向全世界插上翅膀，中国言实出版社人始终认为，美是全人类可通融的共同语言，有风骨、讲美学才能接通全球，成为文学精品。这些优秀作品里，都跳动着时代的脉搏，展现着当代中国日新月异的面貌，蕴含着深厚的文化自信。出版是文学生产的终端，对于中国言实出版社而言是文学传播的开始。中国言实出版社将始终秉持"好作品主义"，重视名家不薄新人，盘点、整合中国文学资源，积极开展对外译介和推广工作，自觉地将有风骨、讲美学的文学精品作为永不改变的出版追求。

2020 年 12 月

目　录
CONTENTS

真　如

1

真如老街发生了一起爆炸，那声音隔着七条街也听到"轰"的一声。很多人议论，这结婚还不到十天的小两口就被炸飞掉了，可能是私藏雷管引起的。

上海人不开山，不炸石，不修路，在阅兵仪式上，或者是纪念馆里，是见过好多长枪大炮的，但对雷管是一概不知的，像是只看到过面粉没有见到过小麦是一个道理。所以那年夏天，对于雷管引起的几起爆炸，他们显得十分慌张，好多人见面就问雷管是什么东西，你们谁见过雷管呢？陈小元老家在陕西一个叫塔尔坪的村子，大学毕业后跑到了上海，开始在一个跟农村差不多的小镇，几年后调到了一个郊区，一步步爬到了现在的市里，所以他根本不是正儿八经的城里人，对雷管还是挺熟悉的。那个金属的，黄色的，两厘米长的，放在手心沉甸甸的小东西，与子弹是一样的。子弹是有头的，雷管却是没有的。这样说吧，子弹如果是一条泥鳅，雷管就是被剁掉头的其中一截。

陈小元在上海市区安下的家，便是发生爆炸的真如老街，自从当了市某剧团的副团长，为了迎合自己的身份，怕人家说他不懂业务，每天下午邻居都出门的时候，他便偷偷地潜回家里吊嗓子，他不唱黄梅戏，也不唱京剧，偏偏学了吴言侬语的评弹。第一次在真如老街前的广场上亮相时，他只唱了《杜十娘》中的一句，就把大家给镇住了，但他却深藏不露似的，闭口不唱了。

其实，陈小元就会这么一句。那一天他正在家里摆弄着一把小三弦，仍然唱着"窈窕风流杜十娘，自怜身落在平康"。听到爆炸的声音，加上电视里的场面，陈小元一下子紧张起来，赶紧钻到床底下，翻起那些箱箱柜柜。评弹本身就是绕来绕去的，陈小元一边翻一边唱，一个词就哼了大半天，他不像是折腾一段戏词，倒像是折腾着杜十娘这个女人。

他像掏喜鹊窝似的，小心翼翼。此时正是夏末，累得陈小元满头大汗，他干脆脱光了衣服，连裤衩子也脱掉了，一间一间房子地清理，一个一个抽屉地倒腾。把旧衣服，烂鞋子，还有旧书废报纸，统统地搜查了个遍，但最后还是一无所获。

小老婆提前下班了，看他一边哼着"杜十娘"，一边腾来倒去。问他是不是升官了，又要搬家了？陈小元说，升个屁官，我看升天还差不多。

　　他不想告诉小老婆，自己要找什么。小老婆是地道的城里人，胆子小，做事谨慎，如果让她知道了，她会担心得坐不敢坐、睡不敢睡，恐怕吃饭也不敢张嘴了，最后会被活活地饿死的。小老婆常教导他，人是很脆弱的，菜刀这些东西，尽量少看为妙，看一眼目光也会受伤似的；用牙签剔牙吧，她也要躲得远远的，说是不小心被人撞一下，牙签插入脑子里，不死人也会变成傻蛋；为了万无一失，她从来不在有人的地方掏耳朵、剪指甲，一切隐患都得降到最低她才安心。她说，就这样还有防不胜防的明枪暗箭，你好心给乞丐施舍十块钱吧，人家就会把你猜想成挣钱不用吆喝的婊子或者贪官，要盯上你了。

　　小老婆说，那你满屋子折腾啥子呢？

　　陈小元说，我在找徐志摩的诗集呀。

　　小老婆说，不就在床头柜上吗？你怕是找老情人的信物吧。

　　陈小元停止折磨他的"杜十娘"，责怪小老婆说，看你这醋坛子又上来了。正说着，一只伸到大衣柜背后的手，一下子摸到一样东西，掏出来一看，竟然是一张兔子皮。白色的，摊开了，完全就是一只兔子被活剥了，像是一张不规则的地图。陈小元像是掏出一条蛇似的，抖着手甩开了。

　　小老婆也被吓着了，一抖手，就把手中那条准备做晚饭的活鱼扔了出去，不偏不倚正好扔在陈小元旁边，那鱼一蹦一跳，就钻到陈小元大腿中间去了，张开嘴巴要咬陈小元似的。陈小元爬起来，冲进厨房提着菜刀，刀起刀落就把这条鱼一分两段了。小老婆尖叫一声，闭着眼睛蹲到了墙角，等她眼睛再次睁开，发现鱼头已经不见了，鱼尾还在陈小元的双腿间轻轻地摇摆着。

小老婆或许是想到了床笫之欢，小脸有些红晕地瞥了一眼兔子皮说，哎呀，藏得挺深的嘛。陈小元说，不是你买回来的围脖子吗？我也是第一次见到的，家里是不是出鬼了？小老婆说，别装了！"向兔子学习，向兔子致敬"的风流事，别人不知道是你发明的，我们是一张床上混下来的，还不知道？以为你与女学生只是逢场作戏，原来感情不浅呀。不但向兔子学习了，还拿兔子制成标本做纪念了。

陈小元瞪了小老婆一眼，不再说话了。活兔子在野外都很稀奇，动物园里养东北虎养熊黑子，有时候也养几头猪，满足城市人吃过猪肉没见过猪跑的好奇心，但是唯独不养兔子。兔子被养在了实验室里，在为人类吃药打针挨刀子。如今在家里莫名其妙地发现一张兔子皮，可不是什么简单的事情。陈小元心头有些不祥的预兆，把这张兔子皮提起来看了看，然后远远地扔出了窗外。

他一口气也不敢歇了，把整个家翻了个遍，电视柜，冰箱，洗衣机，抽油烟机，连墙角的老鼠洞，也拿着手电筒照过了，却没有找到他想找的东西。

晚上，陈小元瞪着一双眼睛，在床上翻来翻去。小老婆贴到他的怀里问：鱼头呢？陈小元说，什么鱼头？小老婆说，晚餐用的鱼头呀，怎么不见了？陈小元已经想不起来自己剁掉鱼头的事情了。小老婆把手伸到陈小元的下边说，原来鱼头藏这里了？你是不是想要了？

小老婆说着，就脱了衣服，朝他的身上爬，爬上去后一边起伏，一边大呼小叫起来。陈小元则有些心慌。

陈小元没有忍住，第一次早泄了。

原来早泄的感觉，与用雷管放炮时一样，导火索已经点着了，已经冒过黑烟了，人们全捂着耳朵躲开了，但是等了再等却是一个哑炮，预想的飞沙走石与天崩地裂的场景并没有出现，这多么让人沮丧。

陈小元想，在那个东西没有找到之前，危险就永远不会消失，在小老婆面前，他就不可能再成男子汉了。

2

陈小元不是找金子、银子，也不是找什么名酒、香烟，他一直在找的是一盒雷管。

第二天，陈小元干脆请假在家，背着双手在真如老街光滑油腻的石板路上转来转去，专门回忆这几年交往过的人与事，希望把这盒雷管从生活的记忆中给排查出来。他没有穿西装打领带，而是换上一身绛红色的丝绸唐装，选了一双平底圆口布鞋，一边转一边唱"杜十娘"，只不过不再出声了。他在心里默唱，好处就是不用在乎词儿了。

陈小元记得，自己刚毕业那阵子，在一个小镇文化站工作，就是为村民们放放录像、借借武侠书，逢到青年节、妇女节之类的，就举办个乒乓球比赛什么的。那盒雷管是一个叫罗林的朋友，经常来文化站打乒乓球时送的。罗林当初在小镇一家水泥厂，负责石料开采，所以他管着很多很多的雷管。多到什么程度，这样说吧，有个什么喜事之类的，罗林就把雷管用导火索串成一长串，当成鞭炮嘭嘭地放着。最厉害的，是拿雷管编成凉席，天热的时候，铺在床上。

罗林用雷管编成的凉席陈小元睡过，身子下边凉丝丝的，而且透风透气，不聚汗。就是有点硬，在上边再铺个毛毯什么的，就十分舒服。陈小元那时候年轻气盛，什么都不怕，什么也不担心，睡在雷管上边，心想哪天一翻身，炸掉了，升天的感觉应该非常奇妙。所以每在上边睡一次，他就做一次春梦，每次春梦见到的，都是当红的大明星，也梦见过林黛玉与花袭人。所以，陈小元每隔几天，寂寞无聊了，就去罗林那里睡上一夜。不过也稀奇，这东西夏天垫着挺灵验的，到了春秋冬三个冷兮兮的季节，就屁也没用了，尽成了狗咬蛇缠的噩梦。

有一次陈小元过生日，或者是中秋节，陈小元记不清了，反正挺高兴的。罗林特地赶来，不但为陈小元放了一串雷管，还顺手送了一个金色的盒子给陈小元做礼物。陈小元发现盒子很漂亮，金色的，以为是首饰什么的，便说，男人之间用得着送这么脂粉气的东西吗？你们企业困难，好几个月都没发工资了，就省着送哪个女人吧。

罗林说，你以为是求婚的戒指呀？我说实话吧，这是一盒子雷管，够雄壮的吧？老实说，我现在穷得叮当响，让我弄几个土豆比较困难，但是弄一盒雷管给你腐败一下，还是挺容易的。你也没有山呀水呀仇人呀什么要炸的，所以闲着没事的时候，心闷的时候，你就拿到僻静一点的河滩听听响声吧。

　　陈小元明白，之所以要到僻静的河滩上，一是那里人少，飞沙走石不容易伤人；二是万一几个碎石落在水潭里，说不定还能砸死几条倒霉的黄花鱼或者乌龟王八什么的，就可以美餐一顿了。陈小元说，这可是爆炸性的礼物，掏钱也没地方买呀。

　　陈小元其实很喜欢罗林的这个礼物。他觉得在这个世上活着，特别是在官场上混，做什么事情都得忍着，都得闷在心里，不敢大声喊叫。就拿现在这个家吧，在家里做个爱偷个情什么的，你窗子关得再好，帘子拉得再严，还照样得咬着牙，把口水吞到肚子里，因为墙壁根本不隔音。万一你失控了嗷嗷几声，第二天早上在院子里碰到邻居了，别人会同情地问：昨晚跟老婆打架了？你只有脸红的份儿。所以，人活着，真像一盒雷管似的，处处得收敛一点儿，稍微不注意就爆炸了；也像在胸口里时时埋着一盒雷管似的，做什么事情都得小心再小心。

　　罗林好像在盒子上边还绑着一根红丝带，像模像样地绾了一个蝴蝶结。这样好看的蝴蝶结，陈小元一打开就不会再绾了，所以陈小元当时没有打开，看看里面有几个，到底是什么颜色，就高兴地藏起来了。开始一阵子，陈小元碰到升迁呀买房呀受奖呀什么的，要高兴一下，或者要发泄一下，会想到这个盒子，想把它拿到什么地方听个响声。每次让陈小元纠结的，是罗林送雷管的时候，好像没有配好导火索。陈小元往往骂一句，这个鸟人，给个后宫三千吧，却不给个鸡巴，让人干着急嘛。

所以陈小元慢慢地也就把这盒雷管给忘记了。

陈小元后来从一个小镇文化站调到了区委办，给区委书记当了秘书，再从区委办调到上海市某剧团当了今天的副团长。这其中偷过几次情，换过几个女人，搬过四五次家，认识过一大帮的狐朋狗友，还巴结过无数的领导。陈小元拿出一张地图，把自己在这个城市的活动线路，用红色箭头标了标，延绵一百多公里的路程，从农村的某个小镇，直插入了这个城市的心脏。

每次挪窝的时候，最让陈小元担心的，不是这地盘上的风流旧账，而是自己从四面八方收罗来的瓶瓶罐罐。这是陈小元的爱好，文化人好像都喜欢这样，就是附庸风雅。他的宝贝里边有个铜水壶，是陈氏祖宗从山西大槐树下逃出来时，一路用来烧开水煮茶叶用的，黑不溜秋的，壶底几乎已经烧穿了。还有几件石器，据行家称年代相当久远，极有可能是春申君当年开凿母亲河时所用的工具，属于这个城市最久远的记忆，价值几何已经无法估算了。有很多海外人士跑来，甚至有一个自称是春申君的后人，要高价收购，陈小元都是两个字，没有。所以每次搬家，都会尽最大努力提醒自己，不能把什么给落下了，或者是摔坏了。而且这些宝贝，不是陈小元自己从民间淘来的，也不是自己花钱收购的，基本都是托情时别人送的。陈小元除了造了个花名册，分门别类地清点一番外，每样东西都用废报纸包起来，这些文物被人看见了也是很危险的。这几年，摔呀偷呀什么危险都想到了，陈小元唯独没有注意，罗林送给自己的那盒雷管才是最可怕的，每次搬家的时候都是怎么搬走的。

陈小元在悠长的真如老街上，一边默唱着"窈窕风流杜十娘，自怜身落在平康"，一边在脑子里想着那盒雷管，一下子没忍住，突然可着嗓子唱出了一句，把沿街卖玉器呀文房四宝呀的小商小贩们吓了一跳，大家以为城管来了，纷纷包袱一卷收起摊子仓皇逃窜。有个老大爷跑着跑着，东西从身上散落了下来，有印信，有玉佩，有毛笔，滚得到处都是，干脆心一横，就蹲下来往起捡。常在这条街上出没，陈小元可以不认识小摊小贩小猫小狗，但是人家可是认识他的。陈小元已经走到老大爷旁边了，还捡起脚下的一枚麻钱问，这个多少钱？老大爷紧张地抬头一看，用一种很鄙视的口气说，哎哟，原来是陈团长呀，你这唱的哪一出呢？

这时小老婆打电话来问，有一个同事坐月子了，我们要去医院看看，你看送什么东西比较合适？送尿片什么的人家看不上眼，直接送钱什么的有点俗气，你看看雷氏奶粉怎么样？

陈小元一拍脑袋，好好，就送雷管。

小老婆说，你疯了？我说的是雷氏。

小老婆纠正他的时候，陈小元已经挂断了电话。小老婆一个"雷"字提醒了陈小元，心想这么多年，自己送了多少礼啊？恋爱的时候给女人送过花呀草呀，调动工作的时候给领导送过烟呀酒呀，逢年过节给亲戚朋友送过米呀面呀。为了把女人带进区委办的宿舍过夜，连那个看门的老头也送过两箱啤酒。当然，在这个过程中，陈小元自己也会收礼。开始收的无非烟酒这些俗物，按照陈小元的意思，都是一些泡货。泡货基本是消耗品，你不及时解决掉的话，就会过期或者烂掉。检验这个礼物是不是泡货，能不能打动人心，就看你送的东西怕不怕时间，随着时光流逝这件东西就慢慢贬值，那它就是泡货了；反之如果随着时间越长，这东西却越来越值钱了，那它就是宝贝了。在所有泡货里，人是最不值钱的，三十岁头发就白了，四十岁脸上就长皱纹了，五十岁有些地方就力不从心了，比如男欢女爱的，活到六十七十八十九十的，那基本已经是摆设了。人虽然是最大的泡货，人创造出来的东西，不见得也是泡货了，比如人画的画，唱的歌，写的字，还有装骨灰的盒子。人比起烟酒这些东西是更可悲的，烟酒这些东西放一百年，虽然过期了，不能吃喝了，起码还有做文物的可能性。考古专家就从一个皇帝的墓里，挖出过几个坛子，一坛子是一千多年前的酒，一坛子是一千多年前的红烧肉。但是人呢？人死后，皮呀肉呀骨头呀，没有一个能当成文物的。特别是现在提倡火葬，连骨头也是留不下来的，只能留下一小把灰尘。

在陈小元心里，那些把人当礼物的，比如送美女，通俗的说法就是性贿赂，这类是最没有品位的。

后来送礼的，已经摸到陈小元脾性了，知道陈小元是一个文化人，就直接投其所好，送金石玉器秦砖汉瓦。这里所说的石，不是指石头；所说的金，不是指金子。陈小元对金子也是嗤之以鼻的，陈小元认为金子看似有价，其实一点用处也没有，大家天天梦想着挖到金子，但是除了金项链金耳环这些装门面的东西，没有人知道金子还能用到什么地方。陈小元还说，在所有颜色当中，金黄色是最刺眼的，比一堆臭狗屎还难看。

陈小元就任上海市某剧团副团长不久，有个人为了让自家刚从戏剧学院毕业的孩子，能在《天仙配》中扮个傅员外，干脆挖了自家在山区的老坟，在棺材里摸出几个玉佩银钗之类的东西，送给了陈小元。投资当然得到了回报，后来这孩子把傅员外这个小角色，唱出了这个城市，唱红了江南，唱到了京城，成了戏迷中的名角。

在陈小元看来，这个社会要说人际关系，就是一个送礼的关系。大事有大送，小事有小送，为了平安无事，也得送。送出事的才是腐败，没出事的就是人情。送礼如今已经成了一门学问。听说某个大学看准了这个市场，干脆开设了一个送礼研修班，美其名为公共关系。跟如今的计算机一样，分为硬件专业与软件专业。硬件是专门研究开发新型的礼品，比如玉石麻将，等等；软件就是研究如何把礼品送出去，包括什么时候送，怎么送，送什么，送完了之后，还要怎么办。送早了耳目多，送晚了人家睡了；像伟哥呀银行卡呀适合送到办公室，而水果呀烟酒呀适合送到家里。

接到小老婆的这个电话后，陈小元一激灵，"杜十娘"就破嗓而出，在大街上放声唱了起来，惊得真如寺里正在念经的老和尚，一边敲着手中的木鱼，一边连说"阿弥陀佛"。陈小元想，在这礼尚往来、送来送去的时候，自己会不会把这盒雷管送给了什么人？或者是在送别人什么东西的时候拿错了？反正这盒雷管现在正躺在不知道什么地方，除了他陈小元之外，所有人都不知道身边埋着这么大的隐患。

大街上的视频里，还在播放着爆炸的跟踪消息，说在被炸死的妻子体内，发现一个六个月大的孩子，确定是一个男孩，能够看到他超乎寻常的命根子。陈小元不敢想了，他赶紧收起嗓子往家里赶。接下来，他想给所有认识的人一个一个打电话，来排查自己埋在人们身边的这个隐患。

陈小元已经走过了千年古刹真如寺，但是他还是犹豫了一下，返回去第一次买了一张门票，请了一炷檀香，进入大殿里烧了烧，然后又磕了三个头，祈求神灵保佑那一盒雷管，能够像几个婴儿一样安静地睡觉。

3

除了亲戚朋友同事，陈小元这辈子认识的人实在太多了。不仅认识收购废书废报的人，认识安装玻璃门窗的人，认识油漆工搬运工，认识几个戏曲票友，就连马路上的几个乞丐也认识，有一个断腿的青年人，有一个白发苍苍的老人，有一个背着孩子的小媳妇。与每个认识的人，好像都有过大大小小的礼尚往来。

家里有了旧书旧报了，陈小元就会打个电话，让一个叫小王的安徽人上门来取；家里阳台上玻璃坏了，安个纱窗什么的，陈小元就会打个电话，让一个叫小林的浙江人上门安装；家里墙上油漆花掉了，陈小元就会打个电话，让一个南通的小姜上门来刷刷。这些人每次来，除了陈小元要付工钱，准备一瓶可乐或者一盒红双喜，他还会把家里用不着的，比如闲着的电炉子、印着广告的雨伞、即将过期的月饼，甚至是一些单位发放的玉兰油什么的，大包小包地赠送一些让人带走。这些东西放在家里占地儿，又八辈子用不着，不送人白不送。这些人懂得感激，每次不但把活儿都干得漂漂亮亮的，把坏了的电灯开关什么的，顺带修一修，临走时还会帮忙把地板给拖一拖，收拾干净了。

陈小元之所以认识那几个乞丐，原因是他经常会把家里的旧衣服捎给他们几件。有一次下着大雪，看着几个人还在马路上迎风乞讨，他一时有了恻隐之心，便对他们说，天冷了，你们如果需要什么，就打电话告诉我吧。于是就把自己的电话留给了几个乞丐，到如今好像还没有接到过一个乞丐的电话，或者他们根本不需要陈小元的帮忙，或者他们不相信这个世上有这样的人。

陈小元琢磨，这么多人，电话应该从谁打起呢？只能从最重要的几个人开始了。所以他往床上一倒，四仰八叉地，做假瞑状。他认为，在似睡非睡中，谁的小脸蛋最先浮上自己的脑海，这个人应该就是他最重要的人。这时候才发现，过去与自己纠缠不清的几个人，像是湖面上的一个个浮萍，只要他思绪稍有一些波动，随风有一丝丝涟漪，她们立即浮上他的心头，让他不安，让他牵挂，甚至让他有些忧伤和黯淡。反而就是这些人，早就没有联系了，多数是心怀愧疚，想联系却不敢联系，甚至是害怕联系。

所以陈小元决定每次拨打电话之前，先深深地吸一口气，然后完整地唱一句"窈窕风流杜十娘，自怜身落在平康"，给自己鼓鼓劲打打气。

最先浮上陈小元脑海的，是他的前妻。不知道为什么，每次只要一接触到床，哪怕是目光看一下床，甚至看到人家在阳台上晾晒的一床被子，让陈小元首先想到的就是前妻了。于是陈小元最先准备打电话给前妻。

陈小元与前妻离婚已经四五年了，当中他多少次拿起电话，想问问她过得好吗，想问问自己女儿手臂上划伤的那道口子有没有落下疤痕，是不是上学了，考试成绩怎么样，有没有去上钢琴补习班，想不想他这个若有若无的爸爸。但是每次拿起电话的时候，他都没有勇气开口，他不希望自己这把盐撒在前妻的伤口上。

有一次，他带着剧团送戏下乡，唱的是黄梅戏《天仙配》，来到前妻所在的小城，也就是陈小元工作过的那个区，借机偷偷去了这个区的一家幼儿园。他躲在远远的地方看了半天，终于在一群小麻雀中间，发现了一个小红点点，梳着马尾巴，在操场上跑得飞快，这样子与前妻十分相似。他哭了，他真想冲过去，让女儿叫一声爸爸，然后再送她一个布娃娃。最后，他还是听从了前妻离婚时的请求：女儿还小，说是离婚，对女儿伤害太大了，所以还是告诉女儿，爸爸死了比较好。不会说他死在癌症上，也不会说他是被枪毙的，尽量告诉女儿他是抗洪救灾死掉的，或者是跳江救人死掉的。所以无论什么时候，请他不要露面了，就当自己真的死了。

陈小元从手机里翻出了前妻的电话。前妻在手机里是没有具体姓名的，只有一个代号"姑姑"，《神雕侠侣》里的杨过就是这样称呼小龙女的。陈小元怕哪一天小老婆查起来，或者哪一天突然接到前妻来电，也好以"姑姑"掩护一下。

陈小元慌慌张张地拨通了前妻的电话，前三次，要么少了个数，要么拨错了，所以都没有接通。后三次，电话接通了，都不超过一秒，被气呼呼地一下子按断了。陈小元还是挺高兴的，因为按断电话的时间越短，说明自己是被前妻储存了的。所以第四次，陈小元就不再慌张了。

电话那头依然还是前妻不紧不慢的火药味，你想干什么？我们现在还有关系吗？你已经毁掉了一个少女，我现在只剩下一个青春的小尾巴，还想摇一摇招惹一下男人，你也想杀猪一样把它割掉吗？

陈小元说，你不要急呀，我是找女儿的。

前妻放低了声音，有点环顾四周的样子说，找女儿干吗？你有女儿吗？她现在不姓陈了，而且我已经告诉她，你早就死了，掉到茅坑里淹死了。

陈小元说，不是抗洪救灾死的吗？

前妻说，我是告诉她，你是抗洪救灾死的，不过不是捞人死的，是上厕所的时候掉到茅坑里被屎尿淹死的！

陈小元说，算了，反正我知道我已经死了，怎么死的就随你吧。不过我有要紧的事情，要问问女儿。

前妻声音平缓了些，开始说你死了，女儿就问，死了是不是就能像麻雀一样在天上飞了？但是女儿现在懂事了，知道人死了不是飞掉了，而是要埋掉的，在土里埋掉的，所以总吵着问你的墓在哪里。

陈小元问，你怎么说的？说我埋在哪里了？是不是埋在了垃圾堆里？

前妻说，你倒想得美，垃圾堆里还有蚊子苍蝇的。我说你掉到茅坑里后，捞起来的时候真是太臭了，就直接进行了海葬，扔到春申江里喂王八了。我说王八就是你的墓，小鱼儿可能也是你的墓。女儿也信了，刚刚从市场上弄回一只大头王八，天天养着，经常还去小河浜里，摸一些小鱼小虾喂喂它。过年过节的，还对着王八烧香烧纸，磕头下跪的。你看看，你个陈世美，养出来的孩子，倒是有情有义。

陈小元苦笑了一下，分不清前妻是在开玩笑，还是寻着法子在骂他。前妻又问，你既然死了，喂王八了，就应该闭嘴了，你找她干什么？说吧，我传话给她。

陈小元说，我只想找一个金色的盒子。

前妻说，这辈子可没见你有什么金色的盒子。那年你送了个盒子，以为里边装着什么稀奇东西，原来就是一片枫树叶子，这里到处都是枫树叶子，我替你摘一片去？结婚前你又送了个盒子，里边装的戒指还是玻璃的，离婚后我已经扔到厕所里去了，如果你想要回去的话，找掏大粪的吧。除此之外，你说说看，有什么是金色的？还有什么值钱的东西？如果你说出来了，我现在就还给你。我一个黄花大闺女，连只暖和点的袜子好像也没有捞到，还不如人家烟花柳巷、千疮百孔的婊子。我当初瞎了眼，怎么就看上你了，还真不如做个婊子。

陈小元说，我知道，我欠你的，不过都过去了。我只是想问问，我有没有送过一个盒子给女儿？我有件东西不见了，非常要命的东西。

不提女儿，前妻口气还平和些，一提到女儿，前妻就有点恼火地说，有一年六一儿童节，你是寄过一个破文具盒，这是你唯一送给女儿的礼物，我都不好意思说，你现在还有脸提？你这个喂王八的死人，真不是个东西！前妻说着说着就哭了，一下子把电话给挂掉了。

陈小元苦笑着，再次把电话打过去的时候，不想再绕弯子，想直接说自己在找一盒雷管，一个可以把人送上西天的雷管。但是前妻并不在乎什么雷管，哪怕就是原子弹核武器，只要牵扯到陈小元，只会令她伤心，所以她还在哭，所有与你有关的，我早就一把火烧掉了，就是那个破文具盒吧，也是绿皮的，孩子说太土了，早就送给一个讨饭的，当成讨钱的家伙了。我们娘俩与你毫不相干了。你一定要清楚，你现在是一个死人，死人怎么可以打电话呢？你以后真被车撞了，被刀砍了，得结石了，患肝癌了，要断气了，也不许再打这个电话。听到没有？你个死人陈世美！

电话再一次"啪"地一声。前妻在与自己划清界限的时候，把所有与自己有关的东西，一件件处理掉了，如今只剩下仇恨了，这说明前妻与女儿身边基本没有雷管了。陈小元受到了责骂，没有趁机听到女儿的声音，对前妻与女儿更加内疚了。但是她们的危险警报解除了，他心情还是挺高兴的。

人与人之间真奇怪，为什么关系越亲密，反而越危险了，关系越冷漠了，甚至是仇恨了，才更安全了。这让陈小元有点百思不得其解，是人心不古呢？还是礼尚往来呢？没有礼尚往来的话，你心中就是全埋着欲望的雷管，身边堆放着物质的雷管，这种危险恐怕也不会像疾病一样传染的吧？

4

陈小元在似睡非睡中，发现第二个浮上脑海的是昔日的小情人，正是这个女学生才搞得自己离婚了。她不像前妻，在记忆中给陈小元露出一个小脸蛋子，而是一对白花花的大奶子。在触景生情这方面，她与前妻也不一样，陈小元每每看到逃跑的兔子呀，拱奶的小猪呀，就会想到她，有时候看到青青的野草也会想到她。

所以陈小元决定第二个联系她，问问那盒雷管的事情。

当时陈小元从小镇文化站调进区委办做秘书不久，整天夹着一个皮包，很像狼狗夹着的一条大尾巴，提着一壶热水，缩头缩脑地跟在区委书记屁股后边。不过皮包是给自己夹的，专门随时记录书记的讲话与指示；那壶热水却是给书记预备的，等领导话讲完了，口渴了，保证书记随时喝口水，清清嗓子接着再讲下去。陈小元当了区委办的秘书后，一下子就成了大红人，有人想结识书记就找他，有人想找书记批条子也找他。就是有人想给书记牵个线吧，也得让他先过目一下点个头。找陈小元牵线的人，都会先送礼给陈小元，然后书记能享受的，他陈小元还要再享受一份。后来有人问他，当书记是不是最有油水？他便说，还是秘书好，低处的粪坑——屎尿兼得。

后来有个医学院的女大学生，不知道从哪里弄到了陈小元的手机号码，打电话说是陈小元的陕西老乡，想见面汇报汇报学习情况。汇报汇报的意思，大家都是懂的。陈小元光听声音的时候，嗲得让他发抖，临到一见面，立马把陈小元给看傻了，以为自己是在戏中。她穿着一件齐膝的半身旗袍，淡粉色的，上有点点梅花。留着一头齐耳短发，那线条纤弱中带着柔韧，曲折中透着绵长，圆润中露出骨感，只在线装本《红楼梦》的插绘中才可见到。她笑眯眯地看着陈小元，左一个元元哥、右一个元元哥地叫着。那时期，陈小元的前妻怀孕几个月，他正处于饥饿期，心里不停地闪电，如果再不起点风下阵子雨，陈小元可能会被渴死的。

后来陈小元就与她频频去喝茶，去 KTV 唱情歌，去周边的苏杭游乐。有一个周末，两人去崇明东滩旅游，在一个荒芜的沙滩上，对着澎湃的海浪，踏着细碎的沙子，赤着脚丫子你追我赶地玩得起劲时，只见两只白兔子在草丛里穷开心，而且是那么目中无人。关键的时候，一只兔子喘着粗气，一只兔子还吱吱地叫着，像是专门示范给面前这对男女看的。

陈小元红着脸说，走吧。

女学生嗯嗯地应着，被钉住了似的，就站在原地一动不动。女学生最后叫了一声"元元哥"，双眼一闭就瘫软在陈小元的怀中了。

两个人干脆学着一对白兔子，在草丛中摸爬滚打了半天。这时陈小元才发现，这个看似苗条窈窕的女学生，穿着衣服时不显山不露水，等及宽衣解带之后，那一对大奶子在眼前抖动着，把人的眼睛都抖花了，绝对超过那一双惹是生非的白兔子。女学生在得劲时，不是呻吟，也不尖叫，而是扭动着身子，一只手做害羞状掩着脸面，一只手握成小拳头一边锤打着，一边喊叫着"向兔子学习，向兔子致敬"。

云雨一番后，陈小元站起来正提裤子，竟然看到有个捉螃蟹的男人，站在不远处笑嘻嘻地，每捉住一只大螃蟹，就举到半空中张牙舞爪地学着女学生的样子，高声欢呼着"向兔子学习，向兔子致敬"。后来，也许就是这个捉螃蟹的人，在网上发了一双白兔子做爱的视频，还配上了"向兔子学习，向兔子致敬"的画外音。陈小元一听，就明白那声音是这个女大学生的。这个视频，一时成了最牛的一句网络口号，传遍了大上海的角角落落。好多人在床上激情演练的时候，脑子里不再想着苍井空，而是一边想着白兔子，一边喊着这句口号。这句口号就跟伟哥似的，让许多男人重振了雄风。不过大部分人不知道，这句壮阳补肾的口号，是陈小元激发出来的。

离开崇明东滩时，陈小元说，我不知道怎么办了。

女学生说，你办得挺好呀。

陈小元说，我是说，对不起你。

女学生说，我心甘情愿的。

陈小元说，正是因为你情愿的，我才不安呢。

女学生双手反扣着陈小元的脖子问，你真的不安吗？

陈小元说，真的不安，像是有一百只白兔子在怀里似的。

女学生说，那你就成兔子养殖场了。我大学马上要毕业了，想留在上海工作，你如果有心的话，帮我安排到区卫生局吧。

随后不长时间，陈小元告诉当时还是老婆的前妻，说自己要陪区委书记出差几天，到下边的农村去考察工作。上海这个城市地方不大，方圆也就几百里地，下乡过夜的机会并不多，所以陈小元撒谎了，其实是偷偷地带着女学生"向兔子学习"去了。快过元旦了，区委机关给每人分了两箱子香蕉，香蕉这东西容易烂，但是死活找不到陈小元，只好通知了陈小元的前妻。

前妻到了区委办，发香蕉的那个大叔说，你家陈小元是什么人？是秘书。秘书是什么人？是书记的影子。书记现在就在院子里站着，影子怎么可能出差去了？

前妻正想辩解，顺着大叔指着的方向朝窗外一看，书记确实笑呵呵地正在院子里迎接市里的检查团。

等陈小元回来一进家门，前妻便问，你这次陪书记出差还顺利吧？

陈小元说，只是有些累。

前妻说，书记也回来了？

陈小元说，是啊，我是书记的秘书嘛，我能离开书记，书记离不开我呀。

前妻说，一个漂亮的大姑娘就当区委书记了，真是年轻有为啊，刚刚调来的吗？

陈小元顿了一下说，没有呀，你听谁说的？

前妻说，我亲眼看见的！说着，就剥了一个大香蕉塞进陈小元嘴里，还插了插，然后举起整箱的香蕉，一下子掼在了陈小元的头上。

此后一段时间，前妻便跑到区委办，三天一静坐五天一大吵。区纪委就在同一个院子里，抬头不见低头见，况且是区委书记身边的人，所以装作什么事也没有。但是市里边接到投诉，说搞女人是严重的作风问题，于是派人前来专门调查。陈小元一看不妙，搞不好不仅仅要毁了名声，很可能还要受到纪律处分，赶紧托了区委书记，把整个事情的前因后果就招了。

区委书记怕秘书的桃色事件给自己惹上一身骚，就上上下下打了一通招呼，送了数不清的小礼，不但桃色事件不了了之，还把陈小元调到上海市某剧团做了一个副团长，享受副处级待遇。

陈小元不知道是生气，还是借着机会，干脆与前妻离了婚。经这么一折腾，女学生从医学院毕业时，不但没能进入区卫生局，就是区中心医院也不敢接收了，只好跑到一个十分偏僻的小镇，在一家民营医院当了一名医生。陈小元离婚后，第一个就给女学生打了电话，想试探试探一下对方，看看小三有没有上位的可能。

没有想到女学生淡淡地说，恭喜你呀，升官发财死老婆，人生三大喜事你占全了。

陈小元说，她没死，只是离了。

女学生说，离了跟死了，差不了多少吧？

陈小元说，当然差了十万八千里，一个可以放屁，一个只能发出臭气。

女学生说，离了死了跟我有什么关系呢？

后来陈小元才知道，女学生没有毕业前就有男朋友，是医学院的同学，学麻醉的。发生"兔子事件"时，他们已经领证结婚了。这让陈小元失落了半天，心想不是自己有能耐放倒了这么个小尤物，应该是那两只多事的兔子惹的祸吧？之后陈小元不敢和女学生再联系了，怕女学生的麻醉师一旦找上门来，稀里糊涂地给他注射一支麻醉剂，他就永远醒不过来了。

有一次女学生来市里参加急救培训，陈小元看到名单里有她，就打了个电话约着见个面。女学生没有说见，也没有说不见，最终两个人还是在光天化日之下见了，见面后默默无语地喝了一杯咖啡，再没有发生其他什么，连陈小元续水时伸手碰了碰她，都被她躲开了。陈小元一时有些糊涂，是约会时间不对头呢？还是两个人已形同陌路了，如果在黄昏时分或者是月上柳梢的当儿，或者有一双白兔子在面前张狂着，又会是什么情况呢？

在打电话向女学生询问雷管之前，陈小元再次深深地吸了口气，然后完整地唱了一句"窈窕风流杜十娘，自怜身落在平康"。电话接通后，虽是阳光明媚的正午，竟然冒出一个男人"向兔子学习，向兔子致敬"铿锵有力的声音。陈小元从沉醉的声音分辨出来，很可能就是麻醉师的。

麻醉师喘着粗气问，你是谁呀？

陈小元顿了一会儿说，我是她的老同学，好久不联系了。

麻醉师说，我已经听出你了，你怕不是什么同学吧？是原区委办的陈秘书吧？打个电话嘛，又不是耍流氓，用不着掖着藏着吧？

陈小元说，你是她老公吧？怕你有什么误会呀。

麻醉师说，误会个球，倒是挺误事的，你半个小时后或者明天再打吧。

陈小元说，事情倒是挺急的，不能等啊。

麻醉师说，你没有听出来吗？我们正在池子里洗澡，一起洗澡你知道吧？

陈小元说，呵，要不你们洗干净了再打给我吧。

麻醉师骂了一句"傻逼"，然后气呼呼地把电话摔掉了。电话并没有关，从电话里传出女学生扬鞭策马的呵呵声。陈小元这才明白，人家不是简单的洗澡、搓污垢，是光天化日之下洗鸳鸯浴。陈小元是倒在床上似睡非睡地打这个电话的，加上女学生浮上心头的一对白花花大奶子还在晃荡，所以陈小元身子一阵燥热，无缘无故地泄掉了。

陈小元在等电话的时候，抱起一把小三弦，半闭着眼睛，边弹边唱他的那句"杜十娘"。等了大半天，电话终于响了，接通后原来是自己小老婆打来的。小老婆让陈小元现在就出门，一起去医院看望那个月子婆。

这是陈小元寻找雷管后第一次送礼，他把小老婆准备的礼品，一件件翻出来检查了好几遍。对那盒雷氏奶粉很不放心，在没人的地方故意扔出几丈远，躲在远处静观了半天，发现没有什么意外，然后才捡了回来。

从医院里回来，天已经黑透了，还没有接到女学生的电话。陈小元心想，肯定不是鸳鸯浴洗了这么久。对于这个女学生，除了红萝卜，没有哪个男人有这么好的耐心，应付这么长时间。陈小元不敢当着小老婆的面与昔日小情人打什么电话，一时心急，说家里的安全套存货不多了，哪一天牛气冲天，要了还想要，怕是不够的。

小老婆说，你什么时候要过两次了？上一次吧，轮胎还被人扎破了似的。

陈小元当初以为小老婆不知道自己是"兔子"口号的创始人，进行房事时也像其他男人一样，喊喊"兔子"的口号，想想海边那对白兔子的动作，雄起一次。没有想到有一次自己刚刚张口，就被小老婆一脚踢到床下去了。小老婆说，难怪你总是闭着眼睛，原来与我上床的时候，心里还想着那个女学生呀。

你以为我不知道那个口号是被你弄出来的？你那一声咳嗽别人没注意，我一百年也能分得清清楚楚。陈小元说，哪有啊？以后不管白天黑夜，我都把眼睛睁得铜铃似的，看着你行了吧？陈小元从此以后，就不敢再喊口号了，只能咬着牙闭着嘴，真像那些和面的厨师。

陈小元说，安全套就跟原子弹一样，虽是太平年代，要有备无患嘛。

男人虽然力不从心，但是哪怕他只有这种雄心，女人也会相当满足。小老婆对着陈小元说，那就多买几盒吧，不过快点回来啊。陈小元一下楼，就躲到马路对面的小巷子，黑咕隆咚地打电话去了。这次电话接通后，陈小元没有急着出声，当他听到是女学生的气息时，他才开口说，我是陈小元，我下午打过电话给你，你老公接的，他说你们洗澡去了。大白天的洗什么澡啊？他是骗我的吧？

女学生说，我这有个病人等着救命，你有什么事情就说吧。

陈小元说，这么多年你还在那家小医院？也不想着换一换？比如调到城里来，你不介意的话，我欠你的这根线，现在可以牵一牵了。

女学生说，真有一个病人，快要断气了！

陈小元听到电话那边鬼哭狼嚎的，确实要死人似的。他不敢再废话了，直入主题地问道，这样的，我们在一起的时候，我有没有送你什么特别的东西？

接电话的人，又变成了麻醉师，他慢腾腾地说，她救人去了，你什么意思就说吧。你知道人家背地里怎么叫她吗？赤脚医生，就是一只鞋破得没办法穿了，只能光着脚的意思，陈秘书，你什么意思就说吧？

陈小元说，别人对她怎么称呼不重要，重要的是你怎么看她。

麻醉师嘿嘿一笑，我还要让你提醒吗？我今天就告诉你吧，我怎么看她，她都是一只白兔子，白兔子你知道吗？千刀万剐的白兔子。

陈小元感觉十分悲哀，而这份悲哀是自己一手造成的。他真想把电话挂掉，但还是抖着声音问，我有一盒子雷管，现在死活找不到了，说不定什么时候送给她了，如果一不小心爆炸了，可不得了了。

麻醉师也在同一家医院工作，应该给病人打过麻药了，他不紧不慢地说，你拿这种方式威胁我们吗？别说是雷管，你就是用飞毛腿对着我们，我们也不怕。再说了，她就是个赤脚的，也不会跟你回头了。你再这样缠下去，我看送炸弹的不是你，应该是我了。

陈小元说，你误会了，我只是想问问，我有没有把什么东西送错了。

麻醉师说，她当初是学什么的？是学外科手术的！睡觉时都拿尸体垫背，男人身上什么玩意她没见过？如果不是你送了一条红丝巾给她，她怎么会因为两只流氓的白兔子，和你做出那种不要脸的事情。我已经把那条丝巾捐给地震灾区了，不记得是玉树还是汶川，你找灾区去要吧。

陈小元说，除了丝巾，你确定我没有再送她别的东西吗？

这时候，电话又转到了女学生的手中，女学生说，有啊，还吃过你几顿饭，怕是吐不出来了。

陈小元不想再说什么了，对着电话唱了一句"杜十娘"。女学生以为陈小元疯了，赶紧挂断了电话。陈小元与女学生之间交往时间不长，所送的东西有限，而且都是偷偷摸摸的，所以她应该是安全的。但陈小元放下电话后，有些莫名的失落。女学生很明显误会自己了，如果说他与她之间，原来还存在一些兔子般跳动着的美好记忆，现在就像一幅梵高的油画上边，被人泼上油漆一样，更加抽象而难以理解了。

陈小元想，当初女学生扑进他的怀里，到底是因为他送了一条丝巾呢？还是因为那两只多事的白兔子？

5

接下来，上海这座城市又升起了几朵蘑菇云，每一朵蘑菇云就像长在陈小元的心上，冲击着他，牵动着他。电视里说，有一个已经查明原因，是煤气泄漏。但是还有两起具体原因不明，有关部门初步分析，仍是易燃易爆物品引起的。陈小元想，易燃易爆物品是指什么呢？不就是烟花爆竹、炸药以及雷管吗？

这时候，陈小元从真如寺前练太极的几个老人嘴里，听到了许多小道消息。说是有个北大荒的知青，把身家性命都送给了人事处长，希望把自己的子女从林海雪原迁回上海；还说有个人把新婚不久的老婆拱手让给了顶头上司，希望自己混个科长。也有送千年人参的，不过在一个过分饲养的年代，是野生的还是家养的，已经无人说得清楚了。几件事最后的结果都一样，礼物收了，事情没办，回头一问，不知道这礼是谁送的。所以气不打一处来，既然如此，干脆再送个炸药包去，反正没人敢报案，报了案也没法查。

其中有个老人，大家都叫他疯子，因为他进过疯人院。他神秘兮兮地告诉陈小元说，这几起爆炸发生之后，闹得整个上海那阵子谁也不敢送礼了，就是有急事送了礼，也没人敢留着享受，收礼的人看也不看，就直接扔到垃圾桶去了。所以产生的第一个反应，就是引起了拾荒者的兴趣，认为一夜暴富脱胎换骨的机会来了。大家纷纷从全国各地向这座城市赶，有人害怕错过最佳时机，于是坐飞机都嫌慢，因为飞机常常晚点，干脆打了长途出租车，有个陕西的垃圾佬，光打车费就花了五千块。不过投入回报是成正比的，他们有的捡到了茅台五十年陈酿，有的捡到了奥运版的中华香烟，有的捡到了金条银碗铜香炉，还有个人竟然捡到了半克拉的钻石。反正没过几天，他们个个都腰缠万贯，干脆把老家的七大姑八大姨都叫到上海来了。这座城市一时间流动人口上了千万，最热门、最有地位、最牛逼的职业，就是环卫工人与拾垃圾的。这样的反应还没完，直接催生了房价暴涨，连外环的房子也要两万块了。整个城市迅速繁荣起来，到处是歌厅酒吧五星级豪华酒店，而且变得干干净净，就是树上落下一片梧桐叶子，也有人抢着捡起来，放在嘴里咬一咬，看看是不是金子的。正好上级爱卫办检查团前来评比，感叹从没见过如此干净的地方，一下子就被评成了全国卫生城市标兵。

疯子一边来个白鹤亮翅，一边对陈小元招招手，附在陈小元的耳根子上说，还有第二个反应呢，陈团长不知道吧？上海一下子清廉无比，原因是大家发现，以前是不送礼，就办不成针尖大的事儿，就串不了门子，就搭不上个话。现在发现，无论你送什么礼，不明不白的，都装入了垃圾佬的腰包，所以大家不敢送礼了，哪怕一棵大白菜也没人送了。这可愁死了一些想办急事的人，想拉关系的人，想巴结领导的人，想增进感情的人。尤其害苦了想泡妞想偷情的人，在这个只认钱不认娘的城市，不谈钱，不送礼，根本就没有办法打动女人的心，把她们一举拿下。大家不送礼了，实在没有办法，他们不管见到谁后，只好不停地微笑。因为微笑这样的礼物，是藏不进炸弹的，是安全的。一时间，到处都洋溢着喜悦的笑脸，大家之间的关系，变得简简单单、清清白白、欢欢喜喜起来了。

疯子对陈小元咧嘴一笑，接着说，正当国家加大反腐力度之时，这座城市不正是一个典型吗？有关研究机构决定在上海召开反腐倡廉研讨会。有专家提出，现在是大有大贪，小有小贪，麻雀能贪，蚂蚁也能贪，那如何打击贪官呢？这座城市的经验值得借鉴。有人问，这座城市的清廉是两起爆炸引起的，如果这样的经验要推广，那炸弹谁来制造？造好了送给谁？这个过程，与其说是经验推广，不如说是预谋犯罪。而且，随着爆炸渐渐远去，人们又会蠢蠢欲动的，因为长时间不送礼、不收礼，手就痒了，脚就乱了，心就慌了，上下级之间就生疏了，朋友之间就不和了，小情人之间就冷淡了，就是夫妻之间吧，性生活也不和谐了。所以送礼收礼之风，像夏天的微风，还会慢慢刮起来的。有关专家在研讨会后悄悄地说，几起爆炸虽然死了几个人，给人民群众造成了巨大的财产损失，但是社会效益却是明显的，大家不敢收礼送礼了，所以只能寄希望于那些受伤的人，在全国各地自行地制造几起爆炸，也许才能震慑一下贪官。

陈小元听到这些夸张的消息，他明白基本是假的。但是听归听，笑归笑，陈小元每次听到爆炸声时，心情都非常沉重，甚至有人提到这两个字，他的心都要抖动一下。那段日子，陈小元基本不到剧团上班了，要么说是感冒发烧了，要么说外边有个小会要开，躲在家里一边唱着"杜十娘"，一边小心翼翼地又把家里翻了两遍。他不仅仅是翻箱倒柜，还把床垫子铰开了，橡木地板也撬起一条缝，甚至连大衣柜能拆的也拆开看了。

让陈小元惊慌的，当他铰开床垫子向中间一摸，竟然又摸出一张兔子皮，而且与前一张一样，都是白色的。因为受潮有了水渍，活像一张古代的藏宝图，是带着咒语的。

陈小元越看越像在草丛中快活的那两只白兔子剥出来的。陈小元吓得不轻，觉得这样的事情，是人没有办法说清的，所以他赶紧跑到真如寺，向老和尚寻求帮助。老和尚听到描述，取出一张黄纸，给陈小元画了一道符，又念了念经，让陈小元把符带回家，与那异物一起烧掉。符水下肚，异物深埋，便会平安无事。但是等陈小元赶回家，兔子皮又不见了。

陈小元心想，不管如何，把那盒雷管找到了，一切就无关紧要了。他怕自己记错了，也许装雷管的盒子根本不是金色的，而是银色的，恰恰有人送了金色的东西就误会了。或者根本没有盒子，只有雷管也是可能的，因为罗林有时候用手帕包着几个雷管，有时候包都不包就随身带着，双手一伸就能掏出一大把。

于是陈小元又给自己的前妻与女学生打了电话，换来的还是破口大骂与冷冷冰冰，但他觉得是值得的，起码换来了自己一时的安心。

陈小元接下来要找的人是老领导，也就是自己当初跟前跟后的那位区委书记。他之所以第三个浮上心头，陈小元心想也许是有知遇之恩，也许是他长得肥头大耳，葫芦大了容易在水里浮起来是有物理学道理的。

陈小元从陕西那边大学毕业时，有关系的同学一个个都牛逼哄哄的，进了县处级以上的机关，只有陈小元祖宗八代都大字不识的土农民。陈小元也想进陕西老家的机关，这样算是翻身农民做主人。所以毕业前，陈小元在陕西那边敲过许多领导的门，有县长的，有局长的，也有科长的。要么把门敲错了，坐了半天才知道不是要找的人，不好意思只好把东西留下了；要么把门敲对了，送完东西后就石沉大海了，再没机会问人家什么时候办事。

陈小元那时候，不但不会送礼，而且家里也穷，能送的只有木耳、鸡蛋。有一次，在一位文化局局长家的楼梯口，陈小元摔了一跤，把鸡蛋给摔烂了，等提进家门时，黄蜡蜡的。局长家的保姆怕弄脏了地毯，干脆直接扔进了垃圾桶。保姆好意地提醒陈小元说，以后要送呀，就直接送老母鸡，又新鲜又方便。陈小元随后照着做了，抓了一只老母鸡送来，忘记绑着鸡爪子，刚进局长家的门，从袋子里放出来，它就扑棱着翅膀从窗口跳楼了。

就这样，陈小元毕业时，在陕西老家并没有找到工作，他很生气地选择了出走，干脆一下子跑到了上海，很幸运地钻进了一个小镇的文化站，当上了一名小小的文化干事。虽然上海也有农村，也有偏僻贫穷的地方，但是上海就是上海，毕竟是直辖市，说到哪里都比陕西强，甚至比古城西安有面子。陈小元所在的小镇，恐怕就是上海最偏远的，也是最贫穷的农村，文化站只有陈小元一名职工，办公场所就是两间平房，夹杂在一片民宅中间。陈小元平时给老百姓放放录像，为了增加一点人气，还放过不少三级片；大厅中放一台乒乓球案子，一副拍子，一个球，让连拍子都没有摸过的人，看看乒乓球到底是实心的还是空心的。后来上海市大搞乡镇文化建设，区委书记就带着一帮人来镇上视察。在视察中，陈小元瞅着机会，认识了区委书记当时的狗尾巴——秘书。陈小元与时俱进，一改原先送鸡送蛋的习惯，给秘书塞了一个信封，说是平时创作的文艺作品，让秘书转给区委书记看看。并帮忙约个时间，他要给书记汇报汇报思想。区委书记视察离开后不几天，就接到秘书电话，我给你安排好了，你直接来吧。

陈小元去见区委书记的时候，书记问，我约过你吗？我怎么记不得了？陈小元一听，就明白是狗尾巴起了作用。陈小元于是便说，您视察我们文化站的时候，我们还打过一局乒乓球的，书记的高吊球可是一绝，怕是奥运冠军也接不住吧？陈小元说着，又把一个更大的信封递了上去：我在电视里听书记讲话的时候，随手记下来的几点体会，请书记有空时指教一下。

其实这个信封里，除了陈小元写的几篇小散文，还有陈小元一年多不吃不喝的工资。书记接到信封后，并不立即打开，而是往旁边一放，然后问了一点小麦种植呀，平时要多学习呀，尽是不着边际的话。陈小元说，自己就爱看书记的讲话稿。书记一高兴，就告诉陈小元，我小时候也立志当个作家，和一个人在一个小岛上一起办过黑板报的，不过后来他真成了大作家，文章都进中小学课本成教材了，而我却弄了头上这顶乌纱帽子。

陈小元当时很着急，一直提醒信封，总是被书记绕开了。这次汇报之后没多久，陈小元就接到了一纸调令，一下子从小镇文化站调到了区委办，直接当上了这位区委书记的秘书，原来的狗尾巴则升任了办公室的副主任。在大上海，能进区委机关，已经是非常牛了，而且做了区委书记的秘书，更是牛上加牛，这确确实实让陈小元十分风光。

当陈小元风流兔子事发，从区委办调到市里当了某剧团的副团长，之后没有多久，这位区委书记就出事了，经过上级部门查实，他收了几家房地产公司的钱，犯了受贿罪被抓起来了。有纪检部门的人找过陈小元，说他是书记的前任秘书，如果知道什么内情，一定要及时报告。陈小元则说，自己平时只替书记拎拎包，提提水，写写讲话稿，如果知道他是一个狗贪官，他宁愿在小镇上放放录像，打打乒乓球，也不愿意给贪官当个狗尾巴。最后，陈小元安然无恙，依然带着他的戏班子，唱着他仅会一句的"杜十娘"送戏下乡。有次下乡回来才听说，这位区委书记被判了十年，坐牢去了。

陈小元经过打听，发现书记并没有减刑，还在城南监狱中。书记虽然是一个贪官，在陈小元看来也算有知遇之恩，如果没有书记的提携，凭他陈小元有天大本事，肯定还在那个小镇上。这虽然是上海的小镇，其实是不好太张扬的，他在陕西老家的那帮同学面前，说起话来照样是吞吞吐吐的。当秘书那阵子，包括后来当了副团长，逢年过节的，陈小元不回家看亲娘老子，也要抽空去给书记拜年。每次送的东西也五花八门，有猪蹄子，有大红枣，有紧身内衣，也有苹果手机什么的，唯独再没送过信封了，原因是信封太直接了，像是嫖客与妓女一般，没有一点个人的情分在里边。

陈小元想，如果自己把雷管送给了书记，他不可能转送给了更大的书记，也不可能带到监狱，更不可能上交国库，所以最大的可能还在家里。书记是贪官，该杀该剐，老婆儿子还是无辜的吧？陈小元打电话到监狱的时候，监狱的人听到"书记书记"的，就很不高兴地说，你以为他现在还是区委书记吗？

他现在是犯人，是人民的敌人，敌人怎么可以随便接电话呢？

陈小元说，他可能藏有雷管，你们不让他接电话的话，是要出大事的。

监狱的人有些害怕了，他想自杀还是想炸监狱？雷管的威力很大吗？你再过五分钟打来吧。

陈小元五分钟之后再打的时候，监狱的人气愤地说，你这是胡扯，你知道吗？这个贪官从进来那天起，连只苍蝇也没来过，一根毛也没人送过，他从来没有出去过，放风是在青草都不长的围墙里，哪来的雷管？说完就"啪"地把电话挂断了。

陈小元想，自己得亲自跑一趟了。他又向剧团请了一天假，说是偏头痛犯了。他跟小老婆则直说了，老领导被关在监狱里后，大人小孩没个人去探视的，别人忘恩负义，我们可不能做个小人。领导在位上的时候，天天巴不得在眼里晃来晃去，如今领导进了监狱，就把人家当成冷宫里的妃子，看一眼也要吐一口唾沫。

小老婆听了，说探监也是串门子，哪能空着手呀。于是弄了一大堆的东西，有红双喜香烟，有两瓶子石库门老酒，还有几包大白兔奶糖，说算你陈小元有良心，老领导进去了你还惦记着，哪一天我进去了，送饭的人还是有的。

陈小元出城的时候，经过那条上下班时的大马路，看到沿路乞讨的还是那么几个人，一个残疾人，一个老人，一个背着孩子的女人，在车流之中穿来穿去。陈小元突然觉得他们也不容易，所以每人给了五块钱，顺便又问了问，他过去送他们旧衣服旧鞋子时，有没有送他们什么没用的盒子，如果有一定得看看里边是不是雷管。原以为乞丐大多是农村来的，或许修过路开过山炸过石，应该明白雷管是什么东西，但是乞丐们一个个问，雷管是不是很值钱呀？陈小元说，值多少钱不知道，关键是太危险了。乞丐们听了，就有些失望地说，如果发现了，我们会还给你的。

书记听说有人来看他，以为是自己的老婆孩子原谅了自己。当他看到陈小元的时候，半天也没认出来，不是陈小元有什么太大的变化，而是书记现在的眼睛不如从前了。当书记终于认出来的时候，却一下子转身就走。

陈小元说，书记啊，到现在为止，我也不相信你真收了人家的钱。

书记愣住了，转回来盯着陈小元看，眼里大颗大颗的泪珠子直往下滚。书记说，我牢底都快坐穿了，头发都坐白了，眼睛都坐花了，骨头都坐软了，你还以为是冤枉我了？我现在告诉你，我不仅是个贪官，而且是个大贪官，没有被枪毙已经烧高香了。你想想吧，现在有几个人是清白的？随便从大街上抓个人进来，你审都不用审，关个一年半载的，肯定不会冤枉的。其实，世界就是一个大监狱，我不过是住在单间里罢了。

书记在陈小元的对面坐下了，当然，小陈你肯定是例外。

陈小元说，社会无常，话也不能这么说。

书记说，我真后悔啊。书记说着就放声地哭了。这是陈小元第一次见到书记哭，原来见到书记不管在什么场合，要么满脸堆笑，要么一脸严肃，偶尔也有气愤，就是没有一滴眼泪与一丝柔弱。陈小元当时还想，是书记不会哭才当了官呢，还是当了官后才不会哭的。

陈小元说，过去的事情就不说了，我这次来，主要是来看看你。

书记说，我估计，你现在还是副处吧？你知道探视一个贪官，对你的前途影响有多大吗？你知道这是多么危险吗？

陈小元说，确实很危险，但是我必须来，我想问书记一件事情，请书记好好回忆一下。

书记说，问什么？你说吧。

陈小元说，你还记得我过年过节送给你的东西里，有没有一个金色的盒子？上边可能还打了一个蝴蝶结。

书记身子抖了一下，一下子站了起来，死死地盯着陈小元，希望从陈小元的眼睛里看出什么。

在他任区委书记的时候，有多少人送过他东西，什么人送了多少，是什么时候送的，他根本记不清了。在纪委当初调查时，能记得的他基本都交代了，记不得的他也糊糊涂涂地交代了。唯独陈小元送给他的那个信封，让他无论如何也忘不了，不是因为里边的那些钱，书记根本不清楚到底是多少钱，而是因为在这个信封里，陈小元讲了一个故事，是关于母亲临终时想吃麻花的故事。当一家人东借西凑地，把麻花炸好的时候，母亲已经去世了，之后麻花就成了母亲的祭品。当时书记看到这段文字的时候，他被感动了，哭了。他感觉陈小元是个孝子，古话说百善孝为先，这才是书记花费力气，把陈小元调上来当狗尾巴的原因。陈小元后来腐化了，搞出了"兔子事件"，但本质是好的，所以在上边调查的时候，与陈小元有关的，书记有意识地隐瞒掉了。

书记盯着陈小元，小声地说，我不知道你想问什么？你是第一个到监狱来看我的，也是我当初唯一保护过的，我这辈子肯定是平不了反的，就是翻出什么旧账来，顶多多坐几年而已，但是小陈呀，你还年轻，也不容易，不一样啊。

陈小元说，书记你放心吧，我没有送过你任何值钱的东西。当初纪委找我的时候，我就是这样说的，以后无论发生什么事情，我还会这么说，因为这是事实嘛。我就想让你想想，逢年过节时，我去孝敬你的时候，那些东西你都怎么处理了？有没有发现什么特别的？

书记轻松了，只要牵扯不到你，我就放心了。你也清楚，别人送的一些吃的喝的，有烟有酒有补品，家里摆都摆不下，所以也不想分清楚谁送的。这些东西吃吧吃不完，卖吧不敢卖，扔吧也不能扔到大街上，有许多贪官就这样翻船了。最后只好半夜三更偷偷地拉到春申江，不管五粮液还是大中华，都统统地绑上大石头，沉到水底去了。

书记开玩笑说，春申江为什么长出大鱼了？不是现在把污染的水质治好了，而是喝了名酒抽了名烟的原因。

陈小元说，难怪了，前一阵子竟然捞出一百斤的大王八。书记呀，你能确定没有发现雷管呀什么的？或者还不知道是什么东西，就觉得盒子好看，随便放在家里什么地方了？

书记想了想说，有一次倒是看见一个人送的烟酒，袋子底下有个打火机，上边印着裸体女人，不过也扔了呀。扔不掉的东西，在抄家的时候，全没收了。

陈小元说，不是你我恐怕还在底下沉着呢，你是我的大恩人，当年有什么好东西，我第一个想送的就是你了，就是那个医学院的漂亮兔子吧，说实在的，我也想送去让你看看，还没来得及就出事了。

书记说，女人嘛，是你们年轻人的事情。

陈小元说，我就实话实说吧，我家有一盒雷管，不知道什么时候不见了。我怕把它当成什么好东西送给你了，而你家里人不知道这是雷管，就放着藏着，哪一天不小心爆炸了，太危险了吧。这阵子爆炸的事情太多了，真是惨得很啊。

自己坐牢后，有秋后算账的。有一个人写匿名信，说送过他一根项链，当时忘记举报了；有一个人冲进他过去的办公室，想要回送过他的两瓶红酒。书记终于明白了，陈小元这次专程来，不是秋后算账的，而是为了自己这么一个贪官的安全。

他抱着陈小元，一阵放声大哭，我当初真的没有看错你陈小元啊，你真是一个有良心的好孩子呀，我如果下辈子再当大官的话，一定当个清官呀，还要提拔提拔你呀，让你当处长呀。

陈小元说，来生的事来生再说吧，我现在会唱戏了，给你唱两句吧。

书记原来也是一个戏迷，在任的时候风光，经常把一帮戏子招到家里，唱那么几曲京剧《贵妃醉酒》。陈小元对着书记唱着："窈窕风流杜十娘，自怜身落在平康。"陈小元一边绕着，一边敲着桌子打着节拍，最后鼻子一酸，泪水就流了出来。

陈小元告别城南监狱的时候，因为离最初工作过的文化站只有一个多小时的路程，所以他拦了辆车，想顺便去文化站看看，这也是他放心不下的最后一个地方。虽然文化站没有自己关心的人，也没有自己操心的事情，毕竟是自己人生中的第一站，是自己这个陕西农村人在上海扎下根的地方。

这个小镇是这个城市之根，有着许多文物古迹，那些民宅大院子，基本都是上千年的江南水乡，如今已经成了旅游胜地，有老鸭粉丝汤、红枣汤圆、叫花鸡，还有东坡肉。陈小元赶到小镇的时候，许多人一眼就认出了他，纷纷拉着他，要留他吃午饭，或者是喝杯茶。有个大爷拉住陈小元，说他孙子当时就是在陈小元的文化站学会打乒乓球的，后来参加了全国运动会比赛，还捧了个奖牌回来了，但是现在乒乓球案子被拆掉了，卖起了什么成人用品。

陈小元说，现在是以经济为中心，文化站不好玩了，可以在家看电视嘛，家里有高清电视了吧？

大爷说，有啊，一面墙那么大呢，但是那些演员衣服不好好穿，连肚脐眼都露出来了，这么丢人的东西别说让孩子看，我这一把老骨头看着都害臊呀。

陈小元不知道怎么说了，就说还有事要办，匆匆地走掉了。路上还碰到一个女人，手中提着一篮子鸡蛋，欲走欲留的样子，红着脸看着陈小元。陈小元说，这么多年了，你还干老本行吗？现在的鸡蛋怕要四五块一斤了吧？

这女人原在镇上摆着个菜摊子，陈小元常常去买她的鸡蛋，一来二去熟悉了。后来陈小元让她直接把鸡蛋送到文化站。有一天中午，陈小元闲着无聊，就用文化站的录像机，躲在房间看一盘黄碟，叫什么《美女与野兽》。哪想到，这个女人提着鸡蛋推门而入，她看到屏幕上赤裸的画面，进也不是退也不是，像是一下子被钉住了似的。

陈小元说，想看就进来。其实陈小元是怕被外边的人发现了，才一把把她拉进了屋子，赶紧把门关上了。这女人进了屋子，听到外边不停有人走动的声音，所以又不敢出门，只好站在房子中间，背对着屏幕。录像里哼哼哈哈的，哪容得了她这样，就主动转过身了。两个人看着看着，也就不管不顾了，忍不住抱在了一起。

完事之后，这女人说，对不起，我不知道你那么大了，还是一个童男子，要知道我就忍着了。陈小元说，谢谢你，让我长大成人了。从此之后，这女人便隔三岔五地提着一篮子鸡蛋，到文化站来找陈小元，送鸡蛋事小，云雨一番事大。很自然，这些鸡蛋自那次之后基本都是白送的，所以陈小元吃了好长时间不要钱的鸡蛋。

如今在小镇上碰到了，两个人站在马路上，不知道如何是好。陈小元想：自己当时只吃了她送的东西，却从来没有送她什么，所以那盒雷管根本不可能在她手上，她恐怕是这个世界上最安全的一个人了，所以最后相视一笑，扬了扬手，就各自离开了。

文化站依然设在小镇的两间平房里，比原来繁华了不少，墙面被重新刷过了，绘了好多跳舞的图画，好像是舞蹈培训班的广告。陈小元走进文化站，发现乒乓球案子、图书都不见了，里边变成了一个商店，出售一些地摊书和一些盗版碟，拐角上还辟出一小块地方，在卖安全套与充气娃娃。

营业员问，你要租碟还是买碟？

陈小元笑了笑说，我再看看吧。

营业员见到如此扭捏的顾客，就明白他要的是什么：这有什么不好意思的，是要 A 片对吧？要日本的？还是欧美的？说着就从柜台底下拿出花花绿绿的一大摞来，你挑吧。

陈小元一看，都是一些大乳房大屁股，赶紧说，你们文化站站长在吗？我找他有别的事情。

营业员说，哪有什么站长啊，这里只我一个人，我就是这里的负责人，你说吧，找我有什么事情吗？

陈小元说，我也在这个文化站干过，我姓陈。

营业员说，哦，你是陈小元吧？你可是这个小镇的名人呀，没有人不认识你的。你官当大了，现在是市里的领导了，今天是来检查工作的？还是来这里唱戏的？

陈小元说，我就是有点事情来问问，你当时接管这个文化站的时候，有没有看到我移交下来的东西？比如说一堆书，还有一大堆的磁带。

营业员不高兴了，拉下脸说，看来你是来查财产的呀。有是有，一部分让人偷走了，也是我接手之前的事情，你走之后好长时间这里是关着的，有人敲碎了窗玻璃，爬进来偷的，剩下的一些都在仓库里放着了。你也知道，书嘛，都是邱少云黄继光；磁带嘛，就更不用说了，现在都改用光碟了，这些东西跟垃圾一样。你想查，自己去看吧。

陈小元说，我不是查账的，你误会了。我只是想看看，有没有我要的东西。陈小元说着就随营业员来到了仓库，这些东西乱七八糟地堆在地上，上边已经落下了一层厚厚的灰尘。陈小元先把书整理好了，然后不管是录像带还是录音带，一盒一盒地打开了。营业员看陈小元的样子也不像是查账，就又高兴了起来，问找什么，她可以帮忙。

陈小元说，我找一个黄色的盒子，里边是雷管。

营业员说，原来你要找这个呀，我好像见过的。

陈小元赶紧问，真的啊，这下太好了，我都找疯了，现在放什么地方去了？

营业员红着脸说，我只是看到过盒子，一看就知道是黄色的，不过我不知道名字是不是《雷管》。内容我也没有看过，我还是女孩子哩，我可不看这些乱七八糟的，何况你留下的那台录像机早就坏掉了。

陈小元叹了口气说，我要找的是一个盒子，一个黄色的盒子，里边放着雷管，就是爆炸用的雷管，不是黄色录像带《雷管》，你看到过吗？

营业员不好意思地笑了，这么危险的东西呀，我这辈子也没有看到过呢。

两个人又在一堆杂物里找了一遍，没有找到雷管的影子。不过看到一本发黄的小册子，竟然是评弹《杜十娘》的剧本。陈小元翻开小册子，他第一次哼出了第二句"她是落花无主随风舞，飞絮飘零泪数行"。陈小元带着这本小册子离开的时候，失望地说，那盘真正的黄色录像带也不见了。

陈小元对文化站的点点滴滴是相当有感情的，这是陈小元当年精神生活的一部分。他既从这些东西里学到了忍受，也从这些东西里找到了发泄。营业员说，我不是说了吗？让人偷去了，你想想，他们进来最想偷什么？不就是这种东西吗？不过，我可以送你几盘，什么花样都有，你看了肯定满意的。

说着就从柜台下边拿出一堆，往陈小元手里塞，陈小元苦笑着说，你没有看过，怎么知道好看呀。

营业员说，没吃过猪肉，还没见过猪跑吗？

陈小元没有接她的黄碟，摆了摆手，算是告别了。当他离开小镇的时候，再有人拉着他，要吃饭喝茶时，他就问人家有没有拿文化站的一个盒子，说盒子里装的是雷管，不小心就会爆炸的。大家都连连说，看在你的分上，文化站晚上就是不关门，我们也不会去偷的。

在集市上，陈小元又碰到了摆摊卖菜的那个女人，他想还是过去问问她有关雷管的事情比较好，看着她低着头用袖子擦着几个西红柿，身边多出了一个黑瘦的男人，心想应该是她的老公吧？还是默不作声地走掉了。

6

刚刚回到家，这座城市的西南角又腾起了几朵蘑菇云。

陈小元原来是认识雷管的，时间长了已经忘记雷管的具体结构了，忘记一盒雷管有十个还是八个。如果真的一齐爆炸了，威力会是什么样子，陈小元却是非常清楚的。小时候他亲眼见过炸山修路，从陕西通往上海的三一二国道，穿过东西要塞武关的那一段就修在崇山峻岭上，是放过很多炮炸过很多山的。父亲当时是装炮工，他们在岩石上用钢钎铁锤打个眼，把装了导火索的雷管放进去，然后用炸药填满夯实，上边再压上松枝呀什么的。一个炮眼，就可以掀掉一个山包，泥沙石块可以飞出两里地。有一次，父亲点燃导火索后，折身赶紧就跑，半天不见爆炸，有人就跑过去检查，刚走到炮眼边上，轰的一声就炸掉了。那种肠子大腿耳朵鼻子到处乱飞的情境，好多年后都在陈小元的脑海里盘旋。想到这里，陈小元打了一个冷战，骂了一句，妈妈的，这几天谁都想到了，为什么偏偏把喜欢放炮的父亲给忘掉了呢？

陈小元的母亲去世早，父亲靠着砍一些大树，专门给人卖棺材板，才把陈小元供着上了大学，成为村子里唯一一个吃公粮的。陈小元跑到上海工作后，父亲并没有随着他进城，如今父亲已经七十多了，仍然一个人住在陕西塔尔坪。陈小元几次要把父亲接到这座城市，让他跟着自己享受一下醉生梦死的生活，比如泡泡桑拿、找找小姐，都是不需要自己掏腰包的。有一次强行把他接到了上海，今天剧团这个拉二胡的要请他吃鱼翅，明天剧团那个演花旦的要请他吃鲍鱼，吃完一桌子上千块的，陈小元嘴一抹就走人了。父亲说，无功不受禄，天天吃人家的喝人家的，心里愧欠得很，就偷偷跑回村子里了。

父亲一辈子，吃的是自己辛辛苦苦种的，用的是自己挖药砍柴挣来的。他从不占别人一分钱便宜，有人送根针给他，他自然会找个机会回人家一根钢钎。陈小元给区委书记当秘书那阵子，按说上海跟陕西的官场，是八竿子打不着的，但是一到过年过节，陕西老家那边的，有的是乡上的，有的是镇上的，一堆堆地朝塔尔坪跑，扛着一箱箱的好烟好酒，说是访贫问苦，其实都来巴结父亲。父亲说，我是一个土农民，你们巴结我有什么用呢？那些人就说，你儿子是从我们这里走出去的，我们得替他照顾好你呀，让他以后还得照顾照顾我们。父亲说，你们在陕西，我儿子在上海，他哪有这个本事？那些人却觉得，他现在是书记的秘书，跟着书记还能高升呢。

父亲无语了。那些人再来的时候，他就找来红纸，写上"某某镇长天之蓝一箱""某某书记中南海两条"，然后张贴到学校的墙上，把这些东西全部分发掉了。这样公示了几次，就没人再来了。陈小元说，都是公款，你不要白不要。但是父亲说，如果我要了，他们就得托你办事，你不就腐败了？陈小元说，离这么远的地方，我能办个啥事？但是，真有一个人从陕西打电话到上海，是陈小元的一个同学，在派出所副所长的位子上，一直干了六年也没有扶正，想让陈小元给疏通一下关系。陈小元还是原来那句话，哪里认识陕西那边的人？同学却说，你不需要认识陕西这边的，比如你认识公安部的，他们一句话顶我一辈子啊。不久，这个同学真升了正所长，接到任命的那天，同学打电话说，我不会忘记你的。陈小元说，我又没有做什么。同学说，你老同学站在那里，还用亲自说话吗？同学开着警车，专门去了一趟塔尔坪，整整拉了一货车的东西，陈小元的父亲还是老样子，拉出一个清单张贴出来，然后以扶贫物资的名义给分掉了。时间长了，陈小元也就想通了。父亲一辈子在清水里活着的一条鱼，你把它放在一潭子浑水里，它肯定会不舒服的。

父亲的耳朵已经聋了，需要大声喊叫着才听得见。陈小元已经极少打电话了，真要非打不可的时候，都要躲到荒郊野外，这样不会吵到别人。陈小元赶紧起身，爬上808路公交车，一口气坐到了终点站，然后钻进八万人体育场，坐在空无一人的草坪上，才把电话拨通了。陈小元已经说了半天，父亲还在不停地嘟囔说，哪个嘛？我听不到啊。

陈小元说，爹呀，我是你儿子呀。

父亲说，哪个坐月子了？你再大点声吧。

陈小元拖着长长的声音一个字一个字地喊：我——是——元——娃，你——身——体——还——好——吧？刚——镶——的——牙——齿，能——不——能——吃——苹——果——啊。

父亲说，瞎着，我一点都听不清吗？

陈小元一急，就唱起了评弹。老父亲虽然什么话都听不见，唯独对老戏却是清清楚楚，什么陕西秦腔呀，河南豫剧呀，黄梅戏呀，越剧呀，不管是哪个地方的土梆子，他一打开收音机，不但能辨出什么曲子，还能听出是什么唱词。陈小元唱着："窈窕风流杜十娘，自怜身落在平康。她是落花无主随风舞，飞絮飘零泪数行。"

父亲说，是我儿子呀，你唱的是《杜十娘》嘛。

陈小元一时高兴，便唱着说，我是陈小元你的儿，如今有事要问爹。这时父亲身边传来另一个人的声音，有人把电话接过去说，有空还是把戏班子带回村子，给老人们唱一出《包青天》吧，他们眼睛都望穿了。

原来是回家探亲的堂弟。陈小元说，你咋有空回村子了？烟酒店不忙了？

堂弟说，哪有不忙的？这年头就两样生意好做。

陈小元问，哪两样？

堂弟说，一是洗头房，二是烟酒店。

陈小元问，为什么？

堂弟说，你这当官的还不清楚？当官的头容易脏，嘴也闲不住。所以，我在西安又开了个洗头房，咱村子的女娃清纯，这次回来本想着招几个女服务员的。

陈小元说，洗头房真洗头吗？你这不是害咱们村子吗？

堂弟说，现在怕只能招几个老太婆了。几年不回来，村子里没有一个年轻女娃了。

堂弟又问，你们假期多，为啥也不回来？

陈小元叹了口气，假期有什么用，我是真的忙。

堂弟嘿嘿一笑，你忙什么？忙唱戏呢？还是与戏子上床？

陈小元没再理他，只是说，你帮我问问，我爹最近身体有没有毛病？

堂弟开始充当传话筒，大伯说他的身体好得很，他刚才还爬到河滩上放炮去了，说是要炸山修地，种核桃树。

陈小元说，放炮啊，这太可怕了。你问问他雷管是哪来的？

堂弟传话，雷管是从养路队买的，现在社会不安全，枪支弹药管得严。雷管哪里也买不到了，修路的时候上边会发一些，养路队的人就省几个要么送人，要么卖钱。现在投机倒把的事情，到处都是的。

陈小元说，没办法，就是这样一个社会，除了礼尚往来，其他什么都是要掏钱的。你赶紧问问，我给他寄回去的衣服呀，烟酒呀，奶糖呀，里边有没有一个金色的盒子？

堂弟传话，他说有呀，是"雷"什么的。

陈小元说，是雷管！我要找的就是这盒雷管，你问问他放哪里去了？

堂弟传话，有一次村支书来了，说是那盒子好看得很，就拿走了。

陈小元急了说，是雷管，里边好多雷管呀，一旦爆炸了，村子会被掀掉的。

堂弟传话，大伯说雷管他怎么不认识？他还到处找雷管呢，什么场合都派得上用场，修路呀，修地呀，还有过年时听个大响声。但盒子里边一包一包的，根本不是雷管，听村支书说，好像也叫什么"雷"，但肯定不是雷管。雷管是铁的，这东西是橡皮的。

陈小元想了半天，终于"呵"了一声问，是不是叫杜蕾斯？

堂弟传话，大伯说了，好像是的。说村支书开心得不得了，立马就找村口的老寡妇去了。陈小元哥，这不是安全套吗？你寄这东西回来干什么？大妈去世这么多年了，大伯一个人也用不着呀。

陈小元有一次买了一盒水果味的杜蕾斯，小老婆说，真不错，女人的下半身竟然也能尝出味道，做爱跟啃苹果似的。但是夫妻两个刚刚啃了一次苹果，剩下的杜蕾斯全不见了，小老婆硬说陈小元在别人身上用掉了，两个人闹了好长时间的别扭。原来寄东西给父亲的时候，混在一起了。

陈小元说，是寄错了。你再问问，我拿回家的东西里，有什么舍不得打开，现在还放着没动的？

堂弟传话，他说没有了。陈小元哥，不是我说几句，你这么大的官了，副团长是吧？起码也是指挥千军万马的，但是大伯他太仔细了，别人巴结你的烟酒他一概不收，你每次给他拿点烟酒吧，他又舍不得喝舍不得吃，跑到合作社里换成钱，十块二十块地拿到信用社存起来了。

陈小元说，其实我送的这些东西，也不是掏钱买的。我已经劝过他了，不顶用的。你也帮着劝劝吧，你想想他存的那点钱能干什么用啊？还不够人家吃顿饭吧？就是几瓶拉菲的事情。不说了，你一定提醒他，发现不清楚的盒子，一定要小心。

挂断了电话，陈小元还是不放心，电话又找到村支书。村支书说，看你娃小气的，我拿走的真是几个套子，也不是金银首饰，还用得着要回去吗？

陈小元说，哪里呀，支书这么大年纪了，还如此威风，我高兴还来不及的。你喜欢的话，我下次给你带点香蕉味的。

村支书说，好啊，这个老太婆喜欢赶时髦，一看有新鲜的东西，抢着要尝尝呢。

陈小元说，是支书厉害。

陈小元从支书那里证实拿走的确实是杜蕾斯后，整个陷入更加迷茫与慌恐之中。陈小元心想，这么多年，从陕西到上海，从农村到城市，除了几个格外牵挂的人之外，到底还送过谁东西，怎么也记不清了，有些人已经不认识了，有些人或许已经不在人世了。

陈小元一时不知道怎么办才好了。

他对小老婆说，我们努力大半年了，你之所以迟迟不能身怀六甲，有位老中医说了，可能是我们平时同房时太癫狂了。你以后一定要小心，不管什么动作，最好跟跳舞似的，轻一点，再轻一点。

小老婆问，真的吗？难怪你如今喜欢翻到上边去，云呀雾呀的了。

从那天起，陈小元与小老婆走路的时候，就跟踩蚂蚁似的。

坐下去拉屎吧，也慢悠悠的了。特别是上床的时候，都成了电影里的慢镜头。这正合了评弹的调子，就讲的是温吞吞，软绵绵。所以两口子的慢生活，再加上陈小元两句吊嗓子的评弹，就显得十分地合拍，好像是专门配的背景音乐。陈小元看了十分满意，心想这样才会安全。

又过了几天，小老婆说单位的发票丢了，问陈小元认识不认识记者，托个关系免费刊登一个遗失公告。

陈小元当时正对着那本小册子，慢悠悠地学着《杜十娘》第三句，听到小老婆说起公告的事，一拍脑袋说，当然有了，《春江日报》的女总编，不就是我区委办时候的同事吗？陈小元在给小老婆刊登遗失公告时，给自己也悄悄登了一则遗失启事。这是他临时想到的，也算是没有办法的办法了。

为了不引起社会恐慌，不给自己造成不必要的麻烦，他是这么写的：本人有一金色盒子，内装有特殊物品，如今发现不幸遗失，或许当成礼品错送，请知情者尽快查找，不然后果非常严重，本人不排除报警可能。联系方式 leiguan119@sina.com。

陈小元拟定的启事很快就被女总编给发出来了，没有收陈小元的钱，所以不是放在广告里，而是放在春江日报的副刊上。《春江日报》是这座城市发行量最大的报纸，所以这则启事的影响力之大，是陈小元万万没有预料到的。

这个社会最大的交往就是收礼，有谁这辈子没有收过礼呢？生老病死要收礼，走亲串友要收礼，就是家里的狗狗感冒了，怕也会收到一大堆的药片片。很多的礼收得不明不白不清不楚。不管是市里的头头脑脑，还是拾破烂的，扫马路的，看到陈小元这个莫名其妙的遗失启事后，都是一头雾水，然后在网站的各个论坛里，做着各种各样奇异的猜测。

有人说这盒子里可能装着一尊金佛，有人说这盒子里可能装着传家宝，有人说可能装的是海洛因，有人说可能是老婆的骨灰。也有人说，盒子本来就是空的，什么都没有，因为送的是大领导，领导发现送的是空气，那就倒霉了。反正整个城市街头巷尾、屋里屋外、上上下下、前前后后、左左右右、白天黑夜、明里暗里，都在议论这则遗失启事。

那段时间，整个社会还发生了许多热点大事，一时间就被这个议论给盖过去了。

反正大家猜测来猜测去，都没有什么结果，后来有人从那个电子邮件上，看出了一丝问题，前边的拼音是什么意思不清楚，但是后边的数字是119。119是干什么的？是灭火的。能引起火灾的，是什么呢？肯定不是什么好事情。启事里也说了，不排除报警，有什么事情需要报警呢？不管怎么说，收到这份礼物的人，如果不还给人家的话，人家是要报警的，警察拔出萝卜带出泥，就会大难临头。大家一边议论，一边回家做贼似的，翻箱倒柜起来，把往日别人送给自己的各种东西，统统地拿出来看了又看，想了又想；觉得像，又觉得不像。

在全城大搜索之中，传出了不少的小插曲：有人找到几十年前的老照片，高兴得哈哈大笑，说自己当年真是英俊潇洒；有人翻出了初恋情人的书信，被爱人看到了，大家酸溜溜地大吵一架，离婚了；有人翻出一套邮票之类的东西，一查如今的市价，已经珍贵得可以换一部车了，当年还对人家送这几枚破邮票看不上眼，但是如今人家已经死了，所以赶快跑到坟前又是烧香又是磕头。大家都在疑神疑鬼，翻来倒去，叮当哐啷，无休无止。大家都不知道启事里要找的，是什么东西，但是大家还是要翻着找着。有人说，权当是系统地整理一次家务嘛。

陈小元的小老婆也不例外，她指着那个遗失启事问陈小元，你猜猜这里到底是什么？

陈小元说，恐怕就是发在副刊上的一首打油诗吧？

小老婆说，诗再臭，能这么写吗？

陈小元说，可能是个暗号吧？

小老婆说，你以为是战争年代呀。

陈小元说，只有地下党才对暗号吗？说不定是哪对偷情的猫要接头呢。

小老婆说，呵，我知道，是不是你发的？你要约那只白兔子？

陈小元说，你又扯远了。可能是什么危险品吧？

小老婆说，我觉得应该是什么值钱的东西，不然也不会这样遮遮掩掩的。你虽然官不大，但逢年过节的，剧院的人要送你，跑堂的人要送你，生旦净末丑个个都要送你。说不定这个登启事的人，就给我们送过什么东西。我们也找找吧，万一出个什么漏子，把警察引来了，你恐怕也要陪老书记去城南监狱了。

陈小元说，好吧。两个人一起又把家里翻了个底朝天。这一次没有翻出兔子皮，却从衣柜里翻出了一件旧风衣。小老婆黑着脸说，当初你说送人了，原来还在这里藏着，看来你是念念不忘呀。

这件米色的风衣上，有一个红色的唇印，所以陈小元是不会看错的。但是他也不知道为什么，记得当年确实拿到楼下边，送给了扫地的阿姨。原来阿姨是个小寡妇，就把这件风衣当成祭品，烧给了死去的男人，连纽扣也烧掉了，变成了一把灰，怎么现在又出现了呢？

陈小元说，当时阿姨烧的时候，你不是在当面吗？你还借机烤手了呀。

小老婆说，小区隔三岔五地在烧垃圾，我哪记得这些。不过是你狸猫换太子的把戏罢了，不然现在看到的是什么？是鬼穿过的衣服不成？

这件风衣存在着许多美好的记忆，扔掉确实有点不舍。它不是前妻送的，却是陈小元第一次与前妻见面的时候，陈小元特意花血本买的，好像用掉了半个月的工资。陈小元当时穿着这件风衣，在春申江边出现的时候，那天正是春风摇曳的季节，陈小元的衣角被轻轻地吹起，加上留着一头卷曲的长发，显得那么洒脱，那么风度翩翩。当他出现在前妻面前，前妻并不搭理，而是背着双手，一边笑着一边朗诵"轻轻地我走了"。朗诵完了，突然冲上去亲了陈小元一口说，我以为你是徐志摩呢。

小老婆还准备吃醋的时候，陈小元从厨房里提来一桶花生油，往风衣上浇了一圈子，点着之后就把一个火球从窗口扔出去了。看着这团火球跳下了楼，被风吹着撵着，烧得到处乱飞的时候，陈小元双手一摊说，你看清楚了，这次是不是烧掉了！

奇异之事在家里一再出现，让陈小元格外觉得是个不祥的预兆，总觉得有什么事情随时都会发生。开始是为一盒子消失的雷管担心，到后来已经扩大到了所有的礼物身上。那段时间，陈小元被搞得有些神经质了，雷管变成了一条条虫子，在他的脑海里爬着扭着。这使陈小元晚上睡不着，白天吃不下，听到一声响雷都怕得要命，特别是看到有人手中提着礼品，哪怕就是一束玫瑰花一个蛋糕，也让他产生不安全感。

7

陈小元偷偷地钻入真如老街上的一家网吧，打开报纸上公布的那个邮箱，看看有什么新情况。开始几天，只有几条零零星星的试探性的邮件，基本是上海本地的，大家都在问，你说的那个盒子，到底是什么东西呢？后来邮箱里的邮件越来越多，除了港澳台之外，全国各地多少都有一些，大多数还是从上海发来的，每天竟然会收到几千条消息。有些人说自己找到了几件，大到锅碗瓢盆，小到针头线脑，贵到美元欧元，贱到棉球耳扒，问是不是陈小元要找的东西，如果不是的话，他们接着再找。再后来，发邮件不再是试探性的了，也不再是那些无足轻重的生活用品。而真正地谈到了礼物，基本都是景泰蓝呀，金项链呀，银碗筷呀，玉观音呀。这些东西虽是平时大家送礼时惯用的，不过都是送亲戚朋友的了。

到最后，终于有人问，你要找的东西，是不是房子的钥匙，或者是车子的钥匙？并提醒说，做什么事情都急不得的，特别是找东西，有时候千呼万唤的，却恰恰就在自己鼻子底下，所以暂时还是不要报警为妙。看不到陈小元的任何回音，有人干脆发来邮件，明目张胆地威胁说，你想干什么？你送人家东西，人家给你办事，办事需要时间，当下是惩治腐败的风口浪尖，稍有不慎就会鸡飞蛋打，两败俱伤。而且买卖不成交情在，留得青山在还怕没柴烧？你送的东西，想收回去不成？明白点说吧，不值钱的已经处理掉了，值点钱的已经送给别人了，我不是联合国秘书长，想在地球上混，我也要送礼啊。

有人发来的邮件更加离奇，让陈小元更加吃惊，你不用报警了，你送的东西，我们已经还给你了。我们给你一个密码，请你自己去银行某某寄存箱取吧，从此我们两不相欠，清清白白。

陈小元对这样的结果是万万没有料到的，也是十分恐慌的。他偷偷地跑到几家银行，还真去寄存箱里取了。当他哼着"杜十娘"，若无其事的样子，一一打开银行的寄存箱后，陈小元几乎像是进入了一个秘密的宝库。

陈小元发现人们还回来的礼物里边什么都有，有恐龙蛋化石，有清朝时期的景德镇瓷器，有和田玉制作的麻将，有黄金印刷的毛选，还有不少古时代的金币，也有文物字画。最珍贵的也是陈小元最喜欢的，是郑板桥首次露面的一幅《修竹鸣鸦图》，与郑板桥以往面世的作品不同，不再是几枝竹子，而多了一只乌鸦，落在竹林之中，呈欲休还鸣之状。陈小元平时最喜欢郑板桥了，所以一看到那随遇而安的笔法，那三片尖刀似的竹叶。就说这只乌鸦吧，也是清清瘦瘦的了，透着万般风骨，带着几分傲气。再看看那印信，一眼就能肯定，这是郑板桥的真迹。

陈小元欣赏了半天，用手摸了摸，然后把这件爱不释手的画，悄悄地揣进了自己的怀里。

陈小元收到的每一件，都足以让陈小元一夜暴富的。如果卖掉一件的话，不说在中环外买一套房子了，起码可以买一部小老婆唠叨多年的宝马汽车了。就是最差劲的，应该也能卖个十万八万的，拿到中央台的《鉴宝》栏目炒一炒，说不定还不止这个数。陈小元又反过来想，每一件如果不是自己的，而是别人送来办事的，算行贿受贿的赃物，恐怕也能判个十年八年的吧？

陈小元也许怕犯法，也许怕对郑板桥不敬，所以他把那只乌鸦带出两站路后，在怀里还没有焐热呢，就颤抖着声音哼着那句"杜十娘"，唉声叹气地放回了原处。

这些宝贝到底应该怎么处理呢？事情好像已经出乎陈小元的预料，一时不知道如何收场了。陈小元知道，这都是礼尚往来惹的祸。大家之所以如此关心陈小元的启事，而且报以如此强烈的反应，只不过是大家平时收了礼之后，像是在自己的心里埋进了一盒雷管，让自己不安。无论陈小元要找的是什么，都给他们找到了释放不安的渠道。

所以，陈小元的事情对不知就里的局外人而言，已经不仅仅是一盒雷管的事情了。但是陈小元最关心的还是那盒雷管，只有这盒雷管才关系着他，把他与几个放心不下的人联系在了一起。

前妻，昔日的小情人，坐牢的老领导，还有远在天边的父亲，放心不下的几个人该问的都问过了，遗失启事也广泛传播了，但是到目前为止，什么乱七八糟的东西都找出来了，上海这么大个城市唯独没有找到一枚雷管。

陈小元想，是人们根本不把雷管当成礼品列入查找的范围呢？还是在上海这座城市里，根本就没有一盒雷管存在着？陈小元一时怀疑自己是不是记错了。他猛然醒悟，如果自己记错了，或者是罗林那天说是雷管，其实送了巧克力什么的，这还是极有可能的。商家一直都热衷于创新，有香烟状的饼干，还有瓶装的空气。所以说，只要找到当初送东西的罗林问问，也许就清清楚楚了。

陈小元从小镇文化站调到区委办当秘书后，他与罗林就生分了，几乎没有任何来往。记得最后一次见到罗林，是自己陪着区委书记和几个人大代表，去考察罗林所在的水泥厂。当时水泥厂因为排污，被环保部门要求停产整治，所以企业亏损严重，已经两年发不了工资，企业职工生活陷入了困难，一些男职工实在没有办法，身体好的就去替人献血，其实就是卖血，有肝炎的，得甲亢的，血也卖不出去，就走投无路了。有个男职工没有办法，就把自己关在宿舍里，一把火活活地自焚了。

既然没有饭吃，大家干脆开始静坐绝食，声称要见区委领导。陈小元陪着区委书记和人大代表坐在主席台上的时候，罗林则坐在主席台下边，虽然已经三天滴水未进，罗林还是不停地朝陈小元微笑，散场的时候他还等在门口，招着手喊着陈小元的名字。但是陈小元哪敢和绝食的群众说话呀，只能对往日情深义重的兄弟笑了笑，跟着书记一起钻进小轿车扬尘而去，到大酒店用餐去了。

如今的水泥厂已经彻底关门了。陈小元首先找到几个老职工，都说罗林几年前就下岗了，听说去南方打工去了，在一家工厂做保安，好多年已经不联系了。陈小元又找到罗林的几个朋友，朋友说哪个罗林？水泥厂的那个呀，我们也在找他，他借我们的钱一直没还哩。陈小元最后找到了罗林的妹妹，妹妹罗曼说，上海工作挺好找的，罗林之所以要远远地跑到广东，大部分原因是为了躲债。自从去了广东之后，有一年大年三十的晚上，给家里打过一个电话，打着打着就哭了，说是想家了。自那个电话之后，罗林就失踪了，家里人还报了警，一直都没有消息。她提供了一个电话号码，陈小元打了无数次，都是停机。

罗林这根线看来也断了。陈小元实在很无奈，白天请假在真如老街上吊嗓子，《杜十娘》里的很多唱词，他已经背过了。但是能张开嘴唱的，还是开始的那一句。晚上则夜夜失眠，就是眯瞪一会儿，也会从噩梦中惊醒。他怕小老婆发现什么异常，称自己在构思一部戏曲剧本，就独自躲在书房里，想过去几年里的一件件一桩桩，越想越觉得内疚，越想越觉得对不起任何人，越想越害怕心慌意乱。

陈小元最后担心的不仅仅是雷管了，还有自己收礼送礼的一堆子破事。哪一件事情，都跟那一盒子消失的雷管一样危险。

有一天，都半夜三更了，陈小元依然坐在书房里，盯着房间的每一件东西，颤巍巍地唱着评弹《杜十娘》，他自己觉得是唱出声了的，其实有时候就是默唱而已。

陈小元忽然被书架上的一个绿本子吸引住了。这不是自己多年前的日记吗？从陕西来到上海，每天都有记日记的习惯，无论屁大个事情，哪怕做个噩梦，哪怕有一只麻雀从窗口飞过，也会在这个绿本子里留下飞翔的影子。

陈小元心想，罗林送雷管给自己做礼物这么稀奇的事，应该也记到日记里了吧？陈小元从书架上拿出日记翻着翻着，他的呼吸都要停止了。

二〇〇二年九月二十二日那天，陈小元是这样写的："天气晴，今天是我的生日，但是身处这个孤独而偏僻的小镇，实在没有办法去庆祝了。整个一天，我已经在小镇晃荡了好几圈，也没有想好应该怎么度过这个夜晚，最后还是一个人默默地去了春申江的上游。看着满天的星星，心想这不就是点亮的蜡烛吗？我静静地躺在岸上，想把满天的星星吹灭。"

"在我迷迷糊糊之中，听到有人唱着生日歌，送来一个金色的盒子。他是罗林，一个面临倒闭的水泥厂工人。他保管的雷管就是他拥有的一切，难道他送了一盒子雷管作为我的生日礼物？不知道什么时候，我被人从睡梦中叫醒，罗林确实坐在我的身边，一盒雷管只是我的……"

陈小元翻到第二页的时候，发现这一页什么也没有，是空白的，再翻下去，就是另外一天的日记了。

这一盒雷管只是什么呢？是臆想吗？是梦吗？还是别的什么？看完这篇没有结尾的日记，陈小元几乎有些控制不住自己，可着嗓子吼了一句：杜十娘，恨满腔，可恨终身误托薄情郎。这声音穿过了夜空，如一声撕心裂肺的爆炸，也像一个精神病人歇斯底里的呐喊，把真如老街这个千年古镇给吵醒了，许多人家已经漆黑的窗户，包括真如寺里点着的天灯，一盏盏陆续亮了起来，提前把这个夏末的夜晚给撕破了。

静 安

1

到底是为钱、为官，还是为色？诱惑实在是太多了。陈小元在要不要闯荡上海滩这件事上，开始是犹豫不决的。白云观的道士为他占了一卦后，丢下十六个字：此去东方，必犯桃花；土入水中，何去何来。

陈小元犯的第一个嘀咕，是上海这地方有些邪门。海是百川所归，是水之最低，整个地球都叫下海，唯有这地方叫上海。像是把海搬到空中去了，安到每个人脖子上去了，他们顶着的不是脑瓜子，而是一个大海似的。意思相当明白，无论你是哪条江哪条河，想到我们这地方来，那得上，和上酒馆、上天堂，都是一个意思。

陈小元犯的第二个嘀咕，是上海这地方没办法做男人。这确实是一块黄金宝地，扫厕所的也可能一夜之间暴富，哪天清理一堆屎疙瘩的时候，说不定就是一块拳头大的金子。对于这一点，陈小元是信心满满的。但是最大的问题是，在上海做什么都好，就是做男人不怎么样，真的跟扫厕所拾金子一样，要低着头、哈着腰、捂着鼻子，做个又臭又憋屈的有钱人。你稍微直一下腰，大一点声，偷一下懒，像一点男人，那女人必定指着你说："你还算男人吗？"上海女人对男人的理解，就是对泥鳅的理解，既要好吃，又要没有骨头。

陈小元犯的第三个嘀咕，自己玩的是新闻，最大风险是政治，而上海这地方最讲政治。一字之差，就可能有天壤之别，大错特错。但是政治似乎没有伯仲之分，你立一个山头，在山头上种松树，松树就是政治主张；你种榆树，榆钱就是政治的最高境界。所以除非萨达姆这样灭绝人性的人，才会放弃教化，被处死，而政治犯一般是不会被枪毙的。陈小元觉得，只要不被枪毙，依然能够美美地活在人间！

对于上海，让他为之心动的，也有几个方面。

第一个是钱。人家愿意一下子出五十万的安家费，看在钱的分上，在上海滩呛一肚子的臭水，那也是值得的。现在是什么社会？是信仰金钱的社会，如果谁说跳一次江，就给一万块呛水费，恐怕跳下去的人，会把黄浦江给填平了。

第二个就是女人。对于陈小元这个三十多岁的单身男人来说，最渴望得到的就是女人，也是这么多年追求的终极目标。他觉得，男人这一辈子，钱，权，什么都是身外之物，唯有女人是可以进入体内的东西，你想躲也躲不掉，你想抛也抛不开。活着的时候，寂寞了想女人，快乐了要女人。就是吃顿饭吧，没有女人陪着，也像空气中没放鸡精似的，不新鲜；死了的时候，还要和女人并肩埋在一起，这也罢了，不过是两个名字、一把骨灰。而和女人一厮混、一搅和，就会组成一组特殊的 DNA，你想拆开吗？那得先去学学人家房屋拆迁组的功夫，只有想不到的，没有拆不掉的。女人既然不是什么坏东西，躲不开，抛不掉，那就干脆当成一条紧身裤，让她护着自己贴着自己，有什么不好的呢？对于白云观道士的十六个字，陈小元分析，前半句是说自己此去上海，可能会在女色方面犯事。就凭这半句，陈小元已经放心了。在世上混，犯在谁手中，都不如犯在女人手中有趣，可谓是"宁在花下死，做鬼也风流"。

让陈小元下定决心闯荡上海滩的，还真是一个女人。不泛指天下所有不长胡子的癞蛤蟆，而是陈小元偶然在上海遇见的一位绝世佳人。当时与这位佳人的交往，还仅仅停留在一张照片上。除了这张照片之外，陈小元对她一无所知。一无所知，并不影响陈小元美妙的牵挂，就跟你看到两只翩翩起舞的蝴蝶，虽然不晓得它们从哪里来，是不是梁山伯与祝英台变的，更不晓得刚才它们有没有偷吃一些不干不净的小东西，但是你说，它美不美？

美得很，美得像两个私奔的小冤家！陈小元在飞往上海的航班上，看着窗外涌动的云朵，又想起上海滩的那个女人，禁不住脱口而出。

2

陈小元在西安工作时，也是在一家报社。因为缺少资金准备关门的前一个月，陈小元作为一个小小的社会部主任助理，挺身而出，叫嚣着要拯救报社，拯救几百号人的新闻理想。挺身而出的人基本上都是小巴拉子，虽然人微言轻，但是懂得因材施用，不堵枪眼不炸碉堡，一辈子都是个小巴拉子的土疙瘩。陈小元不能跟人家比，他觉得自己是一块抹布，如果能堵住一个老鼠洞，也算是成就了一番事业。

报社开始是不相信陈小元的，但是马上就要关门了，心想就让他折腾一下吧。陈小元就策划了一个彩票一样的开奖活动，大意是这样的：如果订一年他们的报纸，就可以参照彩票一样摇奖，最高奖金五百万！也就是说，陈小元把这张报纸，一下子变成了一张举世无双的大彩票。一时间，跟陈小元一样买了多年彩票的人，就跟疯了似的，不再买彩票了，而开始抢订他们的报纸，因为订报纸虽然花费很高，但是中奖的概率更高，投入与回报是成正比的。那个中了三点六亿的家伙，据说也订了一份他们的报纸。

几天之内，陈小元他们的报纸就征订了四十万份，一份优惠价两百八十块。报社一时进账一亿一千二百万，扣除派奖与花销，还有七千三百多万元。七千多万元，这可不是一个小数目，一下子就解决了资金危机。广告商都是唯利是图的跟屁虫，看到发行量一举超过西安城所有的报纸，拥有的还都是固定读者群，而且这些读者基本都是赌徒，赌徒的消费能力可以说是超过所有的大款，所以纷纷抢着签订广告投放合同，特别是那些 LV 之类的奢侈品牌。短短几天，半年的广告版面都被抢空了。报社不但一下子不关门了，而且成了西安城的龙头老大，盈利了。

陈小元一时连升四级，被提拔成了副总编，还配了一部长安福特小轿车。他一个策划救活一张报纸，成了中国传媒界的神话，连监狱里的《囚报》都打电话想专访他。

当然，陈小元的名字和大多数银行的名字一样，迅速传到了上海滩。此时，上海滩也有一家报社在玉佛寺附近，报社是处于静安地区的，玉佛寺是处于普陀地区的，虽然不属于同一个地区，但是站在报社楼上可以清楚地看到玉佛寺。

这家报社几乎出现了相同的资金危机，几年来印报纸就跟印钞厂起火一样，把好几家入股的优秀企业几乎给烧掉了。当时不算欠下的印刷费，报社的账面资金据说只有几十块钱了，跟外地来的一个流浪汉差不多，上顿还没吃，下顿已经等着了。最后没有办法，连办公室里美化环境的几盆天堂蕉之类的植物也卖掉了，用来支付电费。员工六个月几乎没有发过一分钱，外地来的记者们已经走上了借钱生活之路。有人实在交不起房租，干脆就睡在了办公室。

报社社长决定赌一把，要把西安城的陈小元请到上海滩来。

报社社长托人把陈小元约到上海，第一次面谈的时候，陈小元就两个字：不来。

社长说：这可是国际化大都市你晓得吧？那金茂大厦八十八层，现在正盖着的上海中心，一百零一层。还有姚明、刘翔，都是阿拉上海人。我们报社又位于静安区，静安区在什么地方你晓得吗？它是上海的中心，是上海的心脏。

陈小元真想说，楼再高，你以为这是我家的吗？我能站在八十八层朝楼下撒尿吗？它就算是我家的，我站得再高也不见得能做男子汉，高度与硬度根本就是两码事嘛。这些名人与领导吧，虽然和我们住在一个城市，同在一片灰蒙蒙的天空下，但又不是睡在一张床上，顶个屁用！还有那个静安区，是中心能怎么样？是心脏又能怎么样？它能为我跳动吗？

社长见陈小元不说话，就不停地催着说，你可以提条件呀。

陈小元说：那就一辆福克斯，中环内一套房子，外加五十万元的安家费。如果可以，那就再配一个女秘书。

陈小元最后说，前边的条件是一口价，至于女秘书嘛，只是开个玩笑。

社长说：女秘书倒是最容易解决了，两个三个不是问题。只是房子车子票子呀，加起来好几百万元呢，报社如今穷得叮当响，这得回去研究研究再说。

陈小元心想，一个连绿化植物都卖掉的单位，哪里筹钱去？这不等于向乞丐要捐款，向太监要孙子吗？这么高的要求，对方肯定知难而退的。说白了，陈小元根本就不想挪窝子。

社长说，研究是需要时间的，这几天你就借机在上海转转吧。陈小元在有关人员的陪同下，就游了一次外滩。这是社长有意安排的教育活动，希望用一座美丽发达的城市做筹码，来增加陈小元的荣誉感。空麻袋背米，是机关部门惯用的手段，在物质极其有限的情况下，就用精神来鼓励。精神这东西张口就来，要多少有多少。这年头你看看，除了实在坏得不行的人，谁没有几个奖状呀、荣誉证书之类的红本本？就真是坏人，跑到监牢里，也会有优秀犯人的鼓励。物质与精神还有一个转换的问题，物质可以换来精神；但是你如果舍得那些红本本，放到市场上去看看，不如破铜烂铁，是卖不出几个钱的。有个体育明星不是卖过金牌吗，结果如何呢？陈小元不是虚荣之人，他心里一直有一句座右铭：大胆做事，好好生活，不浪费这个伟大的好时代。

但是这一次外滩之游，却恰恰成了陈小元出师上海的关键所在。他不是被黄浦江两边的霓虹艳影所吸引，更不是真想把那金茂大厦的产权改到自己的名下。当他索然无味地要离开时，陪同的人努了努嘴说：你看这个女孩子怎么样？

陈小元打眼望去，一下子就被这个女孩子迷住了。她抱着双腿，坐在外滩的青石台阶上，明眸皓齿，苗条婀娜。那双眼睛，似醒似睡，似有似无，迷离地看着江水。手中则捻动着几枝白色的百合花，她不时地掐一朵花瓣，抛入黄浦江中，看着落花流水，正应了"流水落花春去也，天上人间"的美景。对面是陆家嘴直入云雾的高楼大厦，背后是外滩百年的历史老建筑，这不是画中才有的影像吗？陈小元当时就想，她的身边再有一个男人依偎着，而这个男人就是我陈小元，这一生应该多美妙啊。

陈小元问：你认识她吗？

陪同的人说：要认识就好了，这么漂亮。

陈小元连忙拿出手机，装作要拍景色的样子，咔嚓一下，把这个女孩子的照片藏入了自己的手机。

女孩子看到自己被闪了一下，却并不责怪，像是徐志摩的诗一样：最是那一低头的温柔，像一朵水莲花不胜凉风的娇羞。甚至还拢了拢头发，故意摆姿势给人拍照似的。全国人民都说川妹子好，那是说川妹子的皮肤好，白，嫩，摸起来有感觉，看上去有想法。但是陈小元却发现，上海外滩的这个女孩子，除了白嫩之外，还有哆，曼妙，时尚，十个天府之国，也无法相比。也许和上海的殖民地文化有关，女孩子本身就是从四面八方涌来的，像是一个个泥坯子，在上海这个大熔炉里，经过各种各样的文化打磨、上釉、烧制，最后就是景德镇的瓷器了。这不就是自己人生最终追求的收藏品吗？

从外滩回来，社长再次与陈小元会面时说，大家讨论了一天一夜，只能解决五十万的安家费，这些钱也只好用报社的两部破别克抵押贷款。社长说，至于房子与车子，现在虽然不行，等报社的经济情况好转了，有钱了，什么都可以商量的。

社长与陈小元谈条件的时候，陈小元正好在玩弄自己的手机，翻看那天在外滩拍下的美女照片。他天天在看，时时在看，他妈的，这是他这一生看得最细致、次数最多的一张照片了。就是自己七岁时去世的老妈的唯一一张遗照，他也没有这么仔细地看过。他不但发现这女孩子眼睛里有自己拍照时的影儿，还发现这个女孩子头上有一缕红头发，最后还在她的下巴上找到一颗不起眼的黑痣。陈小元的脑海里，上海滩已经不再是车子、票子与房子了。男人就是这样下三烂，总是说喜欢钱，要赚钱，一切看在钱的分上，但是遇到让自己动心的女人，就什么都顶不住了。

如果说陈小元对美色的期望是一根无限长的杠杆，那么这个女孩子就是一个恰到好处的支点。最后，让社长这么轻轻一撬，就从十三朝的古都西安撬到上海滩来了。陈小元一副不情不愿的样子，为了一张偶然拍到的照片，一个虚无缥缈的女孩子，他一拍脑袋，就答应了。他想，只有自己到上海来工作，他才有机会与这个女人再次相遇。

陈小元正式到上海来工作的第一个晚上，还没有好好安顿下来，就急匆匆地又去了一次外滩。陈小元希望能够再次碰到那个流水落花的女孩子。

陈小元想，如果真碰到了，他一定要大着胆子，上去发一张名片给她。新报社的那个师长安与林记者，在他刚刚出现在报社的时候，就已经向他要过名片了，说是要一张名片方便及时汇报汇报，其实是想借机与这位新领导套套近乎。陈小元都说刚来，名片还没印出来。其实报社办公室的人为了拍马屁，印名片的速度比他到上海坐的波音747还快，名片上边写着"某某报社新闻总监"的头衔。陈小元想，如果有可能，他要把来上海后的第一张名片，就是他的处女名片，发给那个流水落花，让她享受一下第一次的感觉。但是他失望了，那一夜他在黄浦江边走了好几圈，一直走到景观灯熄灭了，都没有再碰到她。最后，他拿出那个金色的名片夹子，掏出一张名片，像是发广告小卡片一样，不经意间把一张名片，放在那个女孩子盘腿坐过的台阶上。

这时起风了，把那张名片吹进了黄浦江，在水面上打了个漩，就漂走了。陈小元这时才发现，一张名片与一朵百合花，漂在水面上的感觉是完全不一样的。没办法，陈小元又取出第二张，夹在了台阶的缝隙间。有个男人正搂着一个女孩子摸来蹭去，还有空闲抽出嘴来说，这人真没素质，污染环境！

搞得陈小元红着脸，迅速地逃跑了。

陈小元在西安报界一夜成名之后，就再没有搞过资本运作方面的策划。陈小元清楚，自己当时把报纸当彩票卖的行为，就跟彩票的本质一样，是赌博，除了靠运气，还要靠诈和。但是诈和的人，并不是每次都有中三点六亿那样的幸运，大多数人结果只能死得很惨。而且，把报纸当彩票一样去卖，这应该是违法的吧？所以陈小元当上副总编之后，转变方向，专攻新闻策划了。

动身来上海之前，为了报答原单位的成名之恩，陈小元最后策划了一个"谁救我妈我就嫁谁"的活动。当时一把鼻涕一把泪地，大姑娘的照片在报纸上一登出来，那汇款单就跟北方的雪花片似的，连绵不断。有个五十多岁的老光棍也捐了八百块钱，说是自己一直舍不得花，就是攒着娶媳妇用的。老光棍跑到报社说：家里都准备好了，要带姑娘回家磕头成亲。

接待员说：谁说捐了款就得嫁给你？

老光棍说：是你们报纸上说的，谁救她妈她就嫁谁。

接待员说：你救她妈了吗？

老光棍说：这是邮局的汇款收据，你如果不信可以去查。我现在救了她妈，所以她得嫁给我。

接待员说：人家手术需要好几十万的，你才八百块，住半天医院就没有了，怎么能算救呢？

老光棍说：这个你放心，现在她妈就是我妈了，我哪怕学赵本山"卖拐"，也要把丈母娘的病治好。老光棍还拿出当天的报纸指着说：你们看看，是不是这样说的？说话得算数，如果我告到法院，这可是白纸黑字，呈堂证供。接待员一时不晓得如何回答，就汇报给幕后策划陈小元。

陈小元来到老光棍面前说：你这是抢亲嘛，报纸上登的话，其实也不是我们说的。

老光棍问：那是谁说的？

陈小元说：当然是那姑娘说的了。所以呀，人家嫁不嫁你，娘老子说了也不算，得这姑娘说了才算。如果真的违法了，也是这姑娘违法。

老光棍说：那你把姑娘叫出来，我当面求婚吧。

陈小元说：姑娘的母亲现在正在手术台上，你却要找她求婚？这怕不对头吧？再说了，现在捐款的成百上千，有男人也有女人，还有的是以死人名义捐款的，如果大家都有你这样的想法，都以为捐了点钱，就可以娶到一个大姑娘，那怎么办？那个死人捐得最多，一万多块，怎么办？是不是也要让她嫁给一个死人，配阴婚去？

老光棍说：我是活人呀。

陈小元乘胜追击说：这位大伯真是一位好心人，正是有这么多的好心人，这个病人才能躺到手术台上，要死也能死在手术刀下，我们代表姑娘感谢你。说着陈小元给老光棍鞠了一个躬，接着说：报社也得感谢你，不是你今天来抢亲，我们还不晓得对这件事情的看法有偏差，存在着很多的法律与伦理问题。

说完，陈小元就叫来记者，说是要展开一个大讨论，到底是要亲情，还是要爱情；到底是要法律，还是要道德。然后又是拍照，又是专访的，搞得老光棍一下子感觉自己成了奥巴马，讲得满脸通红，最后走出报社的时候，竟然忘记了自己是干什么来的。而且他的照片第二天还上了报纸，一高兴，就不再提求婚的事情了。

报道又引起了轰动，北京与纽约的媒体也来采访，那汇款单向北偏移，变成俄罗斯的雪花片了，更凶猛了。报社名气也越来越大，广告再次突飞猛进，十台验钞机一天八个小时哗啦啦地数钱。连验钞员也抱怨，哪有排队走后门要送钱的，忙得换个护舒宝的机会都没有。

陈小元临来上海前的这个新闻炒作，现在就像印钞机一样。

好多人看病没钱了，就到报社去"印钞票"，所以全国就有许多"卖身救父""打工救妹"。陈小元心里明白，这个办法其实就是表表决心，喊喊口号。不过，善良的世界人民还是睁一眼闭一眼的，人人都觉得自己是个亲女婿，掏着钞票，献着爱心。

陈小元动身去上海前的晚上，老领导弄了一桌子菜，一边送别一边问，为啥要去上海？为了钱还是为了官？因为上海银行多，钱就比咱多？因为出了几位伟大人物，官就比咱这里好找？但是你如果能留下来，这些我们都给你。

陈小元摇着头说：什么都不是，就是对这个城市厌烦了。

老领导也许是爱才心切，也许是有点醉了，说话就不再文绉绉的了：不对吧，你前一阵子还说，最喜欢这个谈恋爱都不用脱衣服的城市，最不喜欢的就是谈恋爱先谈钱的上海了。是不是一个人有些寂寞？你看看这报社里，有不少黄花闺女，文凭是北大清华的，长相嘛，比张柏芝阿娇也差不了上下，有些人也在暗恋你哩。你看看如果不想结婚，就学学你们本家那个陈公子，无聊的时候谈谈，不过艳照就不要拍了，就是拍了也不能弄到网上去，挺丢人的。

陈小元连连说：哎呀，您怎么这样想呀。我们虽然都姓陈，但我却是正派人，还是个童男子哩。

老领导说：肯定是上海有什么新情况了。比如说女朋友或者小情人？他们说你手机里有一张照片，很漂亮，你经常盯着手机发呆。是不是为了她？我们也可以把她从上海调过来，直接做个部主任什么的，你何必要离开呢？

陈小元被逼急了，笑着说：您不用说了。在上海人眼里，这是乡下，是土得掉渣的乡下，人家哪里肯来呀。所以我也是万不得已，只能亲自去了。我都三十多岁了，是不是挺失败的？女人是我目前的人生大事，就请老领导开恩放行吧。

老领导只好闭嘴放行了。

3

陈小元到上海之后，新报社的社长说：你明晓得要来上海了，还为老东家搞了个"卖身救母"。身没有卖，母亲倒是得救了，听说非常成功。怎么不把这个策划养一养，给我们呢？

陈小元说：社长呀，这是一只乌龟，跑得慢，你再养也是一只乌龟。你想想呀，这钱是捐了不少，可都是善款，只能用在看病上，报社是不敢挪用一分的。广告单子也签了一些，但毕竟有限。我们报社现在最重要的，是要一只繁殖快的兔子，来钱快的兔子。

社长忧心地说：我们现在的艰难程度，大家都预想不到。库存的纸张只能用十几天了，也就是说十天之内，如果没有筹出买纸的钱，这新闻只能印到树叶子上，让小麻雀看去了。报纸没法印了，自然就倒掉了。这兔子不好找啊，你有没有把握，半个月内给我生出一只兔子来？

陈小元只是笑了笑：我们是人，到死也弄不出这畜生的，不过社长你放心吧。

陈小元看似胸有成竹，但是要在十天里筹出印刷报纸的钱，还是相当困难的。十天呀，十天能干什么呢？就是让报社所有的人到街上去乞讨，十天能得到多少施舍呢？就是让所有的人都去抢吧，那十天时间又能抢到多少钱呢？就是把那个彩票的案例照搬过来，十天时间也来不及预热了。

陈小元想了想，根据报社目前的紧急情况，只能发动读者帮自己去乞讨了，帮自己去抢钱了。报纸最大的资源就是读者，也就是说，当务之急要发动读者买报纸，只要报纸大把大把地卖出去了，不就有大把大把的回收款了吗？那个把报纸当彩票的策划，其实原理也就是卖报纸。

陈小元经过一个通宵的谋划，他把第一把刷子瞄准了部队。当一个"大龄军官集体征婚"的方案脱手而出的时候，看着那薄薄几页的策划书，陈小元心中的石头落地了。

这就是陈小元的兔子，像所有十月怀胎的母亲一样，陈小元在策划会上发表了一通长篇大论。陈小元说，通过观察发现，越发达的地方，婚姻越不稳定；越富有的男人，越不可靠。所以自己刚来不几天，就在报纸上看到，国际化大都市的上海，离婚率已经过半了，有一个男人在十年里，竟然离了十二次。

陈小元给大家分析，离婚的原因，如果不是猪脑子的话，大家都晓得的。第一，男人"红杏出墙"了。你如果是个功能齐全的男人，你扪心自问一下，你出轨过吗？我估计百分之九十的男人，会像宣誓那样举起拳头回答：没有。但是真实的情况是什么呢？我估计要把结果改成：肯定有。第二，是与钱有关。这里还要说到安全套，在人生当中安全套与互联网一样，是一个非常重要的角色，不像吃饭那样是必需品，但一定像饭碗这样，有些东西没有碗，你可以抓着吃，但是排骨汤你拿什么盛去？有个上海男人，竟然为了三块钱，与老婆离婚了，为什么呢？因为上海男人顾家的个性是后天的，而精明却是天生的。这个男人去买安全套的时候，老婆说一定要买水果味的，但是他拿回家与老婆正用着呢，老婆却疑惑地说：怎么我没有尝到水果味呢？老婆夺过盒子一看，根本就不是她想要的。男人只得说：因为水果味的要贵三块钱，反正又不在嘴里用，省下三块钱还可以买两斤胡萝卜。老婆一时生气说：难怪感觉不一样，算了不来了。男人立即怀疑说：怎么回事？我从来就没有买过水果味的，你哪来的感觉？你今天要说清楚，你和谁？女人真想说，并不是和哪个男人用了，而是听女同事推荐的。但是一想到这个抠门的男人，就不想解释了。于是没有几天，就离婚了。

策划小组的人在下边嘀咕，你陈小元还没有结婚，咋对套子这么有研究呀？

陈小元没有理会，因为白痴都晓得，现在结婚与性生活，就好像买机票与打飞机，根本就不相干。

陈小元继续说，中国的改革开放，无论是精神上还是物质上，老百姓都是受益者。只有这一代的女人，因为还坚守着三从四德的传统思想，没有开放起来，成了受害的一代。举个例子吧：半夜三更，一个小区所有的人家，都敞开着大门，只有你一家锁着门，如果你是小偷去偷谁？很简单，锁着门的这一家必定是受害者，哪怕他家里只有糟糠，小偷却不这么认为。所以保守的女人，就是锁着的门，找砸嘛。并不是女人不希望大门敞开，有人出入，也不是她们不努力，她们运用各种各样的手段，希望得到真正的爱情，希望得到稳定的婚姻。如今美容行业之所以如此发达，三步一店，五步一摊，就是女人在努力的结果。她们把头发染成棕色的，把眼皮割成双层的，把粉铺得像面粉厂的地板似的，把双乳隆得像桂林的石头山似的，为了什么？未婚的，想以此吸引一个好男人把自己高价销售出去；已婚的，想以此把自己男人那两只贼溜溜的目光留下来。

陈小元开始点题了。他说，现在的女人已经失望到了极点，她们已经不要求风花雪月，不要求才华横溢，不要求爱不释手。你晓得她们现在唯一的梦想是什么？就是嫁个可靠的男人，不是这辈子一定不能离婚，而是在七十岁自己爬不动之前，不离婚！陈小元发表这通言论的时候，好像他根本不是一个男人，而是一个怨妇，起码是一个钻进女人肠子里的屎壳郎。但是陈小元精彩的演讲，并没有迎来掌声，而是一片寂静。说白了，大家怎么也无法把女人与这张报纸的生死存亡联系起来。

这次策划的具体实施任务，陈小元决定交给师长安与林记者。这两个男人经常与自己沟通沟通，才来几天，电话都打了好多个，就连他妈的风筝放到天上了，这种傻逼的新闻也要汇报汇报。风筝不放到天上去，要放到哪里去？只有一个地方了，那就是树梢嘛。虽然有些婆婆妈妈，但起码是想和自己掺和掺和，打成一片。这与上海本地人截然不同，上海人总是不笑不哭，不言不语，就是放个屁吧，他也要憋到没人的地方，小心翼翼地放掉。外地人在干事情的时候，上海人并不躲避，总是远远地看着，意思是你们这些乡下人，不晓得楼有多高海有多深，看你到底有什么能耐？

这种作壁上观的姿态，就是上海人能进能退的手腕。哪一天你失败了，他就等着看笑话；哪一天你成功了，他也学会了，然后脚一抬，把你赶回到乡下去了。

林记者见没有人吱声，便问道：我还是不明白，女人又不是长枪大炮，又不是伊拉克的难民，这跟军官征婚有什么关系呢？

陈小元有点感激地说：这个问题问得好，不过我现在不回答你，让事实给你一个答案吧。现在开始，你们两个人，最重要的就是和部队方面取得联系，让他们提供一批大龄军官的照片与简历，第一批要见报的，有二十个就行了。能有个师长什么的，那就更好了。

总编办的老钟用不真不假不阴不阳的腔调突然说：这个策划非常好，怕只有陈总这样的前辈能想出来。但是，我们是不是纸上谈兵呀？让军人答应征婚，这恐怕有难度。部队都是军事禁区，连一只苍蝇都飞不进去，怎么个联系法？这可能需要陈总动用自己的关系，看看北京方面，有没有亲戚什么的，打个招呼。

陈小元听到一半，就晓得会有一个"但是"。

这是上海人说话的方式，先说好，然后再说坏。傻瓜的，以为是表扬；懂事的，明白都有一个"但是"，"但是"后边就是批评了。跟上海人的饮食一样，不管什么菜，先放盐，最后起锅的时候，再抓一把糖，相互遮掩一下，让你根本不晓得是咸的还是甜的。这就是上海人的处事方式。

陈小元在来上海前，专门摸了摸当地的风土人情。有位高人指点说，在打仗的时候，北方人一门心思，冒着敌人的炮火前进，最后基本都牺牲了。而上海人呢？炮火小的时候前进，炮火猛烈的时候原地不动，最后基本活下来了。一仗下来，北方的连长死了，活着的上海小兵顶了连长；北方的师长死了，活着的上海小兵代了师长。最后，只要活着的，都升官了，成了最大的英雄。说这些话也不是瞎说，在战争年代，就是这样。和平年代呢？一切更讲政治，能做到不甜不咸，就是高明的政治家，在任何时候，都不会吃亏，这就是为什么上海人飞黄腾达的原因。

陈小元没有直接反对老钟，只是嘿嘿地笑了笑，然后宣布会议到此结束。

会后陈小元找到师长安与林记者说：怎么会把这样一个屁都不懂的人，放在总编室这么重要的位子上，我看迟早得动一动了，你们两个哪个都比他强十倍。我们这次的卖点，是大龄军官成家的问题。所以有炒作的话题，也是老大难中的老大难。联系起来也就比较容易了吧？

师长安与林记者两个，刚刚还愁眉苦脸，听到陈小元这么一点拨，立即就笑起来了。

师长安与林记者没过几天就汇报说，部队都同意了。说他们正着急哩，有几个军官在一个岛上，守了十多年，平时难有机会与女人交往。所以他们谈恋爱、成家立业的心情十分迫切。

陈小元相当高兴，基本条件已经成熟，决定立即推出第一组报道。第二天，二十名军官保家卫国的感人事迹将要见报了，同时要见报的还有他们在为国奉献的时候，忽视了个人问题。第一批二十名征婚的典型军官里，最高军衔是大校，就是师长，师级干部。师长征婚，轰动效应绝对不亚于一颗原子弹爆炸吧？

报社还准备发表一篇评论员文章，是陈小元自己亲自草拟的，题为《谁来分享他们的军功章》，文章引用了《十五的月亮》的歌词，"军功章呵，有你的一半，也有我的一半"。希望所有未婚的女性都来报名，领取属于自己的那一半军功章。并刊发活动规则说，报纸将从报名者中选出代表，与一百多名最可爱的人，相约黄浦江，一游定终身。

正在大家纷纷表示疑惑的时候，陈小元在报纸头版下边，还安排一篇不起眼的倡议，题目是《饿一天肚子，捐一天伙食，为大龄军官征婚筹经费》。

倡议中指出，报社为了办好这次活动，在经费严重紧缺之下，倡议每一位员工在不影响工作的情况下，设立一个"禁食日"，一是响应中央正在倡导的节约，二是把节省下来的伙食费，捐给活动领导小组，补充活动经费不足。但这只是杯水车薪，希望在和平环境下成长起来的企业家，有钱出钱，有力出力，回报部队，提供一只游轮不多，赞助一根绳子不少，保证活动能够圆满进行。

当然，前边所有声情并茂的报道，都是为了后边这则倡议做铺垫的。陈小元明白，仅仅从新闻炒作的角度来讲，这个大龄军官集体征婚的策划，肯定又能在报界引起轰动的。但是这次策划的目的，已经不能只顾社会效益了，重点是要有经济效益。所做的一切，都必须让一只兔子，赶快地跑起来。

社长晚上看完报纸的大样，就疑虑地问：这兔子计划能行吗？

陈小元还是嘿嘿地笑了笑说：明天早上基本就见分晓了。但是兔子能跑多快，关键要看两条后腿吧？

当天晚上，陈小元忙完了，已经凌晨两点，干脆直接就在办公室的沙发上躺到了天亮。再繁华的上海，到了后半夜，同样安静了下来，好多地方的霓虹灯，一旦关掉了，就变得更加不经看了，像一个老女人卸去浓妆，显得更加苍老一样。

第二天早上七点，当整个城市还在半睡半醒的状态中，发行部门就向陈小元汇报说，当天报纸已经脱销了，要紧急开机加印十万份。但是上午十点时，加印的报纸也被一抢而光。最后一张五毛钱的报纸，竟然被炒到了二十块。有男人买了，送给自己前妻的；有学生买了，送给自己老师的。反正大家都在抢这张报纸，有些抢到报纸后，又到邮局排着长队，寄给外地的七大姑八大姨。连邮局的人都说，自从有了 e-mail，他们的生意还没有这样火过。

总编办的老钟又不阴不阳地问：这些人买报纸干什么？在网上什么看不到？是不是疯了？我们的报纸实际上是赔钱的，

加印报纸也得讲个成本。每加印一份，我们离关门更近一秒。陈总啊，你是全国有名的报人，应该对发行也是行家吧？

陈小元不想多话，只嘿嘿地开玩笑说：老钟啊，当初你与老婆结婚的时候，老婆应该是个黄花闺女吧？

老钟一时没有明白：这和我老婆有什么关系？

陈小元说：舍不得和老婆睡第一夜，能产下个宝贝吗？！

老钟哼了一下，板着脸走了。老钟提出的问题是有道理的，关键是有道理不一定就是正确的。

陈小元心里清楚，没有人报名，就搞不成活动；报名的人不买报纸，就没有发行量；没有发行量，就不可能有兔子的四条腿：两条前腿是报款回收，两条后腿是传播效果。只有大家疯传，才能吸引到赞助商。就像奥运会的旗子，一环套一环。所以陈小元在活动细则中讲得很清楚，必须持当天的报纸报名，才有幸参加大龄军官相亲活动，到时候必须持报纸入场，而且复印无效！

全国各地本来已经绝望的剩女与弃妇们，看了这天的报纸，像生孩子的王菲看到一首绝佳的歌词，要复出了。被小三折磨过的，或者被爱情抛弃的，过去一提到男人，就跟吃饭时提到茅坑里的蛆一样，恶心呕吐。但是如今她们相信军人，一是因为军人纪律森严，没有泡妞的条件；二是一旦成为军人的正房，丈夫万一被哪个狐狸精缠上了，小三小四们再凶狠，再无赖，也抵不过法律，这是破坏军婚，可以维权。如果嫁个一般人，小三比小二厉害，小四比小三凶狠，数字越大，排名越靠后，越有金钱与男人的支配权。

报社的电话被打爆了，成千上万的女人来报名应征，同时还带着血泪控诉。她们说，除了军人，现在的男人都是陈世美，是贾宝玉，都是王八，是乌龟，是虱子。还有一个女人，也许是个神经病，她把男人比喻成了金字塔里爬在法老尸体上的千年毒蝎子。

接线员回答，她不晓得金字塔下面有没有这种动物，改一个比喻吧。那女人说，她是电影里看到的，如果万一没有，就让人捉一些狼心狗肺的男人放进去，再过几千年肯定就变成毒蝎子了。接线员说，这办不到的，就是埃及政府同意，那金字塔下边是密封的，而且会有水银这种剧毒的液体，什么放进去都会死的，根本养不出这种东西。

那女人无奈地说：我以后就把男人叫"不是东西"得了。挂电话前，她像神经病一样说：你们那个新来的陈小元，就"不是东西"。

接线员一时还没有回过神，对方的电话已经挂掉了。能叫上陈小元名字的，一定认识陈小元。她骂了陈小元，如果是表扬陈小元的话，这个电话她一定要记录下来。接线员觉得，骂人的话就不用记了。

有些人还托关系讲人情，比起超市大卖场里免费派送鸭蛋时，还要火爆一百倍，她们把这些军官当成十足的宝贝蛋。生怕抢不到一个，这一辈子活着就没有希望了。甚至当天晚上，上海市面上就出现一种新骗术，自称是大龄军官征婚的中介机构，每位报名者收取两百元的资料费。在上海不花钱的服务，怕只有提着裤子放闷屁，不声不响了。一时间很多打不进电话的女人，都跑到骗子那里交了钱，报了名。

骗子原想收了钱，把这报名表当废纸再卖一次，后来一低头，发现自己也是个女人，就同病相怜起来，最后把报名表送到了报社，称自己是妇联主任，集体报名来的，临走时还怯生生地问，我可以不可以也报个名，抢个带枪把子的回去？

报名者中相当一部分女人说，要饿一天肚子，捐一天伙食。说既是响应倡议，又可以减肥，简直就是和尚的口头禅，善上加善。但是陈小元要求一一回绝，怕真的弄出个全城女人大绝食，那就史无前例了。

另一个让社长意想不到而在陈小元预料之中的是，到下午三点的时候，已经有五十多家大型企业，抢着赞助这次活动。陈小元找来业务员说：你别急着签合同，先给每一家企业打个电话，让他们报个价，看看谁家出钱多。业务员领会而去。到晚上天黑，也就十几个小时，当这座城市被注入无数的灯光，像是打了一针兴奋剂似的，再次变得璀璨无比时，陈小元一手导演的这个活动，冠名权、播出权，能想出名堂的，卖出去了一大堆。

已经说了，最后的相亲活动是放在黄浦江的游轮上举行的，所以就连通向游轮的那座过桥，也以五万元卖给了"上上下下的享受"。

当天晚上，安排好第二步的报道时，已经到了十二点钟。

正当陈小元要离开报社的时候，师长安与林记者来了，提着几瓶上海石库门老酒，说是初战告捷，应该庆贺庆贺才对。陈小元舒了口气说，好吧，要去就去外滩吧。

于是三个人一起，打车跑到了外滩，坐在江边的台阶上，喝起酒来。陈小元看着睡梦中的黄浦江，心中的思绪如江水一般，有一些涟漪。但是让人根本看不清哪里是上游，哪里是下游，所以也就不知道水是向什么方向流动的。

陈小元说：你们看这条江，像什么？

师长安说：像一条蛇，潜伏着的蛇，那闪闪烁烁的东方明珠，就是它带毒的舌头。

林记者说：应该像一个女人。

陈小元此时已经喝得有点高了，掏出了自己的手机，翻了半天，然后对两个记者说：你们两个过来看看，这条看不清流向的穿城而过的黄浦江，像不像这个流水落花的女人？师长安与林记者两个，都不认识这个女人，只知道这个女人一定对陈小元很重要。虽然发现这张照片的背景就是黄浦江，陈小元的比喻有点勉强，但还是违心地回答：黄浦江像她，她也像黄浦江。

4

陈小元的这个策划，不是一个男人生下一只兔子这么简单，而是生下了一只跑得最快的鹿豹。一出娘胎，经济效益与社会效益一起朝前飞，简直就是抢钱去了。

第三天傍晚，正当陈小元还在审读大样时，报社的社长打来电话，说是有事跟陈小元商量。社长把陈小元叫到办公室，打开两份快餐，说也没有什么大事，共进一顿晚餐。一再叮咛陈小元，工作很重要，这个关键时候，他不盯着是不行的，但是生活也很重要，不能三顿饭并成一顿饭。

后来社长说：我冒着风险把你请来，现在还不能说是对是错，但起码你这第一斧子砍得还行。上海滩都被你摇得晃了晃，比汶川地震时上海摇得还要厉害。陈小元心情愉快，加上午饭也没有吃，也没有觉得加了盐又加了糖的快餐有什么不好的。

社长说：小平同志说得好，发展才是硬道理。因为报社账上有钱了，腰杆子也硬了。刚才上边来电话，问什么时候关门？我拍着胸脯说，我们在背水一战，现在正在数钱，没空说这件事情，不过有一点是肯定的，我们不关了！上边说，正愁着几百号人怎么处理，闹不好又成了群体性上访，现在不关了那最好，不过政府没有一分钱来烧。

陈小元说：这算是好消息呀。前一阵子听说要关门，很多记者已经到处投简历，找出路了。听说林记者，把简历都投到火葬场去了。说实在的，报社什么都没有，就是几个人而已。就拿这件事情来说，也不能全算我的功劳，都是大家齐心协力的结果，特别是那个师长安与林记者相当不错。

陈小元加了一句：我正想着给你汇报，是不是调整一下？还有那个总编办的老钟。

陈小元本来想参那个不阴不阳的老钟一本，话没说完，社长就挡住了说：我找你，一是表扬一下，但关键还是人事的事情。你已经说了，报社的管理就是人的管理，所以人事是最敏感的。

陈小元说：社长也觉得老钟在这个位子上不合适，对吗？

社长说：先不说具体人吧。当时我们把你花重金请来，我们说好了的，你个人到一定程度，就提拔成副总编，更高一点，当个执行总编也没有问题，你有这个能力。而你手下的人，你拥有部分人事权，可以提拔副主任，这些我会讲信用的。只是不能急。我已经听到消息，说你已经找某些人谈了，要提拔提拔。你看看，现在位子都是满满的，提一个人就要撤一个人，动一根胡子就牵扯到脚后跟了。

社长顿了顿，给陈小元倒了一杯水，接着说：也不晓得是谁，已经把匿名信发到宣传部了，主要是告状，说你之所以来上海，是为了一个女人。现如今有个女人不是问题，问题是这个女人名不正言不顺的话，对领导干部，特别是搞意识形态的领导干部，这就是问题了。这是有证据的，证据就在你的手机里，说是裸照什么的。人家说如果不把作风问题查清楚，就是政治问题。我就明说吧，你在上海就几天，走路不撞红灯，吃饭不插队，就是打个嗝吧，也没有脚臭，肯定没有什么仇人。如果有的话，就是有人怕你抢了他们的饭碗。

陈小元要说话，又被挡住了。

社长说：不是我不相信你。我也是上海人，我就说几句得罪人的坏话吧。他们当面笑呵呵的，其实袖子里边都藏着刀子，你不晓得哪一天和他们握手时，就捅出来了。他们一旦出手，你就死定了。我把你引进报社，你出问题了，我就是用人失察，也会跟着倒下的。你家是陕西商州的对吧，李自成从你们那儿开始打天下，厉害吧，都打到北京了。他和你一样是农民出身，他要是坐稳了江山，你想想是什么结果？但是他不听别人劝告，早做了几天皇帝，就被人杀掉了，失败了。其实你不称帝，这位子迟早都是你的，你想要几个嫔妃还不照样随便挑？

陈小元说：我明白社长的意思了。

回到自己办公室，陈小元心情有些复杂，也可以说有点郁闷。来之前，只知道上海人会耍黑枪，还以为是正常的君子智谋，没有想到他们竟然无中生有，使出了匿名信这种小人的手段。匿名信的杀伤力，就像在战场上放黑镖，你被刺伤了，连敌人是谁都不知道。关键是匿名信这种东西，像一颗手榴弹。上边不想整你，它就是一张废纸；上边想整你了，随时会翻出它，把你给消灭掉。

师长安与林记者先后跑过来，汇报军官征婚的情况。师长安说：陈总你算是救了这张报纸，几百人眼看着就得丢饭碗了，你这一个策划呀，就跟银行印钞票似的，不费吹灰之力。听财务说，明天就发两个月的工资，外加一人两箱百威啤酒。你知道啤酒哪来的吧？啤酒厂想做指定饮料的赞助商，名额被青岛啤酒抢走了，但是他们还是送来两车，让报社免费品尝。

说着，林记者拿出两瓶百威啤酒，把一瓶子打开后递给陈小元说：师长安这个死男人拿到钱呀，第一件事情，肯定不是下馆子，吃一碗牛肉拉面，而是买安全套。不然泡到大腿上的女人，又会自行解决了。

三个人一时哈哈大笑，端起啤酒碰了一下杯。

总编办的老钟正好从门口经过，钻着头向里瞄了一眼，不阴不阳、似笑非笑地说：挺开心的嘛。这日子要是天天这样过，那才值得好好大笑一次，就是去北极的万年冰盖上大笑也行呀。

林记者等老钟走远了，悄声说：陈总呀，听说好多人到宣传部告你哩。你可不能倒下了，不然的话，报社就是活下来了，我与这个死男人也要脱裤子走人的。我们与你走得太近了，有人说我们是你老部下也就算了，还有人说我们两个是你的远房舅舅。

师长安说：放屁！这不是在骂陈总吗？不过陈总啊，你一直要挺着，哪怕跟憋着尿的小鸡鸡，也要挺下去。我这人最不会的就是打比方，对不起呵，是挺得跟铁公鸡一样。

陈小元一直在回味社长刚刚"袖里藏刀"的话，总觉得凉丝丝的，说你们两个把手举起来，让我看看。

两个男人像日本鬼子投降似的，摸不着头脑。

陈小元嘿嘿地笑了笑，一句话没说。翻开自己的手机，又看了几遍那个女孩子的照片，确定自己在心里已经深深地记住了，才决定永远地删掉这张照片。

在他按下删除键之前，发现这个流水落花的头顶上，当时有一个亮点，呈人字形，有一点大雁的味道。陈小元看了半天，感觉像一只水鸟飞过，又像一道探照灯射过来的光。陈小元顾不得这些了，狠着心，按了下去，彻底把它删除了。

虽然证据没了。这一刻陈小元却回到了大观园，体会到了林妹妹葬花的感受。过去读《石头记》时，陈小元还说这丫头矫情，花就是花，埋不埋都要变成土的。如今呢，这女孩子的照片他删不删，都不晓得她在哪里，她都不认识他，更不会来找他。但是不删的话，陈小元总觉得这个女孩子就在自己的手上，他想她了按一下，就跳出来了，让他的眼睛一亮。现在删掉了，就跟她死掉了，他只能在心里想一想。想的味道与看的味道绝对不同，就像某些男女在床戏的时候，把对方想成刘德华或者林青霞，如果真的让你看着这两个人，你肯定是呼哧一下，一泄无余的。

陈小元这一刻，心里有些空落落的。

5

各位看官，事到如今，不得不把一个大家一直认为是镜中花水中月的角色，推到台前来了。话说世间事情再巧，莫过于天鹅投胎，变成嫦娥移民月球，依然碰到了癞蛤蟆。而且它仍旧不改本色，想吃一口天鹅肉。不是你不信，就连我们的新闻策划高手陈小元，下一辈子也没有想到的事情，却真的发生了。

正当大龄军官集体征婚的活动火热地推进时，又一个华灯璀璨的傍晚，因为是春末夏初，这个海边的城市，常常以发霉的小雨结束一天。空气黏黏的，大街小巷雾蒙蒙的，什么都模糊了，还以为这个城市所有的人与物，被雨和雾像拌泥巴一样，都拌进了橘黄色的灯光中。所以很多人游完了上海后，说其实上海什么风景也没有，只有灯光。就跟罗布泊的沙漠，把彭家木这样的入侵者给淹没了，最后只剩下沙子。

陈小元和师长安及林记者，正坐在沙发上商量在黄浦江的游轮上，举办大龄军官相亲的活动细节，突然有个记者敲门说：有人找陈总。

陈小元说：请进吧。陈小元以为是哪个记者，又有"两只老鼠做爱、一只猫在欣赏"的奇闻要汇报，所以仍然看着那份活动的节目单，并不抬头。

他对着一个拼图游戏的节目说：这是相亲活动，又不是小孩子过家家。要玩拼图游戏，也应该是把老鼠与猫拼在一起才有意思吧？

林记者说：陈总，老鼠与猫的事情，我们明天再谈吧。

师长安说：陈总，你有客人了，和你手机上的女人太像了。你还说不认识，原来是骗我们的呀，金屋藏娇嘛。

陈小元听了一愣。抬眼一看，这个女人已经坐在他平时坐着的椅子上了。陈小元嘴巴一下子张得大大的，而且"啊"了一声。原来这个女孩子，不是别人，正是自己刚刚删除的那个流水落花。

只是衣着与照片不同，今天穿着的，是一件有着竹叶图案的裙子，布料看上去就像古代人自己织的粗布一样，不过底色仍是白色的，看到这件裙子的第一印象，就是她把扬州八怪郑板桥的画裁着穿在身上了。

陈小元看到这件裙子，觉得十分亲切，不是因为郑板桥。

陈小元仔细想了一下，才明白与自己上海住处的窗帘子，是同一种花色和款式的布料。

师长安与林记者看到吃惊的陈小元，像是一个人几十年后，突然遇到了早就宣布死亡的一个亲人；也像是一只饿慌了的狗，突然发现了一条巨大的猪后腿。两个记者感觉自己再待在这里与整个环境有点不协调，便笑嘻嘻地退出去了。而且把门给关上了。

门这东西，防贼的时候并不多，大多数时候倒成了帮凶。门一关，什么事情都可能发生，一只兔子也敢去揪老虎的耳朵。但不管兔子是不是真有这个胆子，在关着的门里，除了甲就是乙，没有证人，没有同伙，什么也说不清楚了。

陈小元问：怎么是你？

女孩回答：怎么不会是我？

陈小元问：你是流水落花？

女孩说：我叫迷迷。

这个名字太古怪了，所以陈小元还是想叫她流水落花。陈小元问：你还认得我吗？外滩，拍照片，你盘腿坐着，船长号游轮从你身后开过去了，像是给你戴了一顶世界小姐的桂冠，你头顶上还有一只水鸟在飞。陈小元拿起手机，想翻出那张照片给她看，才想起已经删掉了。

陈小元想，那张照片如果没有删就好，起码可以证明自己没有胡编乱造。他真想再问一问，是怎么找到这里来的？是不是自己插在外滩石缝里的那张名片，真被她捡去了。不然她怎么晓得自己？但是陈小元没问出口，这种幼稚的事情，只能做不能说，就像低级的动物只会爬，不会走一样。

流水落花说：有什么认得认不得的，现在都坐在你面前了。不管怎么样，来，握一下手吧。

陈小元立即站起来，与她握了一下。果然与陈小元看着照片时想象的一样，这只手像从玉龙喀什河里捞到的和田玉，细腻、柔软而冰冷。女人的手，就是身体的标本，看一下她们的手，就晓得她们身体的历史。按照陈小元识别女人的经验，与这个女人握一下手，基本就清楚抱着她的感觉了。

如果这个女人被很多人温暖过，那她的手就热乎乎的；如果她仍然拥有独孤与清静，那她的手一定是凉的，冰清玉洁嘛。

流水落花的手，不但是凉的，而且是冰凉冰凉的。

流水落花仍然坐着。这一站一坐，一高一低，就不像是握手了，像是牵手，有些暧昧。不信的话，让某位男性领导站着，让漂亮的泰国女总理英拉坐着。让她坐着表示我们无比尊重，体现一下她的高贵与架子，然后和她握一下手试试吧。即便不是暧昧的关系，也应该是女王接待一个仆人。

两个人握完手，陈小元从桌子上抽出一张名片，双手递了过去。流水落花一只手接了，也不看一眼，随手塞进了裙子上的斜袋里。这一点怎么也不像是享受第一次的感觉。无论干什么，第一次都应该是惊慌失措、无所适从才对。

陈小元像是做错了什么，不停地搓着手。在外滩的黄浦江边见过她后，在很多关键的时候，比如睡觉的时候想了想她，又不是侮辱了她。天下没有法律规定，也没有道德标准，不能对一个女人的照片动动手脚吧？而且他还真渴望对她本人动一辈子手脚。于是陈小元镇定了一下说：你找我有什么事情吗？

流水落花说：也没有什么。你不是给军官征婚吗？我想报个名，前几天打过电话的，但是讨论了半天关于男人是什么东西之后，就忘记了。

陈小元觉得她说得有些乱，也没有听接线员汇报过她。陈小元说：幸亏你直接来了，我们的热线电话后半夜也占线的。你是特殊情况，我们特殊处理，你填张表就行了。陈小元说着，却并不拿表格给她，他怕她填完了表格就走了。

流水落花说：你还要安排一下，让我去相亲，我必须找个军官才行。

陈小元说：是喜欢这个职业，还是觉得可靠？

陈小元想，这些女人其实是蛮可笑的，军人是可靠，但是如果嫁一个"充气哥哥"，岂不是更保险。听人家说，这些军人严肃惯了，夫妻间亲密一下吧，等把这帽子脱了，感觉可能就跑了。就算持久型的吧，看到国徽肩章，觉得那些抛头颅洒热血的英雄们都在里边，睁着眼睛看着自己，哪还敢放心大胆地亲热？还有，这些军人平时训练向后转，齐步走，时间长了，什么动作都钢铁化了，纯粹就是一个机器人。接吻呀抚摸呀，他们也要听号令的，没有军令，他们哪敢如山一般躺到床上去？陈小元想用这套劝阻一下流水落花，其实不是为她的幸福生活着想。万一自己与一个军官做了情敌，要子弹咱没有，要动手吧，咱打不过，真是死得很难看的。陈小元没有废话，刚刚认识一会儿，讲这些荤腥的道理，不是二百五嘛。

流水落花说：他们有枪，还会有炮，他们打炮一定很厉害，听说可以打到美国去。我要借他们的炮打人。

陈小元笑了说：你好天真呀，恐怕还有核弹头，但也不能乱打的吧？只有打仗的时候，打那些坏人，比如日本鬼子。

流水落花说：我家里就有日本鬼子，两个日本鬼子，他们比日本鬼子还坏哩。

陈小元说：是苍蝇，就买一只拍子；是老鼠，就买一包老鼠药。你说的是谁呀，值得用枪炮对付的？

流水落花抓住自己的裙子，不停地搓着，往手上缠着，像个孩子似的。半天才回答：他们都是，都是法西斯。我哥哥，他拉着我全国各地跑，逼着我嫁给他。还有我爸爸，他把我一直锁在地下室里，黑乎乎的，连一只萤火虫也捉不到，一有空他就那个我。

陈小元愣住了，他不晓得流水落花所说的"那个"是指哪个。

按照伪君子或者害羞者的说话方式，"那个"就是上床。上床不是睡觉，是做爱。陈小元看流水落花吞吞吐吐、扭扭捏捏的样子，基本可以判断"那个"是指什么了。

陈小元觉得事态严重，刚刚还是自己的白雪公主，碰见了七个好心的小矮人。没有想到的是，这些小矮人半夜三更返回了森林，把她给"那个"了。如果真是这个结局的话，那就不是童话故事，而是成人故事了，一点都不好玩了。

如此不同凡响的遭遇，陈小元怎么也无法与这个让自己心动的女孩子联系在一起。就像是把一块破损的瓦当，嫁接在一只景德镇花瓶上一样，让他觉得不可思议。他一时不晓得如何问下去。老实说，陈小元对这个女孩子的期待，更加强烈起来。如果说原来存在的是对她的渴慕，"那个"之后又加入了一些同情与怜悯。就像是石灰里加入了水，更像是在笑里拌进了哭，一个又笑又哭的人，内容是多么丰富。

过了半天，陈小元又问了一句：你家在哪里？

流水落花说：我家在湖南，不过我哥哥已经跑掉了，跑到湖北去了。那天我要抓他，他跳到洞庭湖里，像鱼一样游过去了。

陈小元说：他可以参加奥运会夺金牌了。那你报警了吗？警察可以帮你的。

流水落花说：报警了呀，一大帮的大盖帽跑到广东，像是下雨后的小蘑菇。小蘑菇不抓他，还陪他一起喝酒，把啤酒瓶子的肚子都喝大了。

陈小元觉得，流水落花比喻得很生动。但他发现了破绽：他不是在湖北吗？怎么去广东抓人？

流水落花说：我什么时候说过在湖北了？你不晓得，我爸爸可坏了，他天天都要和我一起，我不答应就要砍掉我的手，他还拿剪子剪我，把我的头发都剪掉了。

陈小元想，这不是帮她理发吗？这样省钱呀。你看看有的明星那个头剪得狼啃了似的，男不男女不女的，听说一次要上千块的，如果真要剪一个有性别的头，那还了得？跟当杀手差不多了。

陈小元涌出一股媒体人的责任感来：如果真像你所说的，我一会儿就派个记者，舆论监督监督，一定要把你尽快解救出来。我们一报道，全国媒体一参与，特别是《南方周末》。各省市领导开会前，一定会看《南方周末》。省市领导一发话，看这些禽兽不如的东西往哪里跑。

陈小元有些激动起来，仿佛受害的不是面前的这个女孩子，而是自己的母亲或者是自己的女朋友，他似乎有点明白什么是弑母夺妻之恨了。陈小元说：你再说仔细一点吧，他们是怎么对待你的。

流水落花竟然一下子不高兴了，说：你想听什么？

陈小元说：你不要怕，你说说，他们第一次"那个"你，是什么时候？几岁？说得越清楚越好，我们记者要的就是细节。

流水落花瞪大了眼睛说：你太过分了吧！

陈小元说：就是觉得你说得有些糊涂，一会儿说是你爸爸，一会儿说是你哥哥，一会儿是湖北，一会儿又是广东。你再想想，是不是搞错了？

陈小元想了想，最后很认真地加了一句：你是不是有病呀？

陈小元说她有病，是指她有点健忘之类的，并没有骂她的意思。陈小元从流水落花的表情来看，怎么也看不出她有什么毛病，但从说话颠三倒四的样子看，意识到面前的这个人也许是个神经病。只是他太激动了，所以把自己的怀疑随口说了出来。

没想到自己这句话像是一根弹簧，把流水落花弹了起来。流水落花进门后，握手的时候没有站，接名片的时候没有站，这时候却突然站起来了。

一个女人站着面对一个坐着的男人，这种味道又不一样了。流水落花站着，大声哭了起来，嘶喊着说：你还是老总呢，你太欺负人了。

后来，有位心理学家给陈小元分析：说一个人有病，确实不妥。因为这个社会人人都有病，胃病，颈椎病，忧郁病，最多的是神经病。比如投票选总统的时候，如果聪明人占了大多数，最后被选上的，肯定是个傻瓜。神经病多了，在人们的眼里，神经病就是健康的。因为神经病不会像癌症要致命，又是脑子问题，所以很多人能遮就遮，能掩就掩。神经病患者最不喜欢听"有病"这两个字，是因为把他们最大的秘密揭穿了。心理学家最后说：可能就是那两个字，刺激了她，就犯病了。

陈小元赶紧抽了一张纸巾，递过去。流水落花也不接，还是不停地哭着，一句一个：你太欺负人了。

听陈小元办公室里有人哭，外边的记者们都朝里看。这是一间独立的办公室，中间却设置了一个玻璃墙，只要站起来就能清楚地看到里边的事情。大家发现是一个漂亮的女孩子在哭，又都坐下了。在人们的心里，漂亮女人的哭，有时候是撒娇，有时候是调情，有时候是希望恩宠。

所以说，记者们都表现得很平常。已经有几个人用上海话，也就是比鸟鸣还难懂的语言，在交头接耳了。上海人一说上海话，自然存在着某种歧视，一下子就把人分成了两派，分成了三六九等，分成了城与乡、敌与我。

记者们议论的无非有三点：一是这个女人好像在哪里见到过，可能是"新来的"什么时候带着逛了南京路。有人最后想到了手机，说"新来的"亲吻过手机，屏幕上正是这个女人，反正已经很亲热了。一再声称自己是单身，原来招牌是洗头房，背地里是卖肉的。二是这个女人找上门了，还在哭在闹，肯定是已经有结果了，怀上小囡是肯定的，说不定是三个，三胞胎嘛。而且呀，怀胎后发现染上了不三不四的妇科病，来寻找解决办法的。这个"新来的"如此不负责任，想抵赖。三是这个女人可能是有夫之妇，或者这个"新来的"已有妻室，一石砸着二鸟。

不管怎么样，这个"新来的"不能把不三不四的人带到办公室。对人家动手动脚，让人家严辞拒绝了。他们说，这真是一个"港督"。别以为他们说的是彭定康，英据期间的香港行政长官，这是上海话，傻逼的意思。

陈小元作为人才，在危难时期，被紧急引进到上海，眼前看来是有成效的，起码这家报社一时不用关门了。按说，报社里的几百号人，不用东奔西走找工作，应该感激陈小元，应该拥戴陈小元才对。在陈小元的老单位，他用彩票的办法把报社救活以后，大家都把他当成大英雄了。一提到陈小元这个人，都说他哪里是办报纸啊，他在办印钞厂哩。到上海后，许多当时的同事，都纷纷打电话写信，想追随他一起干，但都被陈小元拒绝了。当时走的时候与领导有言在先，他留不下来，那没有办法，人家是为了女人。但是他不能挖这里的墙根子。

现在是在上海，行情就不一样了。上海的报社招聘时，一般只招本地人。没有本地户口可以，但一定要在上海念过大学。这样一来，上海报社里的编辑记者，大多数是本地人。本地人的优越感，抹杀了新闻人应有的那股子拼劲，还有一股子找茬的精神。所以陈小元所在的这家报社，除了师长安与林记者几个外地人之外，几乎没有多少人把陈小元当成救命恩人。一部分人眼红陈小元那五十万元安家费，心想你还没有干一天活呢，一大笔钱就装进腰包了；一部分人本来就没有什么新闻理想，只看重眼前利益，报社开一天他就赶一天的场子，四处拿拿红包，混到哪一天报社真的关门了，也应该有一大笔的遣散费。拿了钱想工作就找，不想工作就在家里养养小猫小狗，反正家里也不缺这点生活费。最有抵触情绪的，就是写信告黑状的那些人，他们觉得陈小元越成功，他们头上的帽子就越危险，哪天这家报纸成功了，也就是他们让位的时候了。他们明白，陈小元是不会养着一帮不拉屎还占着茅坑的人。自从流水落花一进入陈小元的办公室，还没有闹事时起，这帮子记者们就已经议论纷纷，这是再正常不过的了。

流水落花哭的声音更大了，而且一把鼻涕一把泪。陈小元想，再这样下去，真会出事了，不晓得的人，真以为他把人家"那个"了。陈小元赶紧喊林记者进来，把这位叫"迷迷"的小姐带出去，报个名。而且交代说，一定要照顾照顾，安排个长得帅的，军衔高的。

林记者本来想开句玩笑，说这么漂亮的送上门的一个女人，陈总你怎么向别人的怀里推呢？但是在外边已经听出一些风言风语，也觉得事态有点严重，赶紧对流水落花说：迷迷小姐，我们先去填表吧，你再看看军官们的简历，直到让你满意为止。

流水落花把递过来的登记表，一下子撕掉了，用这些碎纸片擦着鼻涕泪水。

陈小元示意林记者，先对付着，自己到别处躲一下。陈小元向外溜，流水落花却张开双手，向前伸着，要拥抱似的，堵在门口，根本就出不了办公室。这时监控新闻的电视机，正在播放着《喜羊羊与灰太狼》。流水落花死死地盯着画面，看着看着，就入了迷。一会儿嘻嘻地笑着，说真有意思；一会儿抱怨，说真是一头笨狼，比人还笨。等到片尾曲响起来的时候，她还比画着，像要跳舞似的。

林记者拿眼睛示意了一下，陈小元就装作到门口扔垃圾，拉开门终于逃掉了。

陈小元跑到楼下的那条街上，漫无目的地逛着。

这是陈小元到这家报社后，第一次打量这条街，原来全是在石库门老房子里做古董字画生意的，晚上已经全部闭门谢客了，但是通过玻璃橱窗，依然能够看到里边等待出售的盆盆罐罐。陈小元觉得，做一只文物真好，每一分钟的等待，身价都在相应地增值。这和人是完全相反的，作为人，每等待一分钟，增多的只有皱纹和忧伤。

过了几个小时，林记者打电话说，迷迷小姐情绪稳定，看完两集动画片后，暖洋洋地走了。

陈小元一回到办公室，林记者就追问：你到底对人家怎么了？我看这女人不错，你是老总，是有身份的人，还是负点责吧，大不了纳个妾算了。

陈小元说：屁话，正房还没有，纳什么妾？你以为是代表名单，排名不分先后呀。其实我真不认识她，当时在外滩玩，看她挺漂亮的，一瓣瓣往黄浦江撒着百合花，就偷偷拍了一张照片。你手机里不是还有个女明星吗？你也要纳她为妾吗？今天晚上，她是来报名的，就凑巧遇到了。我们认识总理，总理不认识我们，这很正常。

林记者说：陈总，你就瞎编吧。

陈小元说：是真的，我看她说话不清不楚的，就问她是不是有病，两个字，她就疯子似的。

林记者说：我怎么看不出她是疯子呀？你走后她不但笑呵呵的，还主动倒了一杯水，泡了一杯茶喝着，小嘴轻轻一抿，人家就品出是明前茶。茶这东西，跟早孕试纸差不多，红线白线，把人分得清清楚楚。

陈小元说：那她有没有跟你说说别的？比如她爸爸或者她哥哥？

不管流水落花说的"那个"是真是假，陈小元都不想对任何人提起。现在的人大腿、胳膊、肚脐眼，什么都暴露出来了，却越来越讲个人隐私了，为一点点隐私就拼死拼活的，这不是扯淡吗？陈小元不是为了保护她，是怕再次刺激她。她不光是喊喊不满的口号，她可是真枪实弹，眼泪珠子噼里啪啦地朝下掉，炸得陈小元心里一下一下地跟地震似的难受。

林记者说：没有呀，她只提起了灰太狼。问灰太狼每次抓住小绵羊的时候，为什么不先咬死它，再拖回家去煮着吃？省得水都烧开了，却给跑掉了。你说说看，这是有病的样子吗？

陈小元感叹：这就怪了。

陈小元有些后悔，如果不是自己"有病"两个字，也许他与她不会发展到这个地步，说不定已经有说有笑地并肩走在回家的路上。在橘黄的灯光下，他一定要告诉她，自己之所以被阿基米德撬到了上海，就是有她这个美丽的支点；她也许会告诉他，百年修得同船渡，千年修得共枕眠。她不会让他白白跑到上海的。两个人说着说着，就牵手了，就拥抱了，就接吻了，就"那个"了，还可能几天之内就闪婚了。

但是，唉，他妈的，现在竟然成仇人似的，要躲着了。

陈小元想，在这个关键时候，他不能出乱子。等江山已定，特别是这个军官征婚的策划一结束，自己提拔成了总编什么的，谁还怕绯闻谁是孙子。这时恨不得有绯闻才对，小人物怕别人利用绯闻整治自己，但是大名人可以利用绯闻把名气搞得更大，这都是钱啊。你看看历史书，哪个皇帝怕过绯闻了？书上写的三宫六院七十二妃，其实哪有这么多，皇帝的本事哪有这么大，搞得自己跟猛兽似的。都是想告诉世人，你们以征服一个女人来证明征服世界，我多厉害呀，天下女人都是我的，就是征服了成百上千个世界，火星我也征服得了。

半夜里，陈小元独自坐在黑漆漆的办公室里，还真有点想这个流水落花了。他打开电视，希望能有《喜羊羊与灰太狼》的节目出现，但是好多台已经停掉了，只有刺刺啦啦的雪花点子。陈小元骂道：他妈的，她要是现在来找我，该多好呀。

6

在策划组的会议上，陈小元总结大龄军官征婚第一阶段的报道时说：取得了丰满的乳房。底下一下子笑翻了，有人用上海话说：洋泾浜。就是很大兴，有点假冒伪劣的意思。其实陈小元想说"收获"，不过也不算口误，哪个女人没有乳房呢？报名的女人一大堆，这就是收获。

陈小元又开始长篇大论了，每一次开战前，他都会这样信马由缰地进行思想动员。他私下里说，做新闻的人，就应该有这样的激情，激情是新闻人的命根子。

陈小元说，第一阶段，只是报报名，挖掘一些军人们的英雄事迹，讲述一下对军人的崇敬之情。打电话来的女人们，好像都是人类的母亲似的，带着一条长江或者黄河，滔滔不绝，泪水涟涟，此恨绵绵。唠叨着，谩骂着，倾诉着。觉得女人之所以个个像个杀猪的，是因为如今这个社会里，想找一个人发泄一下，牢骚一下，比在沙漠里找一个呱呱乱叫的青蛙还难。久而久之，就得了多动症、狂想症、恐惧症、自闭症、自虐症、忧郁症，等等症。你看看当年，在稍微有点落差的地方，修了多少水库吧？这些水库就跟这些女人的病症一样，长期不开闸放水，憋屈死了，就生水怪了。

于是，陈小元决定临时调整报道计划，第二阶段增加报道内容，开通两条情感倾诉热线，给这些病妇们放放水，泄泄洪。然后由记者整理出一些湿漉漉的情感故事来，弄出八个版的情感专刊，单独定价发行。

陈小元说，晓得迪士尼是怎么发财的吗？是靠洋娃娃这些衍生产品。就是让一个老子生两个儿子，两个儿子生四个闺女，四个闺女生什么？生出一大堆的"虱子"，用"虱子"做什么，加工保健品。

跑计划生育条线的记者说，陈总，计划生育政策规定，一对夫妇只生一个孩子，上海的二胎政策都没有放开，这不是超生嘛？

陈小元反问：我就不能生双胞胎了？

记者又嘟囔着：那也不能保证一定是儿子吧？

陈小元反问：你是跑卫生线的吧？那就去照 B 超呀。

陈小元要办这个情感专刊，总编办的老钟又阴阳怪气地找到陈小元说：这个专刊是要用纸印刷的吧？要印刷就要计算成本吧？这些成本不会陈总自己拿五十万的安家费来出吧？我们要明白自己的家底，不要以为阿拉是什么大报名报。

之后，社长也找了陈小元说：我们经济上刚刚有点起色，这摊子能不能铺得小一点？老实说吧，现在外边反对你的声音很响啊。

陈小元把自己刚刚领悟到的一套理论摆了出来：现在你把报纸印到多厚，都没有办法与网络比了。唯一能和网络比的，应该就是专刊，专刊办好了，自然就有企业愿意掏钱。所以我们吸引了多少赞助，我们就印多厚的专刊。这样说吧，如果专刊就是产品的话，有多少人掏钱订购卫生巾，我们就生产多少卫生巾；有多少人掏钱订购砂纸，我们就生产多少砂纸。用不着担心买卖赔本，也不用担心有人拿砂纸擦屁股，你说对不对？

社长一听，一下子就笑了：你的比喻格调不高，但还是非常有道理的。被你这么一比喻呀，我就踏实了。你好好干吧，不过要注意方式啊。社长又提到给宣传部写匿名信的事情，说是几乎几天就是一封，全部都是男女关系方面的问题，甚至把那个女人的照片，都传了过去。

果然没有出乎陈小元的预料，这个情感专刊的计划，一下子拉到了三十万的定向赞助。去掉印刷成本，足足赚了十几万。第一期专刊一出，更是卖疯掉了，护女宝这些女人用品，随之找上门了，一下子又签订了几百万的广告。陈小元给他们拟定的广告词是："有了护女宝，女人不会再流血。"

在这形势一片大好的时候，大龄军官相亲活动遇到了一个难题。陈小元立马通知策划组再次开会，研究解决办法。师长安通报说，游轮公司听说为军人相亲，就答应免费提供船长号游轮，船上吃的、玩的、奖的，也都由他们负责，之外还赞助十万的费用。报名相亲的女人也达到了八千三百多人，我们已经与部队方面一起，初步选定了由三百个女人参加的相亲队伍，听说这跟考公务员的难度差不多了。

陈小元挥了挥手说：别讲这些没用的，直接讲问题吧。问题是不是出在部队了？

师长安佩服地看着陈小元：是的，新娘子一大堆，新郎官却没办法找啊。这怎么办？当时我们找来的大龄军官，天天盼着入洞房似的。他们还打电话说，能不能提前与哪个姑娘，见面聊一聊，预热一下，体育比赛都可以预热的。但是今天早上，纷纷打电话来，说有这事那事的，不能参加了。其中有个人还说，可能要打仗了，为钓鱼岛的事，要打小日本了。自己是开战斗机的，制空权多重要，侬晓得吧？就是控制老天爷。明显是骗人的嘛，这是和平年代，钓鱼岛是有争议，但是双方都很克制，要以谈判的方式来解决，所以哪有仗打呀，天空中连一只反动的麻雀也找不到吧？除了第一批见了报的二十名典型，现在还缺七八十个参加相亲活动的军官。

陈小元看了看其他人问：你们有什么办法吗？都说说吧。

其他人都支支吾吾的，说这怎么办呀，人家不来，我们又不敢去抢。就真是抢，这军官个个虎背熊腰，咱也抢不过他们呀。

总编办的老钟发话了：当初为什么没有想到这层？事先为什么没有紧急预案？我看呀，我们是做新闻的，又不是婚介所。新闻已经炒得够火了，相亲嘛，不办也行，也没有什么花头。

陈小元看也不看他说：那就不办了吧。

然后顿了顿说：只是猛牛两百万的冠名权，维情公司的协办权，壮大网络视频的播出权，还有那个"上上下下的享受"，在通往游轮的过桥上，也有几万元的广告费吧？好像已经卖出了十几个"权"了吧？每一个权都是钱，你们上海人不叫这个，叫钞票。我们不像那些局长、处长、科长，就是一个组长，只要他们坐在那把椅子上，这些"权"，就跟一个小美人似的，等着他们，缠着他们，肥着他们。但是我们这次卖出去的"权"，是我们辛辛苦苦想出来的。活动不办了，"权"就消失了。既然代表总编辑的总编办发话了，那不办就不办吧。只是请老钟通知一下财务，不但要把收来的钱统统退了，另外再准备一下违约金吧。

老钟尴尬地说：我只是从新闻的角度想的，没有想到已经签订了这么多的合同。陈总到底是陈总，这样看来，相亲活动还是要办的，而且要办好。只是……

陈小元说：没有什么"只是"了。从现在的情况分析，应该是部队出问题了，组织上怕万一出个岔子，担不起领导责任。比如沉船之类的，当然，这肯定是不会发生的。军官自己嘛，师长安已经说了，还是很高兴参加的。这是见美女，又不是上景阳冈打老虎，我看这个问题不难解决。这样吧，通过私人关系，给每个记者下达几个指标，把自己认识的小舅子、小叔子、老同学，哪怕是老太爷，只要是军官，都统统地请来。这一天正好周末，让他们对部队上说，家里介绍一个女人，约好了相亲。如果还请不到假，就说自己发烧了，可能得了甲流，不就行了吗？

大家都不吭声了。林记者好像不在，只有师长安鼓掌说：

还是陈总厉害，问题就这样轻易给咔嚓了，文娱部肥姐的老公，就是海军部队的，一招呼一大把。

正当大家起身要离开陈小元的办公室的时候，有个人不敲门，就撞进来了。

陈小元还想补充一句：一定要未婚的。

但是话未出口，就被这个撞进来的人给打断了。这个人，不是别人，正是那个流水落花。她一进门，不分青红皂白就拉扯着陈小元的袖子，长一声短一声地哭了起来。只是哭出来的话与昨天不一样了，变成了"你一定要给我一个说法"。

陈小元说：我自己也不清楚，你到底要什么说法？我能有什么说法？

陈小元倒了一杯茶，然后递给她说：听说你对茶很有研究，喝一口就晓得这是龙井的明前茶。还真被你说对了，确实是在杭州龙井村看着人家现采现炒的。这茶呀，喝到嘴里，淡淡的，嫩嫩的，在嘴巴里摇摆着，在肚子里扑腾着，学着飞翔似的。像不像一只只刚出壳的小鸡鸡？

听到这句话，流水落花眼睛已经瞪得更大了，双脚在地上使劲地弹着，大声喊叫：你说什么？你、你说流氓话。你个流氓。你一定要给我一个说法。

陈小元摸不着头脑了，便解释：我说的是茶叶呀，茶叶是流氓话吗？如果这也是流氓话，中国那么多喝茶的人，不都成了大流氓了？茶文化不都成了流氓文化了？从古代起，茶叶就是出口创汇的重要产品，照你的意思，我们出口的都是流氓话？

流水落花长一声短一声地哭着说：我亲耳听你说流氓话了。你一定要给我一个说法。

林记者去黄浦江的游轮上查看举办相亲活动的场地，刚刚回来就看见里边撕扯着，于是进来了，小声地对陈小元说：她指的可能不是茶叶，指的是小鸡鸡。

陈小元看了看裤子的拉链，发现是关闭着的。然后"啊"了一声，一屁股坐到椅子上。一时记起刚才的话，也不晓得为什么把刚出生的小鸡，说成了小鸡鸡。茶叶在嘴里如小鸡，还是比较贴切于茶道的，如果变成了小鸡鸡，确实是很流氓的话。中国文字，在这里一下子表现出无法解释的奇妙来，这是任何一种外国语言，都不可能出现的误会。

陈小元真的不晓得如何是好了。

社长打来了电话，说是有事情商量，让陈小元去一下。本以为可以趁机出去躲一躲，当陈小元出门时，流水落花不再哭了，却寸步不离地跟在后边，嘴里不停地说着"你一定要给个说法"。像是和尚念经似的，你虽然听不清说的是什么，但一定是起起伏伏的，像是一首平淡无奇的曲子，也像是蜜蜂飞过花丛时的留言。

一般情况下，上下级谈工作，应该是隔着办公桌而坐的。但是社长示意陈小元坐到沙发上谈，一下子就变成了会客的样子。社长给陈小元倒了一杯水，然后说：刚才广告部与财务部已经向我汇报过了，你放出来的这只兔子，果然不同凡响，繁殖能力很强。这个大龄军官征婚的策划，不仅仅是经济效益，也让大家看到了希望，希望可比钱更重要。你把我们这个报社救了，整个报社都应该感激你。我在此代表编委会谢谢你。

陈小元说：这是社长知人善任的结果，给我这样一个大舞台。这是大上海，可不是人人想来就来得了的，我好多老同事，都羡慕死了。

社长说：你说得也是。在引进你之前，很多人也来谈过。不瞒你说，有些人是北京方面的，也有人是从国外回来的，有些人好多年前就当过大报的领导了。他们资历都很深，背景也很深，有多深？我把它比喻成紫禁城，现在没有办法去量了，你量一量就是破坏文物。这些人如果听听口号，看看理论文章，也许还不错。但最后不是办报纸，是替我们烧钱，挖我们快倒的墙根。到时候他们屁股一拍走人了，我们怎么办？几百号人怎么办？

社长话锋一转：但对于你，我现在不好下结论了。

陈小元说：社长有话就说吧。

社长说：我怕有些事情处理不好，是一颗黑痣败坏了一个女人。你说说，这黑痣长在哪里，影响女人？

陈小元嘿嘿地笑了笑：长在别的地方我们也看不见呀。当然是长在脸上了，我最讨厌黑痣长在额头上的女人。

社长说：这就对了。这黑痣如果长在臀部，她用裙子捂一捂、遮一遮，别人不晓得，也就算了。如果长在下巴上，倒有一点妩媚气，如果长在脸上，特别是长在额头上，就不好看了。

陈小元说：社长是醉翁之意不在痣吧？是不是又听到什么

传言了？其实我和她一根球毛的关系也没有。至于她为什么知道我，好像不是很难吧？任何人在前台一问，就是大堂的保安，应该也知道我这个新来的了吧？她那天来报社，也是来报名相亲的，记者也不晓得为什么，就直接带到我的办公室了。我顺便接待了一下，这也是工作呀。

社长不再藏着掖着说：什么样的接待能弄成这个样子？我看你也不是毛手毛脚的人，不像是临时起了色心的样子。她又喊又叫的，闹出这么大的风声，不是脸上长黑痣，而是浦东与闵行打击黑车，是鼻子上长倒钩了。

陈小元说：我向社长发誓，真的没有一点关系。

抬头三尺有神灵。只有天知地知、你知我知这样说不清道不明的事情，才需要发誓。而且发誓是人世间最幼稚的举动，这和小孩子过家家差不多，也和举手表决差不多，只是自由民主的初级阶段，永远没有法律那般可信，但又不得不做。陈小元真不知道为什么会搞到向社长发誓的地步。

社长目光向前指了指说：都什么时候了，你发誓还有用吗？你看看吧。如果真是这样，一个漂亮的大姑娘，用得着哭哭啼啼的吗？她不顾面子地闹来闹去图什么？你要是刘德华，也许可以出出名；你要是张艺谋，也许在下届北京奥运会上，给你一个清唱的角色。但是你是一个刚来几天的策划总监，这个官没有我大吧？她为什么不缠着我呢？所以说，如果不是那种事情，还有什么目的？你还是学学倒钩，遮掩一下吧，哪怕就是用超短裙也行嘛。

陈小元向着社长暗示的方向转过身，发现流水落花正站在门外。她把门推开一条缝，也不进来，只是站在门外边，不时伸头朝里边看，像是找人似的。嘴里还在念念有词。

社长低着头，压低了声音，好像自言自语一样：我这也是爱惜人才，才苦口婆心的。最近说什么的都有，有些话还相当难听，如果传到上边去，那不是作风问题这样简单，是犯罪，男女关系的事情，网恋呀，一夜情呀，如今能上升到犯罪的情况已经不多了。但我还是站在你这一边，说报社早就调查过了，是谣言。

社长抬起头，盯着陈小元说：有一点肯定不是瞎说吧，就是你们在来报社之前就认识了，因为有人从你这里看到过她的照片。如果不认识，这照片从何而来？

陈小元说：那是巧合。

社长说：在我这里，你不需要辩解。我找你不是想追究什么，只是提醒一下你，说警告也行。前段时间，河南有个卫生局的领导，人家闹出艳照后两天，就与当事人领证结婚了。你看看，能不能和她结婚算了？虽然现在的女孩子，又是割，又是隆，个个好像都是美女。像她这么不施粉黛，还这么漂亮的人，幼儿园也没有了。关键时候，结婚证是个好东西，能分财产是一方面；从另一方面说，一张薄薄的纸，隔着这层纸，性质就完全不同了。领了证就是家庭问题；不领证，这就是男女问题，也就是作风问题。

陈小元说：社长呀，我怎么和人家领导比呀？我都说了，不认识，怎么结婚？

社长语气硬了一点：万一不想结婚，再自由几年，那也得给人家一个交代吧。你听听，她口口声声要个说法，你不表示表示，怕这样一直闹下去，最后我也不能保你了。

陈小元说：那张照片，确实是在外滩拍的。那次还是你派人陪我去的外滩，这个人可以作证吧？

社长声音提高了半度说：我找过他了，他说不晓得。无论你用什么方法，就给你三天的时间，让她从你的身边消失。现在人解决问题的方法很多，比如感情投资，比如以色引诱，比如金钱收买，可能都很有效。你现在来的时间不长，但好坏也是报社一级的领导，我不建议你用违背道德、违法乱纪的手段。就跟这次我把你引进来一样，你怎么办，我只看结果。

陈小元还想说什么的时候，社长却对着门外招了招手，意思是让流水落花进去坐坐，好像她已经是陈小元的老婆似的。但是流水落花却躲到门后边去了，脸对着门，只能听到喃喃自语。

7

陈小元离开社长办公室时，这个流水落花又跟在他的身后，像是阳光下甩不掉的影子；更像是一朵花，漂在水面上，流水急，花就急，流水缓，花就缓。你想抛开它，根本没有可能。

这座办公楼的楼道是圆形的，好像这个设计者早就预料到，将来会发生这种转圈子事件。陈小元不停地转圈子，流水落花跟着，像一首宋词，迈着细碎而急切的步子。

来给报社报料的人见了，以为他们是在练竞走，就对陈小元说：我好像见过你，你是体委的竞走教练吧？我儿子一心想当体育明星，你如果收他做了徒弟，绝对不跟刘翔一样，一年半载才跑一百多米，我让他天天去跑，天天拿金牌，赚好多好多的奖金。

陈小元到上海后，已经有人说过自己跟这个教练长得像，没有想到是真的。陈小元说：如果他把奖金全给我，就让他来吧。那人很生气：你以为我们是没毕业的大学生，白干吗？陈小元无心再理这样的港督。他顺着这个环形的楼道转了几百圈了，头都转晕了，有些恶心了，就蹲在地上歇一会儿。他一蹲下，流水落花也蹲下了。

陈小元苦笑着说：社长说了，让我们结婚，你愿意吗？

流水落花回答说：你一定要给我一个说法。

陈小元苦笑着说：我们今天晚上就去你家，见见二老吧。我给他们磕头，下跪也行呀。然后再发一个大大的红包。

流水落花声音猛然提得很高，像是尖叫：你一定要给我一个说法。

这尖叫声好几层楼的人都听到了，有人就躲在拐角朝这边偷看，也有人当下忍不住，爽快地笑了。陈小元不敢再开玩笑了，爬起来继续转圈子，不知道又转过多少圈，才发现每一圈都得经过厕所。路过男厕所的时候，陈小元一下子钻了进去。

流水落花一时没有反应过来，也一脚踏进了门。有个男记者正在小便，一边抖动一边吹着欢快的口哨。看到有个长头发的女人撞了进来，一时慌了手脚，还没有尿完，就提起了裤子。等提起裤子，小便却止不住了，一下子尿湿了裤子。

陈小元嘿嘿地笑了说：是男人你就进来吧，进来呀。

流水落花看了看门上的大烟斗，赶紧就退了出去。

陈小元在马桶上坐了半天，好像天已经黑透了。

陈小元发现不再有什么动静了，他提了提裤子，得意地走出男厕所。流水落花不晓得从哪里拉来一把椅子，就坐在男厕所外边，像公厕里的管理员，要收费似的，死死地盯着，就是苍蝇要方便，她也不会放过。

陈小元骂了一声：他妈的。然后又退回男厕所了。

林记者跑过来说：陈总呀，我都找你半天了，原来你搬到厕所里办公了？还配了一个漂亮的小秘书，待遇不错呀。这地方除了有点臭，还蛮清静的嘛。而且还有一个好处，不会有女人叽叽喳喳的了，听那群麻雀一开口，我这梧桐树心烦得直掉叶子。

农民有一个习惯，走亲戚串门子，都把一泡屎尿憋回家去，这叫肥水不流外人田。而上班的人，不管早上晚上，都要把一泡屎尿憋到单位去，这叫什么？占用工作时间，就叫工作大小便。让那不多不少的八小时，在大小便中轻松愉快地流逝。每个人，角色不同，都有不同的小算盘。但是陈小元想不明白，自己如今沦落到在厕所里办公，这算哪门子事情。

陈小元坐在马桶上问：有什么事情快说吧。

林记者说：你想的办法确实管用。开始我们给记者们下指标，让他们每人介绍两个军官参加相亲，他们死活不同意，特别是女记者，像抢了她们的初恋情人似的，一千个不情愿。后来倒好，变成废品出售了，见了我就跑来打招呼。现在问题就出来了，计划是一百二十名，如今严重超标了。就跟世界末日，上诺亚方舟似的，让谁上不让谁上，都挺得罪人的。

陈小元问：我们那个游轮能容纳多少人？好像是八百人吧？

林记者说：这只是座位。再加上甲板，然后像你们陕西八大怪，有凳子不坐蹲起来，其实一千八也差不多吧。只是我们当初已经定好了名额，什么都按名额预备的。

这时候，陈小元真有点要大便的样子，赶紧解了裤带说：活人还能让屎给憋死了？你看看，这不是稀里哗啦地拉下来了吗？那些卡片呀奖品呀什么的，又不是落后国家造核弹头，需要准备十年八年的。让他们再赶制一部分，不就行了吗？

林记者一时醒悟，赶紧捂着鼻子，说是马上去通知。正要退出去的时候，陈小元又招了招手，小声地说：男厕所外边的女秘书，可不是人人都能享受的。社长刚才找我谈话了，要我三天解决问题。我看现在得请你帮忙了。

林记者说：陈总啊，就像上床这样的私人问题，不好帮呀。

陈小元说：上个屁床！这样吧，你今天晚上辛苦一下，跟在她后边，看看她住在哪里。

林记者说：是不是学一学间谍，跟踪一下？哎呀，看到《潜伏》这些电视剧，昨天还感叹，咱是生不逢时，如果我生在上世纪三十年代，就不做这窝囊的记者了，而是去做卧底，传传情报，扮一扮假夫妻，说不定咱也能奋斗个革命家了。这次，我就到娘胎回炉一次，在战争年代活他一回，让你看看我天生就是一块搞秘密工作的料子。

陈小元又提起裤子说：回炉一次没有问题，怕你老娘正生你时，枪一响剑一亮，你就缩回娘胎了。少废话吧，一定要小心，不能让她发现了。

陈小元想，不管什么人，都有一个窝。跟老母鸡一样，找到了窝，有没有蛋，明摆着的。如果能找到流水落花的窝，那就能找到她的家人，或者是兄弟姐妹。陈小元要亲自去拜访一下，而且要带就带脑白金。这样的礼品与收藏品一样，如果自己留着饮用，其实就是废品，只有炒卖出手的时候，才有价值，甚至是无价之宝。废品与宝贝的差别，就是因为无法定价，才可以信口开河，出手一次炒一次，最后送来送去，价格越来越高。

陈小元要直捣鸡窝，有几个目的，一是了解一下流水落花的家庭情况，比如有没有什么病？有没有被"那个"；二是让家人帮忙做做思想工作，如果真有什么深仇大恨，那咱就坐下来一笑泯恩仇；如果真是看上他了，咱就正正经经地谈，风风光光地娶，哪怕是倒插门，儿子孙子小猫小狗都跟她姓，咱也高兴。只是现在这样子不明不白的，想接近吧，哭哭闹闹的；想离开吧，又跟前跟后的。关键是闹不好，会出大事情，影响自己的大好江山。

陈小元吐了一口唾沫，说了一句"马勒戈壁"。这本是一句国骂，却被一位教授引经据典，考究成一个"成语"，前几天还登在上海滩一张牛逼哄哄的报纸上，不让同为报人的陈小元如此低俗一下不行啊。

林记者拍着胸脯说：你放心吧，我一定出色完成任务。出门后又补了一句：有很多人找你哩，我去告诉他们，你在厕所里。

随后就有几个记者，拿着报销单、请假条、派车单、快递单等等，跑到厕所里来，让陈小元签字，不过都是"公"的。不知过了多久，陈小元已经忘记自己在马桶上边，还以为自己在几天不打扫的办公室里。当有人在厕所外边，轻声细语地叫着他，陈小元就随口回答：进来吧。

但是并不见人，外边还是"陈总，陈总"地叫着。陈小元想，这是谁呀？正准备起身相迎时，才发现自己的屁股底下是空的，倒抽了一股凉风。

陈小元跑出厕所，原来是两个记者，也是找他签字的，不过都是女的。女记者说：听说你在厕所办公，我们就跑到女厕所等着，等了半天也不见你来呀。

陈小元尴尬地笑了笑说：你们现在还不清楚？我是男性嘛。然后笔一挥，就把"陈小元"两个雄性十足、粗壮无比的字，签在长短不一的纸条子上。

两个女记者说：小秘书早走了。她比那些公务员还守时哩，下午两点准时上班，晚上十点准时下班，不多不少，正好八个小时。陈总呀，你干脆把她招进来，真的做个秘书什么的，多好啊。

陈小元在心里想，如果真能这样也不错，反正现在的男上司与女秘书，连苍蝇都晓得不是什么正经的关系。但是，自己现在的级别还不够格，你看到那些桌面上有女秘书的，要么是大富豪，要么是大官员，无钱无权的，其实也可以弄个女秘书，但只能放在桌子底下了。自己现在身居茅坑，连桌子都没有了，这女秘书藏哪里呢？

陈小元又在楼道里转了一圈，报社的人已经稀少了很多，确实已经是十点以后了。如果被吉尼斯的人知道了，肯定会载入吉尼斯大全，成为天下上厕所时间最长的人。他回到自己的办公室，发现流水落花果真已经"下班"。此时是晚上十点二十三分，正是灯火迷离、佳人出没的好时光。

8

陈小元决定把早上上班时间提前到九点，不为别的，只是想在那个流水落花到来之前，尽量把手头的工作干完，以便于集中精力与她"躲猫猫"。

当陈小元早上七点半就起床，向办公室赶来的路上，他发现，提前上班还有另外一个好处，可以看到一个积极一点、阳光一点的上海。这个繁华的城市，在经受灯红酒绿一整夜的折磨之后，犹如一个夜生活过度的女人，更多地给人传递的是那种沧桑感与疲惫感。对于一群习惯了中午上班、半夜下班的报人来说，每次踏着星光回到家的时候，家人已经早就入睡了；早上起床的时候，家人早就出门了。别说错过了男欢女爱的黄金期，就是一家人在一起吃顿饭，机会都相当少。再加上不是车祸，就是火灾，还有就是杀人，整天接触的基本都是社会的阴暗面，久而久之，好多编辑记者，患上了忧郁症。陈小元有个姓方的老同事，在退休前一天，因为患上了忧郁症而跳楼自杀了。

陈小元第一次这么早地穿过上海。可能因为上海地处东海之滨，太阳比其他城市升起得更早，感觉阳光也比北方城市要厚一些，红一些，湿润一些。陈小元经过外滩的时候，这条蜿蜒的黄浦江，已经不再是夜晚看到的一条游移的毒蛇，而是穿城而过的一条金色的长龙。外滩对面的东方明珠、金茂大厦、环球金融中心，还有那座正在向空中延伸的上海中心，已经褪去了华彩与迷离的灯火，但是它们身上的一扇扇玻璃窗子，像是一面面早起时梳洗用的镜子，把一颗太阳一下子反射成了成千上万的太阳。

陈小元被这成千上万的太阳一照，一下子就精神了，心头所有的阴霾与不快一扫而光，不由自主地唱起了《上海滩》主题曲。

当他哼着"浪奔浪流，万里滔滔江水永不休"，把办公室的门刚开了一条缝，林记者就不好意思地挤进来了。林记者有点沮丧地说：陈总你说得太对了，如果我生在战争年代，别说当将军了，怕连一个反动派也当不好的。

陈小元看了看他，不明白他从何说起：看你这功夫熊猫的样子，是不是昨晚一夜没睡？

林记者说：眼睛都没有眨一下，连两只老鼠在弄堂里做爱，也看得清清楚楚的。你别说，这老鼠东西不大，他奶奶的，搞起男女关系来，时间比我们还持久啊，关键的时候还吱吱地叫，现在的女人可能零食吃多了，能叫的嘴巴已经没几个了。

陈小元摆了摆手：你这人就是太低俗。大清早的，说些正经的吧。

林记者说：昨天你不是交代我一个任务吗？我看她下楼后，就跟上去了。还用一块黑布蒙着头。有个参加征婚的军官刚送了一个望远镜，我也带上了。你看看我是不是土匪加军事化武装？我看她从一路公交车前门进，自己就从后门进。看她在玉佛寺那一站下车，我也匆匆忙忙下车。看她进了一个巷子，拐进了安远路，我也拐过去了。走了不远，两辆车撞上了，我想顺便弄条突发新闻做做，刚偏过头只看了一眼，这女人竟然不见了。

陈小元问：后来呢？

林记者说：巷子里正好有一个公共厕所，我确信她进去大小便了。但是再等也不见出来，心想陈总都可以在厕所办公，说不定她就在厕所里过夜。现在外来的打工仔，交不起房租，什么地方都可以睡的。去年你还没有来，有些人就睡到绿地里、睡到桥洞下，后来因为影响市容，城管就到处清理，这些人实在没有地方睡，后来就跑到殡仪馆里过夜去了。

陈小元说：再后来呢？

林记者接着说：后来可有意思了，有个喝醉的老头，在殡仪馆睡得太熟了，早上火葬场来拉尸体，以为他是弃尸。经常会有弃尸的，因为活人很简单，还可以随便找个地方躺躺，但是现在是死不起，死一个人要花很多钱，一个巴掌大的墓穴要好几万块。火葬场把老头抬上车，正当要推进火化炉的时候，老头大叫一声"再来一杯"，竟然坐起来了。

陈小元被逗得嘿嘿地笑了起来：真的假的？做新闻的，不能瞎编的。我是指流水落花，不对，她叫迷迷。你后来跟踪到什么了？

林记者说：这个啊，除了看到那两只快活的畜生外，直到今天早上，我还看到一个红彤彤的太阳，从东边冒出来了。

陈小元看到林记者哈欠连天的样子，想必他真是守了一夜。说别人一夜未睡，比如那些到基层慰问的领导们，谁都不会相信的。但是一旦说到记者，陈小元是相信的，他们经常为了调查一个黑幕，或者了解事实真相，整夜整夜地蹲点，或者是深入虎穴，与虎一起吃鸡，与虎一起呼啸，只有真成了一只虎，才能报道老虎吃人的那些事儿。

陈小元说：你赶紧去眯瞪一下吧。

大龄军官相亲的事情，再过两天就要在黄浦江上举行了，这关系到钱的问题，与钱有关的事情，都是关键，都马虎不得。这个活动的成败，还关系到陈小元的前途，关系到他是否能够在上海滩站稳脚跟。这个策划虽然给报社带来不少收入，但是活动不成功的话，很有可能成了别人的借口，陈小元就拿不到副总编、执行总编这些大帽子，恐怕连总监这个头衔也难保了。

陈小元再次召集策划组会议，还另外通知了各个部门的负责人。这一次陈小元没有再做信马由缰的战前动员，只要求大家全力以赴给予支持，特别是采访部与摄影部，部主任要亲自挂帅，派一个强大的采访队伍，对活动进行全方位的报道。陈小元说：大家这是支持钞票，看在钞票的分上，有力的出力，没力的赶个场子，吆喝几下也不错嘛。

师长安是负责相亲活动的统筹，所以他汇报了一下整个活动的进展：我们整个活动是参照著名婚恋节目《相约星期日》来设计的，所以主持人南瓜先生主动打电话来了，说军人为了保家卫国，流血流汗又流泪，给他们征婚这个活动意义重大，他希望能客串一下主持。另外，他们《相约星期日》节目组，想把这次相亲拍成军人专场，通过卫视进行现场直播。我心想，原定的主持人呀，网络视频播出权呀，都是向别人收费的，不晓得怎么答复他们。

陈小元问：有谁晓得怎么答复吗？广告部的人，你们是行家，你们说说看吧。

广告部的人说：让南瓜出场和《相约星期日》直播，不给人家发车马费就不错了。让他们出钱是不可能的，陈总刚不是说了吗？我们要的是钱，谁给钱当然就让谁上了。

陈小元又问：还有其他意见吗？总编办的老钟，你呢？

总编办的老钟摆了摆手，表示没有什么想法。

陈小元环顾一周，见不再有人吱声，他胸口的那份激情又翻江倒浪了：南瓜先生是什么？是大名人。名人是个什么东西？就是不在银行发行的钞票，连兑换也不用，走到美国是美元，去泰国看变性人那就是泰铢。他们平时有钱也请不来的。南瓜先生一露脸呀，等于白请了一个代言人，我们这个活动就又上一个档次了。主持人的档次，就是我们活动的档次，如果美国的名嘴奥普拉出场，我们的活动就是世界级的了。我们好多赞助商、转播商巴不得有这样的名人出场。你赶紧回复他们，热烈欢迎，而且赶早包个红包送过去。这方面的投入，我们得找人埋单，你们跟赞助商联系一下，说我们为了把节目办得更好，花大钱请了名人与上星的媒体，所以费用可能要提一提，至于提多少，尊重他们的意思。

广告部的人领命而去，会议还没有结束，就笑呵呵地回来回复：哎呀呀，赞助商转播商们，听说南瓜来主持，还有卫视加入直播，就跟见到大财团的老板似的，都高兴得不得了，每家主动把费用提高了百分之十五，说是连合同也不用改了，他们直接付钱就是了。只有一家小企业，说是超出了预算，不能追加了。

陈小元只是点点头，没有再对这件事情发表任何看法。最后再问问安保、接待、节目等等方面，有没有到位。大家说万事俱备只欠东风。

陈小元正要宣布散会时，总编办的老钟又开口了。他说只有把工作做得越细，到时候才不会出乱子，负责相亲人员名单的人，他好像没有到场嘛，这方面不晓得有没有什么漏洞？名单上的人可都是主角，不能掉以轻心。

大家都回头朝老钟背后的沙发看，负责这项工作的是林记者，正躺在沙发上打着呼噜。老钟说：睡得蛮香的嘛，看来挺辛苦的。

有人喊了一下林记者，说是领导等他汇报工作，也有人去摇摇他，还顺手拿笔在他的脸上打了一个叉，他都没有醒过来。但是陈小元却说：散会吧。

大家也就纷纷站起来散掉了，忙着布置各自手头的事情。

9

开完会，刚刚吃了一份快餐，就到了下午，太阳已经有点偏西了。楼下大堂的保安打电话说：陈总呀，那个天天来找你的女人，前几天让她登记吧，她说自己是莱温斯基，出入白宫也不登记的。不晓得这个姓莱的，是什么来头。不过心想是你的人，你们是见官大一级，所以之前就放她上楼了。

陈小元赶紧说：我忙着呢，你们一定得拦住她。

保安说：她今天有点不对头呀，她拿着一把剪刀，气势汹汹的，我们拦过了，她直朝我们捅，挡也挡不住呀。

陈小元说：人命关天，挡不住也得挡挡吧。

保安说：我给你打电话的时候，她已经从门缝里溜上去了。

陈小元骂了一句：奶奶的熊。

放下电话，看了看墙上的钟，正好一点五十五分，离流水落花出场的时间仅差五分钟。

陈小元赶紧起身走出办公室，边走边想，这女孩子真像个模范，发个疯吧，也挺准时的，果然强过如今的公务员。如果有哪个人提一句"向流水落花同志学习",然后再搞一个事迹报告会,大讲特讲反复讲,她恐怕也能成为典型人物吧?如今干什么事情,哪怕是当小偷,如果富有敬业精神,舆论也会为之一振。可惜的是,如今的典型过几天就会冒出一个。刚把一个盲人扶到马路中间,又一个猛子扎下黄浦江要救人去了。时间一长,学典型就像记者拿红包似的,都忙着赶场子,哪个典型也学不好,到后来我们的精神世界,就真成了龙的传人,七凑八凑地拼在一起,看头是猪头,看耳是牛耳,四不像。说白了,我们现在不缺典型,缺少的是流水落花这样有特色的典型。

陈小元胡思乱想着,在楼道里转一圈。别的办公室要么有人,要么锁着。最后没有办法,他还是一下子钻进了男厕所。刚进厕所,就听到楼道里有人一间一间地敲门,敲一下说一句:你一定要负责任。

这是不是挺典型的?陈小元听得出来,正是流水落花的声音。单独听她说话的声音,真的很婉转,把每个字都读成了三声,而且像唱戏一样,在每个字后边再绕那么一下,有点像上海人喜欢的评弹。不过没有评弹那么柔软,更像是一个孕妇对着惹事的男人,甜蜜而又愤恨地说着:你一定要负责任哟。

流水落花今天又换了一个词,开始是"欺负",后来是"说法",现在是"责任"。陈小元怎么也想不清楚,他怎么欺负她了?他要给她一个什么说法?他要对她负什么责任?这一切,看似简简单单,看似胡说八道,联系起来却充满着严密的逻辑关系,好像一个优秀的学生用这几个词,造出了一个非常完整的句子。这个句子成了一张大网，一步步地撒到他的头上来了。

陈小元照样坐在男厕所的马桶上边，把事先预备好的一张安民告示，贴在他这间马桶的隔板上。告示上写着"此马桶正在维修，暂时停止使用"。这样一来，就不会有人冲进来，真正成了他战斗时期的临时指挥所。

林记者似乎睡醒了，走进厕所哗哗啦啦一阵子，又抖了抖身子，然后敲了敲隔板说：现在要敲门了，因为这是陈总的办公室嘛。

陈小元问：刚才你睡着了，大家问相亲名单的事情，每个人都通知到位了吧？

林记者说：保证一个不多一个不少。现在是高科技时代，你看看那些垃圾短信、垃圾传真都是怎么来的？群发的。我上次采访，认识了一个群发骗人短信的公司，这次就用上了，他们免费给我群发了三遍，目前全部得到回复了。

陈小元说：我们这可不是骗人呀，是实实在在地帮人解决终身大事，是现代红娘。要是放在古代，成全一对就能得到一双绣花鞋，这次我们可以得到几百双了，一辈子也穿不完了。

林记者连说：那是那是。不过现在宠物也可以帮着穿了。呵，刚才发生了一件大事，恐怕你还不晓得吧？

陈小元说：大事？！什么大事？

林记者说：还能有什么，又是你那个相好的呗。她楼上楼下地叫着找你，说是要你负什么责任，最后找不到你，她就跑到你办公室里坐着，坐在你那把椅子上。这娘们，往那一靠，两腿翘在桌子上，还真像个靠美色爬上去的总监。

陈小元训道：什么相好的？再这样我要翻脸了。人靠衣装马靠鞍嘛，狗坐在这把椅子上，也可能像个总监。林记者笑起来了，陈小元才晓得自己这句话骂了自己，也否定了自己。

林记者说：今天文明办来检查卫生，你晓得的，搞行政的那帮家伙怕丢饭碗，就找点事情做做，表示自己很重要的样子。桌子上不让留一片纸，不放一支笔。当记者的，靠纸笔吃饭，你说说桌子不摆这些，难道真像婊子似的，摆一些安全套不成？检查组一到你办公室，你那个相好的，不是，是那个女人，呵呵笑着迎上去，抓住领导的手，握着说"热烈欢迎，热烈欢迎"。

陈小元的脸已经铁青了，眼睛变成了两根针，盯着林记者，听他继续说下去。

林记者说：这检查组的领导也不认识，抓住她的手摇了半天。你晓得的，男人都是这样，跟女人握手时间都长一些，握完了还半天不洗手，想手留余香。领导边握边说，你就是陈小元对吧？听社长说，花血本引进了一个人才，原来感觉不值得的，现在看看，这么一个大美女，真是太值得了。检查组领导还准备坐下来，聊聊工作方面的事情。陈总，你也是领导，你晓得的，北京一个扫厕所的，下到基层呀，也要过问一下环保建设问题。领导与那个女人正聊得热火，有人跑进来说，这不是陈小元，这是陈小元的女朋友。你说说，这领导怎么下得来台，当时半边脸就黑成了非洲人。

陈小元一拍马桶，站了起来，尽量压着一肚子的怒火问：

现在呢？怎么样了？

林记者说：我帮着打了几句圆场，这女人算是安定下来了。陈总，你也别不舒服，这领导是老鼠舔了猫的屁股，自找的。他想发火怕也找不到茬吧？

大家一时无话，但是陈小元的心里，却翻江倒海一样。陈小元心想，再这样下去，名声事小，江山事大。看来这第二招不用不行了。听到林记者问，你猜猜我刚才梦见什么了？陈小元示意林记者坐下说话，还想倒一杯水给他，但是听到隔壁冲马桶的哗哗声，才明白自己如今还在厕所里。

陈小元说：肯定是梦见你老婆了。老婆好久没有来慰问了吧？等这次活动忙完了，我给你几天假，你回安徽把她接过来，好好给你补偿一下。

林记者说：谢谢领导关心。她明天早上就来了，真他妈的憋不住了。你说得对，确实梦见老婆了，当时扣子都解掉了，她竟然一下子变成了一只老鼠。我一看，这不就是昨天晚上我见的那只吗？真是日有所见，夜有所梦啊。老婆再不来呀，只能拿老鼠下手了。

陈小元说：你这个人还是粗俗。

林记者说：这才是我的长处，粗俗是人的本质，那些优雅的人，基本是些伪君子。

陈小元顿了顿说：看你这样子，有些事情怕是不能交你去办了。林记者急了，站起来说：陈总，你看看，你还是没有把我当自己人，我这人嘴上粗一点，总比那些手上粗一点的人强吧，我可是对你一片忠心呀。

正说到这里，陈小元的电话响了，是社长打来的。

这一次，社长直接在电话里说：我们是新闻单位，很多信息都是机密，你那个女的，荷尔蒙过剩，装什么男人？检查组的领导，她竟然也敢戏弄。还是老话，三天时间让她消失。

陈小元放下电话，像是社长在他心里装了两百斤的石头。陈小元沉重地对林记者说：刚才的事，闹到社长那里了，他火气不小啊。原以为找到那个女人的家人，可能问题就解决了，现在看来是异想天开。这件事情怕不简单，如果有意针对我，我被搞倒了，最多不当那个总编，但是提拔你做副主任的事情，怕也要泡汤了。所以，下一步还是请你出马吧。

林记者说：这叫"舍车救帅"。要再去跟踪吗？不晓得那两只骚情的老鼠还会不会出现？

陈小元说：都什么时候了，你能不能正经一点？那个女人可能已经发现你在跟踪她，我们跟不成，那我们就引，把她的注意力引开，一切就好办了。

林记者说：这些我在电视里看到过，就是把敌人引入包围圈，然后一举歼灭。陈总，你不会要灭了她吧？

陈小元瞪了他一眼说：你以为真是战争年代，随随便便杀个人，就一了百了了？就是战争年代，也不像电视上说的那么回事，虽然古代法律不健全，但是有一点是明确的，杀人偿命。而且，这么漂亮个姑娘，就是放在古代，谁也舍不得杀吧？

林记者说：是的，杀了挺浪费的。

陈小元再瞪他一眼说：你长得一表人才，而且平时也挺讨
女人喜欢的。听说你有三个小时搞定一个女人的经验，我没有
瞎说吧？师长安争宠似的，说安排你跟踪过了，第二个忙一定
要让他上。我心想他虽是单身，但长得太对不起他爹了，我没
有同意。所以整个报社，只能由你出马了。把她的注意力转移
到你的身上来，这不就结了吗？

林记者说：这不是天上掉馅饼的事情吗？我愿效犬马之劳。

林记者接着说：这办法妙，实在是妙，也只有陈总你能想
得出来。如果她死去活来地爱上我了，你天天给她肉包子，她
也不会再缠着你了。我呢，说不定还真能把她给睡了，这么个
大美人，弄死我也愿意。

陈小元的妙处，其实根本不在这里。看着林记者高兴的样
子，陈小元实在有些不忍，感觉自己不是个君子。自己到上海
后，不是林记者与师长安，指到哪里打到哪里，他陈小元的工
作就不可能这么顺利。但是现在无端地惹上了一个来路不明的
女人，那怎么办呢？只能由别人来替自己挡这一剑了。

陈小元再剜林记者一眼说：就因为你好色，所以我才不放心。

林记者说：我只是说说。你想想，睡谁，也不能睡领导的
女人呀。这不等于到老虎嘴里打炮，自阉嘛。不过，我老婆明
天就来了，万一传到她的耳朵里，那不就出事了吗？

陈小元说：你老婆又不到单位来，而且你老婆又不认识单
位的人。只要我不给她打小报告，她怎么会晓得呢？这么个漂
亮人，我都放心交给你，你还有什么不放心的？

林记者说：这倒是。还有，我囊中羞涩，怕消费不起她呀。

陈小元立即从屁股后边拿出钱夹子，掏出一叠钱来说：现在就给你一千块的活动经费。你就哄哄她，带她去逛逛街，吃吃饭，该买衣服的，你就买。你看看她整天穿的，基本都是连衣裙，身材好的女人都喜欢连衣裙，你就买一件给她穿穿吧。女人都是物质的，你一旦物质满足她了，她就会用精神回报你。

林记者问：精神回报，你不是不让收吗？

陈小元嘿嘿一笑：一个微笑也是精神回报，你看看在这个报社，有人舍得对你微笑一下吗？绝对没有。说明什么？这东西珍贵。

林记者这时才发现，他一直都站在厕所里说话，裤子掉到大腿下了。提起裤子走出去的时候，他提醒说：提拔的事情陈总也要放在心上啊。林记者过了不久，就发来短信说："美男一号"已经开始实施，首个约会地点是梅龙镇广场。陈总，你可以大胆地从厕所里搬出来了。

陈小元顿时轻松了许多，像是自己把一颗美丽的定时炸弹，像屎一样从肚子里拉出来了。他给林记者回了一首打油诗：凡事要讲分寸，男女授受不亲，高处不胜寒冷，微笑堪比黄金。然后大大方方地回到了办公室，看电视新闻，打一些无关紧要的电话，有事没事地把记者们喊进来，谈谈报道方向，谈谈新闻要点。他要让大家来参观一下，告诉大家，自己已经没事了，其实一切跟自己毫无关系。

等陈小元忙完一天的工作，独自而坐的时候，他陷入了更加无边无际的寂寞之中，他内心空洞得像是一张白纸。在这个巨大无比的城市中，在这几千万的人口中，在无数明亮的窗户里，有多少人在恩爱呢喃，却没有一个人在惦记着自己。

陈小元想，要说有人惦记着自己的话，那只有一个人，就是疯子一样的流水落花。虽然这种感情说不清道不明，甚至充满了痛苦与仇恨，但也算惦记的一种。

在初步摆脱掉她之后，陈小元开始惦记着她了。他从内心深处把流水落花的老照片翻出来，想想她的头发，想想她的微笑，想想她抱着的双腿，想想她的白裙子在黄浦江的风中飘啊飘。当然还想了想那一片片顺着黄浦江一路漂远的百合花瓣。

只要有人惦记，就没有孤独。哪怕惦记自己的这个人真是一个疯子，一个小偷，一个敌人设下的桃色陷阱。

陈小元感叹，说不定林记者与流水落花此时正在逛着南京路，或者已经登上了东方明珠，从那架望远镜里看到了报社办公的这幢大楼，如果天气好的话，他们也许还能看到自己。不过，即使是望远镜，这么远地看他，也不会再是一个人了，恐怕仅仅就一只蚂蚁那么大小。

如果陪着她的不是林记者，而是自己多好呀。

陈小元站到落地窗前，朝外边打量了很久，才辨别出这是一扇朝西开的窗子，与繁华的南京路以及东方明珠的方向正好相反。但是陈小元从两块玻璃的反光中，还是看到了一些倒影。与这些繁华相反的地方，就不是外滩了，就不是浦东了，而是上海的浦西，相比之下就有些萧条和暗淡了。

陈小元给林记者发了一条短信说：美男一号，收到请回答。但是等了半天，却没有任何回音。

10

第二天，陈小元安然地坐在自己的办公室里，喝茶，看报，上网，签字，打电话，这就是他大部分工作。策划总监就是用脑子干活，跟消化系统一样，肚子里拐了多少个弯弯，谁也没有办法监控，最后只能看贸易进口和出口。说白了，只能统计吃了多少碗饭，产生了多少大便，结果是逆差还是顺差。

没有待在厕所的臭味，陈小元还真觉得缺了点什么。在厕所里动脑子，合二为一，顺理成章。据研究表明，人在蹲坑的时候，在加紧排泄，在深呼吸，所以心情最轻松愉快，最有创造力。试着想一下，如果大小便是洒了香奈儿的，是涂了SK-Ⅱ的，是加了香精的，大家说说，有谁不愿意在厕所里上班呢？那诸葛孔明先生，为啥摇一摇扇子，就生出一条妙计？再摇一摇，就化险为夷？他是把人间当厕所了，在扇臭气嘛。

女记者说：还是坐在办公室好，方便多了，不然搞得我们女人也要偷窥似的。

陈小元问：你们不需要偷窥吗？做新闻与偷窥，本质一样，追求真相。

陈小元觉得，偷窥好像不是男人的爱好，都是给女人惯的。原先你逛街的时候，能看到一张女人完整的脸，已经很幸运的了。但是如今光胳膊光大腿，还有肚脐眼、乳沟，你什么看不到呢？这一切，吊足了男人的胃口。但是一旦男人真伸手了，女人却打死也不露了。这就是说，让你看看可以，绝对不可以乱动。如今男人逛街时，唯一拥有的福利就是看了。悄悄地、不动声色地看，不就是偷窥吗？

总编办的老钟迈着方正的八字步，踱到陈小元的办公室，左看看右看看，嘴巴张了半天，以为他有什么要事，在转身时他才说了一句：你终于回迁了。

老钟话音未落，只见一个熟悉的身影飘了进来，几乎与老钟撞了个满怀，但是老钟像是撞到了空气，哼都没哼一声，仍然迈着方步走掉了。

陈小元想，这也许是老钟的深度吧？听说整个报社都在议论陈小元的绯闻时，只有老钟只字不谈。有一次大家议论得正欢，撞上了老钟，大家说他是总编办的人，晓得更多的机密，硬是要他吐露一点什么。却被老钟臭骂了一顿，说你们是不是太闲了，再发现聚在一起说三道四，就提着拖鞋回家算了。

陈小元本来想拟定一份人事任免草案，把这个不阴不阳狗屁不懂的老钟，调离总编办这个重要的岗位，去校对组校校错别字。这件事传到了陈小元的耳朵里，就暂时打消了调人的念头。想想在这个桃色事件上，还没有人替自己说过话的。虽然有林记者与师长安任自己随意使唤着，但毕竟如朝廷里的阉人，上下没长毛，说话如鸿毛。倒是这个平时阴阳怪气的老钟，是最早进报社的元老，又身处总编办，说半句话，那些小记者们，还是要当成天上砸下的屎蛋蛋，躲一躲的。

老钟撞上的空气，正是那个流水落花。

当流水落花第一次通报名字的时候，陈小元觉得她什么都好，就是叫"迷迷"这个名字不好。什么名字不好取，有人叫钱壮壮，你可以叫钱多多；别人叫张口笑，你可以叫胃口好。她起个发发，也比这迷迷好。发发，是头发，是上上身，更是发大财的意思。而迷迷呢？什么意思？不好说啊。后来陈小元总往好处想，觉得人家这个迷迷，也许是音乐里的一个乐符而已。

陈小元拿了一个杯子，正准备去泡明前龙井茶，想起那天的"小鸡鸡"来，便倒了一杯白开水，递过去说：请坐吧。

陈小元特意加了一个"请"字，想把这个女人与自己撇开。中国人就是这样，越是亲密越不要敬重，越是不相干的人，却要以礼相待。发明这些礼仪的人，本身就不怀好意，就跟发明暗器一样，是要对付人的。

流水落花不接杯子，也不坐下。而从身上掏出一张名片，端端正正地放在桌子上。然后从怀里掏出一把剪刀，握着这把生锈的剪刀，朝着那张名片，一剪刀一剪刀地扎下去，扎一下就念一句：你一定不得好死。

她扎的好像不是一张名片，而是在刺杀一个人，像小日本当年一样，把刺刀捅进一个个人的腹部，随着一声尖叫，就是一股鲜红的热血喷射而出。小日本面对这惨烈场面时，不是惊讶，而是麻木。流水落花刺杀得跟小日本一样麻木。

陈小元拿眼睛瞄了一下，名片竟然是自己的。

陈小元想，原以为她今天是肿瘤脑转移，不想却变得更加恐怖了。不过，他精心策划的第二招应该出手了，他不能再逃到厕所里去了。他一走出办公室的门，这个刚刚撇清了的女人，就又与他扯上关系了。而如果一直坐在办公室，就算再纠缠不清的事，在男女关系之外，也有另一种解释。比如说，自己这是在工作，解调员工与小三之间的矛盾。

陈小元稳稳地坐在老板椅上，用一个总监的态度主动问：你有什么就对我说吧。

流水落花说：你一定不得好死。

陈小元问：小林呢？你们怎么没有一起来？

流水落花说：你一定不得好死。

她在向下扎名片的时候，太用力了，剪刀一合，只听到咔嚓一声，吓了陈小元一大跳。但是咔嚓的，不是流水落花的和田玉指，而是她那养得长长的手指甲。流水落花看了，就干脆拿着剪刀，修剪自己的长指甲。修剪了一半，她又开始刺杀名片去了。不小心又咔嚓了一下，这一次没有那么幸运，而是把自己的裙子铰了一个口子，杨柳腰上和田玉般的肌肤哗哗啦啦地流出来了。她就真像丢了一堆值钱的和田玉似的，"哇"的一声大哭起来。哭一声骂一句"你一定不得好死"。

整个场面失控了。陈小元想，再不让林记者出场是不行了。

陈小元喊：你这个老林呀，快给我滚出来吧。

那喊声非常大，相信几层楼都听见了，而且非常严厉，犹如面前失控的场面全跟林记者有关似的。但是喊了半天，也不见林记者的影子。有位记者隔着玻璃说：他还没有来哩，应该是去游轮上，帮忙布置相亲现场去了吧？

陈小元说：赶紧把他给我拎回来，看看他在外边惹的这摊子事情，好多天了，好像王八下蛋，跟他无关似的。军官相亲的事情这么忙，我还得给他擦屁股，他以为有了卫生纸，这屁股就那么好擦呀。

陈小元的声音比平时高了。他是故意的，他要的就是更多的人听到。

陈小元的第二招转移目标，第一层意思，转移流水落花的注意力；第二层意思，其实就是把这件事情转嫁给林记者。这第二层，才是真正的妙处，他当然不能明白地说出来了。陈小元想，只要林记者带着那个流水落花走出办公室，上了街，事情是红是白，解释权就在他陈小元这里了。而且照着林记者的本性，与一个大美人逛逛街、吃吃饭，说不定再惹出点什么小插曲，这一切就像往黑人脸上签名，看不清了。

过了半小时，流水落花哭累了，又在那里一下一下杀着名片。林记者像个乖儿子似的，耷拉着脑袋回来了。

陈小元既像求助又像责备地说：打你电话也不接，发你短信也不回。你看看这里被搅成什么样子了。你说咋办吧？

林记者说：手机被没收了。

陈小元说：那为啥不要回来？是哪个吃了豹子胆的，敢没收记者的手机？

林记者说：不是豹子，是母老虎。

陈小元说：你放屁。这大上海，流浪猫、流浪狗、流浪汉，到处都有，缺的就是这种珍稀动物。陈小元说得没有错，越是讲文明讲人性的城市，这猫呀、狗呀，谁也不敢捕杀。所以呀，有一次电影院放《功夫熊猫》的时候，有一位大姑娘坐在电影院里，边吃爆米花边看着乐，突然有一只手伸到纸桶里，抓她的爆米花吃，吃完了还喵喵地叫。她心想自己没有带男朋友来呀，这个人也太无耻了吧。等电影结束了，起身一看，旁边的座位上坐着一只大花猫，还盯着银幕。

林记者说：从安徽跑过来的稀有动物，我老婆呀。

陈小元抬起头，才明白一直站在门口的那个看不清性别的人，并不是报社的某个员工。陈小元本来有点担心，林记者发现自己中招了，到时候说不定就撕破脸皮了。这时，陈太太指着林记者说：我听了半天，陈总的话我已经明白了，已经很清楚了。你个不要脸的，绝对在外边吃零食了。这个零食就在这里，我现在捉奸在床，看你怎么抵赖！

林记者说：床在哪里，你指给我看看。不要大白天说鬼话。

陈太太说：床？对你来说，哪里不是床？我们家擀面条的桌子，撒着那么厚的白面粉，面条你不擀了，非把桌子当床用，不是一回两回吧？

林记者红着脸说：看看这个婆娘，怕也有病，神经病。

一直站在那里杀名片的流水落花，本来旁若无人的样子。听到林记者说到神经病，突然大叫一声"你一定不得好死"。随之把剪刀像飞镖似的，虎虎生风地扔出去了。这剪刀贴着陈太太的耳根子，一下子扎在了墙上。吓得陈小元与林记者面面相觑，一时不敢吭声了。

倒是陈太太以为流水落花那句话与那把剪刀都是冲着自己来的，一下子忍不住了，一屁股瘫在沙发上，失声痛哭起来，说你个狼心狗肺的，想当年你在安徽老家时，穷得连裤衩子都买不起。我把自己的红兜兜改了，给你穿。现在你混到大上海了，以为背靠着大海，就是大鱼了。狗屁也不是。我在老家撒的一泡尿，哪去了？还不照样顺着长江流到了上海。你以为流到上海的尿，就是人家农夫山泉有点甜了？你竟然在背后搞了个小三，上海还真厉害，小三都明目张胆地说要我死。你看看这飞镖，要灭了我这个正房呀。你以为我就怕了你了？

陈小元听了，心想真是天时地利人和，第二招看来不需要太费功夫了。一时想笑，捏了捏鼻子，忍住了。

陈小元说：我说嫂子，老林总是把你挂在嘴边哩。

陈太太转身指着林记者说：他当然把我挂在嘴边，鸟地方已经让别人占了呀。人都摆在这里了，他以为是个虮子呀，在裤衩里掖一掖，别人就看不到了？

陈小元说：嫂子可能真误会了。

陈太太说：陈总呀，你看看他这脖子，白一道红一道的。不是被哪个骚货抓的，难道是他自己抓的？我不在身边，他挠挠自己的裤裆，也用不着抓脖子吧？今天来如果不是看到这几道爪子印，我还真被他给骗了。

林记者捂了捂，但还是隐隐地能感觉到几条血印子从领口里延伸出来。这不就是陈小元预计之中的吗？但他还是用质问的眼光盯着林记者看。意思是我已经叮嘱过了，这流水落花不管怎么样，也算是自己曾经迷恋过的，如果自己去唐朝当李世民的话，此女子就是遗妃武媚娘，你林记者可不能学那没出息的李治，违背中国伦理。现在呢？你骚扰了我的女人，分明是王八的脑袋配不上长颈鹿的脖子。

林记者躲开了陈小元的目光，小声嘟囔说：是我家这个母老虎抓的，又不是别人。

声音虽然很小，还是被陈太太听到了，她一下子冲上去边哭边说：你说什么？你们合伙要谋害我也就算了，现在还要给老娘栽赃。那好吧，就让我挠挠你这个不要脸的。

陈太太说着，就伸手去抓。林记者迅速闪开了，但是左脸上还是被捎带了一下子，血流了出来，像一条蚯蚓在脸上爬。他用手一抹，像四川变脸一样，就成了大红脸。

林记者说：陈总，你看看，没办法收场了。

陈小元说：你想怎么收场？

林记者说：我昨天没有想到这么复杂。

陈小元说：什么事情简单了？这么多天了，我被跟前跟后的，简单过吗？

林记者说：我说帮忙的事情，你看是不是算了？

陈小元说：谁帮谁呀？你这脖子难道真是你自己抓的？无风不起浪，你老婆虽然说得严重了点，但是事情还是有的吧？

林记者说：我真的没有动她。

陈小元摆了摆手，然后转身对陈太太说：嫂子，你看这样行不，这毕竟是家务事，也不是什么光彩的事。再怎么说他是你家男人，你这样一张扬，万一他被报社开除了，那损失就更大了，房贷就没有人还了。听说你们正准备造个小林，名字你都起好了，叫什么林知秋。一林知秋嘛，真是个不错的名字，一看你就是一个有水平的人。你要不先回去？我们再调查调查，然后给你一个说法。

林记者说：陈总，你让我把话说完吧。

这时总编办的老钟踱着方步，从门口经过，把头伸进来瞄了一下。陈小元赶紧喊道：老钟你来得正好，我要忙明天的相亲活动，你帮忙处理一下吧。有一个原则，如果我们的员工没有错，就做好家属的思想工作，如果员工真有作风问题，该处理的就处理。你把他们三个带到会议室去谈吧。

这一次，林记者终于把陈小元的话打断了。他说：陈总，我怎么听不懂了？我们三个？哪三个？

陈小元说：你老婆怀疑你有花头了，证据就是你脖子上的爪印子。爪印子是谁留下的？不就是这个迷迷小姐吗？你们三个是当事人呀。

林记者说：你怎么晓得这血印子是迷迷抓的？

陈小元说：迷迷与你老婆都在，你们可以当面对质呀。如果她俩都没有抓，是不是还有第三个爪子？那就更复杂了，什么事情不能越描越黑吧。

老钟退出办公室说：刚才温州撞火车了，宣传部有个紧急通知，十万火急，我先去传达一下。

陈小元等了半天，也不见老钟，心想肯定是溜掉了。流水落花本来对着墙上的剪刀在发呆，听到几个人在说自己，就从墙上拔下剪刀，又回到桌子前杀名片，杀一下叫一句"你一定不得好死"。

那张陈小元的名片，已经被流水落花扎成了碎片。陈太太每听到一声"你一定不得好死"，坐在沙发上的身子就抖一下。林记者含着泪水，跑过去，也许是趴在沙发上，也许是跪在沙发前，对着陈太太说：老婆，她不是说你，我们回家吧。

陈太太"哇"的一声大哭着，爬起来跑出了办公室。她边走边说：难怪几个月都不回安徽，难怪像破轮胎一样软绵绵的。我现在就回去，回安徽老家，我以后不会苦自己了，就是不能包个小三，也得找个红萝卜。

因为报社的楼道是圆形的，所以大多数陌生人都会迷路。陈太太一直跑着，绕了一个个圈子。林记者在后边追着，一个劲地说：老婆，不是的，真的不是的。

大家都故意把办公室的门虚掩着，从门缝看着他们在楼道里一圈圈地跑。社长放进陈小元心中的两百斤石头，一下子卸掉了一百九十九斤，剩下的一斤就是对林记者的歉疚。

陈小元坐在办公室里，心情十分愉快。虽然大家一时还不能完全相信这个流水落花是林记者的花头，但起码他可以堂而皇之地对别人如此解释，而且林记者也无可辩解，脖子上的血印子与老婆的一场大闹，可是一目了然的铁证。这就像你看到的 CPI 数据，你总觉得这不真实，或者是背后有不同的内涵，但是那一大堆蚂蚁一样的数据，不像煤矿上埋几个人，你去数数尸体就行了，想反驳根本没有可能。因为你没有如此大的能量，深入到九百六十万平方公里的每个角落，重新统计。所以，除了认同，你别无办法。

既然已经从政治意义上，把这个女人和自己撇清了，那她待在自己的办公室里，也不算什么坏事，她爱干什么随她的便。这一天晚上，陈小元待在办公室里的时间最长，也是来上海的这些日子里，觉得最舒心最充实的一个晚上，一直坐到晚上十二点多，当流水落花起身离开他的视线后，才怅然若失地走了。

11

"情系黄浦江"大龄军官相亲活动，在星期日中午十二点如期举行。这天早上，上海下起了淅淅沥沥的小雨，并且拉响了大雾警报，东方明珠的半个身子都陷入迷雾之中，几个渡口、码头都停航了。

十点左右，师长安打电话请示陈小元，说是能见度非常低，伸手不见五指，有很多人已经来咨询，游轮相亲活动是不是要继续进行。陈小元问：今天有没有台风什么的？

师长安回答：有台风，不过在浙江拐了一下，就跑到福建去了。

陈小元问：那上海有没有地震呢？

师长安回答：我可以代替地震局保证，肯定是不会发生的。

陈小元又问：相亲的人能如期到场吗？

师长安回答：应该没有问题吧，水上交通虽然断了，但是几条隧道还是开通的，有几个军官在崇明岛，他们表示就是游也要游过来。而且他们已经和海事部门联系过，到时候会动用巡逻艇。

陈小元说：那你怕什么呢？

师长安想了想说：怕雾太大了，到时候看不清。

陈小元说：你是怕看不清黄浦江的景色，还是怕男男女女看不清对方的面目？

师长安说：两个都有呀。

陈小元说：如果让你去相亲，面对一个个大姑娘，你还有心思去看两岸的几个水泥墩子吗？再说了，在男男女女之间，云腾雾绕地，朦朦胧胧地，这是天堂才有的吧？这些男男女女在这种环境下相亲，一定心醉神迷的，以为是天仙配。你呀，好好安排吧，不要穷担心了，这是老天在帮助我们，给我们一点雨，给我们一点雾，这些东西你花钱也布置不出来。

师长安说：哎呀，陈总你看问题就是不一样，所以你才是空降兵，一来就有五十万了。我听到消息，等这个活动办完了，你就会再前进一步了。

陈小元说：没落到纸上，没盖上红戳，都不算的。你放心，我前进一步，你们也不会落在下边的。

陈小元说得不错，升官和谈恋爱一样，接接吻，上上床，别以为就是盖戳了，天亮说分手，穿上衣服说拜拜，一点保障都没有。

师长安说：谢谢陈总挂念，我们跟定你了。不过有一个事情，不晓得应不应该说？就是那个迷迷，她也来了。

陈小元说：去就去吧，是女人都可以去。

师长安说：只是她到处叫着，要找你。

陈小元说：她找谁都行，比如说找老林，找我不应该吧？她最应该找的，是那些我们千辛万苦弄来的兵哥哥，她不是要借他们的枪与炮吗？陈小元想起她第一次来报社的时候，就说被人"那个"了，要借武器向她哥哥和爸爸开火。

师长安说：但是她口口声声说，要你赔偿精神损失。我不是怕她有什么，只是怕你去了，一碰面，一撕扯，今天有好多媒体的记者，他们不分青红皂白，当成花边新闻给报道了，对你的光辉形象不利呀。

反正一切都安排就绪了，自己过去也就是看看热闹。于是陈小元顿了顿说：呵，虽然她跟我没有关系，你考虑得也有道理，人家又不会当场对质。这样吧，现场的事情全由你来指挥，我就不去了。

师长安说：这样最好，有事情及时打电话向你汇报就行了。

陈小元穿上西装打了领带，还吹了吹头发，洒了洒香水，本来都准备上游轮去了。他到上海来，只是在岸边走了两圈，还没有真正上过黄浦江。

没有上过黄浦江的人，站在外滩朝对面看，总觉得改革开放的陆家嘴很伟大；站在陆家嘴朝对面看，又怀念十里洋场的时代很辉煌。所以在上海，只有你置身于黄浦江上，才跟置身于历史大河中一样，统观上海的历史与未来。想到不能参加这场自己一手策划的活动，陈小元未免有点失落。

他只能去办公室了。这家报纸一周出五期，周日休息，所以周日的办公室，比大扫荡后的战场还恐怖，连一具死尸也没有。陈小元独自坐着，看窗户外的云与雾，把这个城市的高低起伏一下子抹平了。整个城市好像只有他一个人，像神仙悬浮在半空中一样。

大概下午两点半的时候，陈小元接到了师长安的电话。他问：今天是不是大饱眼福了，美女多吧？

师长安抖着声音，半天没有说出话来。陈小元又说：看你像寡妇掉进香蕉林里似的，有什么好激动的。活动应该再过半小时就结束了，还顺利吧？

师长安终于抖着声音说：不得了了，这下翻船了，翻船了。

陈小元一下子站了起来。但还是用一贯爱贫嘴的口气问：不是说台风拐弯子了吗？难道天气预报又胡说八道了？船怎么会翻掉呢？是不是丰乳肥臀太多了，把船给压翻了？你不要急，说清楚一点，你是不是掉到黄浦江里了？

师长安用哭腔说：不是的，不是的。

没有说完，电话就挂断了。窗外不远处，就是香火很旺的玉佛寺，正好响起了钟声。陈小元对着玉佛寺的方向，双手合十，在心里默默地祈祷。但愿师长安所说的"翻船了"，只是一张桌子翻掉了。陈小元想，如果玉佛寺里的菩萨，能保佑这次活动平安无事，他一定抽空去烧香。

从内心来讲，即使不考虑个人的前途命运，不考虑这家报社几百号人的生存，不考虑社长的知遇之恩，单是给保家卫国的军官们牵个红线搭个鹊桥，也是一桩积德的事情。他突然想起，办公室里真有一炷香，原是用来清新空气的。他从抽屉里翻了出来，点燃了，对着窗外鞠了三个躬。

　　无论如何，陈小元还是有些担心。作为一个报人，一个有些开拓精神的报人，他心里很明白，圈子里的人说是办报，说白了办报也是玩政治。每一条新闻的发生，一个小小的火灾、一件平常的车祸，背后都隐藏着利益双方，在较劲，在争斗，每个人都在寻找自己的位置。你根本不知道这条新闻被报道之后，会真的触动哪一方面的神经，引发什么样的连锁反应。所以，每次重要报道开始前、开始中，甚至活动结束后的几天里，陈小元都处于非常焦虑的状态，每次电话铃声一响，都以为是出事了，都会随着铃声一起发抖。而接通电话的同时，他都会在心里说上一句：完蛋了。特别是办这样一个大型活动，报社就是搭一个舞台，让大家在台上跳舞。作为什么都没有的报社，做的都是空麻袋背米的生意。你考虑得再万无一失，也不能保证一点事情都不会发生。

　　陈小元坐不住了，起身向楼下冲去。整个上海都在创建节约型城市，所以一到周末，办公楼里的电梯只开一部。今天更是奇怪，这"上上下下的享受"跟中了邪似的，每一层都要停一下。陈小元按了半天，电梯才散步一样，开了上来。他边走边打电话，不管三七二十一，先打120，再打119，连110都打了。万一真的船翻了，那时间就是生命，减少生命损失，是报人应有的人文关怀。在相亲的队伍中虽然有一部分是海军，但没有几个水性好到可以边游泳边相亲的水平。

陈小元再打师长安的电话，已经关机了。打给其他人，无人接听。他把林记者的号码调了出来，犹豫了半天，还是没有拨出。

陈小元钻进出租车，向游轮码头赶去。陈小元说：别管斑马线，别管红绿灯，都给我冲过去吧。正好是一个女司机，他催着司机说，快，快，快。像是床上戏似的，听得那女司机脸都红了。说油价上涨，利润轻薄，不能撞红灯的，撞一个就是两百块，一天就白忙活了。

当陈小元赶到码头时，看到那艘船长号游轮好端端地停着，上边彩旗飘飘，还挂着"猛牛大龄军官相亲活动"的横幅。雨和雾像是给黄浦江盖了一床蚕丝被，被子里边，波平浪细，一片风情。

看来，大不了又是那个流水落花，闹出什么风波了。只要不死人，就好交代，什么事情都好解决。人死了，脑子再好使，也无法起死回生。一切都得以人为本，只要人活着，凭着才智就有转机。他陈小元已经凭着聪明才智，把这个流水落花转移给了别人，她闹出天大的事情也跟自己无关了。陈小元一颗心稍稍放下了，步子也变得慢了，真有点云雨过后的安定。

有个大盖帽走上前问：你就是陈小元对吧？我们是部队政治处的，正在找你，有几件事情需要核实一下。

陈小元说：跟我有什么关系吗？

大盖帽把陈小元带到了游轮上的一个包厢，里边已经坐着很多人，有社长、老钟、师长安，还有几个部主任与不认识的人。拐角处，还坐着流水落花。她总是与众不同，面对着墙壁，像是和世界上任何事物都有仇，就是和墙壁最亲密，这样的人恐怕最喜欢监狱才对。游轮的大厅里，大家都在闲聊，多数人的脸上洋溢着幸福的期待；有一些人在搭讪，有一些人已经很熟悉似的，并肩站在船头蒙蒙的大雾中，像是一幅幅清淡的水墨画，一起欣赏着黄浦江两岸的景色，不时地拿起手机彼此拍照留念。

整个情况，不像是出事的样子，与一般游轮看不出有什么不同。看来活动的预定节目，比如说抛绣球、吃苹果，还有南瓜先生的主持与卫视的现场直播，有组织的相亲，已经停了下来。但是实质上的相亲，还在自发地继续进行。

陈小元说：这么一个利国利民的公益活动，不能因为有人闹一下，出一点小插曲，我们就半途而废吧？有情况，等活动的节目全部演完了，该调查的调查，该处理的处理，哪怕就是私设公堂，把我法办了都可以呀。

但是没有人回答他。社长没有表情，也好像没有目光，根本没有看到他的存在；老钟扭着脖子看着一边的大雾，像是这雾中有什么奇怪的东西；师长安不敢抬头，一脸的哭腔，像是不忍着泪水马上就会掉下来似的。一个大盖帽说：你什么意思？我们可是公事公办。人家举报的也不是空口无凭吧？几个当事人也承认了，你还想辩解吗？

陈小元说：什么举报？能再说明白一点吗？

大盖帽说：你一手策划的，你应该很清楚吧？

陈小元听话音，好像跟流水落花无关，根本不是桃色绯闻。陈小元的心又安稳了许多，话语中又有了贫嘴的味道。陈小元嘿嘿地一笑：我现在糊涂了，我们报社出钱出力，给你们军人找老婆，这是在帮你们部队解决后顾之忧。为了办这个活动，我们报社上下，包括社长在内，还绝食了一天，把伙食费都搭上了。我们图什么？我们图的是军人安心守卫边疆。再说了，他们都是自愿的，不是我们逼的，不是我们抢的。

大盖帽说：我们承认他们是自愿的。但听说你们人数不够，有些人是硬拉来凑数的。

陈小元说：那枪杆子在谁手上？在你们手上。他们不自愿我们有这个能力吗？现在活动停了，这个损失谁来负？严重一点的话，这个报社让你们这一搅和，真就倒闭了，一两百人就没有地方吃饭了。我看到时候就去部队吧，反正你们年年都招兵，我们号召大家都入伍当兵算了。

大盖帽问：你什么意思？你讨什么价？谁搅和了？你们这是政治问题，知道吗？政治问题可大可小，大了可以坐牢。

一个更大的大盖帽摆了摆手：你可能还不知道严重性吧？你把已婚的军官也拉进来相亲，人家的老婆孩子都在问，我们替你们瞒着了。现在他们的家属还不知道，一旦知道了，后果是什么？他们如果告上法庭，是破坏军婚。还有更严重的，你知道是什么吗？

陈小元问：再者，已婚也是你们军人吧？

大盖帽说：更严重的不是我们军人，是来应征的这些女人中间，竟然有小姐，小姐你知道是干什么的吗？是卖身的。你说是相亲，小姐可不这么认为，她说是来拉客的。你们这是干什么？是拉皮条，晓得吗？堂堂的人民部队，让你们这样胡来，这仅仅是政治问题吗？还有法律问题。

更大的大盖帽接过话：不过，考虑到你们好心办了坏事，只是把关不严，是无心的。而且是军民共建的问题，这个问题一向都很敏感，所以今天只是调查调查，争取妥善处理。

陈小元吃惊得一塌糊涂，张开的嘴已经合不拢了。什么意外情况都想到了，为什么就没有想到这一层呢？如今这个社会，可能到处都是婚外情，每条街上可能都有小姐。陈小元恰恰就忽视了这两个最普遍的问题。陈小元像是一个被放气的轮胎，压低了声音说：有没有这种可能？有人故意搞破坏，无中生有呢？

大盖帽递给陈小元一份材料：几个当事人已经签字了。关键是这个小姐也承认了。有谁愿意把小姐这样的屎盆子往自己头上扣？

陈小元还想申辩：我不知道怎么说了。把已婚军官拉来相亲，这确实是我们把关不严，我们有错。但是小姐的事情，你们想想吧，来的都是女人，她们是不是小姐，我们怎么查？这又不像我们记者，还有个记者证，也不像一些技术工，还有个资格证，她们可是什么都没有，要审查她们的身份，只能是知法犯法了。

陈小元最后又反问了一句：而且，也没有什么文件规定，这小姐就不能相亲吧？

更大的大盖帽说：这一点我们会充分考虑的。再说了，就是小姐们真是拉客来了，我们军人还是有坚定的立场的。现在就实话实说吧，我们怕的，不是小姐，是你们这些媒体，今天你们邀请境外媒体了吗？特别是像 CNN 之类的，他们瞎报道，乱炒作，趁机往我们中国人民解放军脸上抹黑。所以我们的调查是秘密的，这些材料也是绝对不会公开的。

陈小元真是后悔，自己几次都想强调，相亲的人一定要找未婚的，特别是女人要好好地选。但是心想，这么简单的问题，是人都应该明白的。这个林记者，恰恰就不是人。陈小元四下里看了看，却没有看到负责相亲名单的林记者的身影。

师长安小声地嘀咕说，林记者今天根本没来。

陈小元忍不住骂了一句：他请假了吗？这个傻瓜。

听大盖帽们的语气，似乎也不是特别严重，还有商量的口气。一切都还有解释的余地，陈小元给自己宽了宽心。他接过调查材料，发现签字的已婚军官倒是有几个，说是如伴郎一样陪别人来凑凑热闹。而所谓的小姐，只有一个。

陈小元辨认了一下那龙飞凤舞的签字，吃惊地发现她的名字竟然叫作"迷迷"。

陈小元不小心把这个名字念了出来，他有点不敢相信，面墙而坐的那个女孩子，就是声称前来拉客的小姐迷迷，又是一直缠着他陈小元的这个流水落花。陈小元怀疑地问：你们所说的小姐在哪儿呢？

大盖帽指着流水落花说：就是她。

陈小元真想说她是疯子，是莫名其妙缠了自己好久的疯子，如今已经与自己毫不相干的疯子。只有疯子才会叫迷迷，没有正常的人会叫这么一个名字。陈小元想到第一次在外滩碰到她，然后又在报社的办公室里看到她，到今天在游轮上遭遇她，他已经不想再辩解什么了。陈小元不想再关心这份材料里具体都写了什么，他只觉得自己再待在这里，可能真会疯掉的，甚至会从窗口一跃而出，跳进不知深浅的黄浦江。

他找了半天，才抓到签字笔，然后写了半天，涂改了好几次，才把陈小元两个字，完整地写下来，写得如此难看。他人生第一次发现，自己的名字如此难写，特别是那个"元"字，写不好的话，就会变成"之"，也有可能变成"无"。他扔下签字笔，头也不回地走了。

陈小元走出游轮的时候，大部分人已经散了，有一部分女人迷茫地站在码头。有一群身份不明的人情绪激动地张望着，当他们看到陈小元出现后，赶紧围了过去：你得给个说法吧。

陈小元说：你们要什么说法？

他们说：这是什么狗屁相亲活动？简直就是放羊嘛。

陈小元说：最好的相亲就是放羊，你们不满意的话，爱怎么办就怎么办。

他们说：你一定要负责。

陈小元不知道他们是广告商，还是相亲的人，也许是故意赶来闹事的人。反正他们的说辞与语气，很像流水落花当时在自己的办公室。陈小元说：你们要我赔钱呢，还是要我当红娘？当红娘我没有办法，女人都在这里了。如果是要钱的话，有一个地方可以去。

他们说：去哪里？

陈小元说：法院呀，还有哪里。你们总不能去我丈母娘家吧。我也不晓得她家在哪里呢。

一群人被活活地噎住了，有人正准备冲上去揪他的一头长发。师长安喊陈小元，悄声地说：陈总，社长让你搭他的车一起回去。陈小元看那辆破别克就停在身边，赶紧拉开车门钻了进去，把一群人留在黑烟里，像是瞬间得了结核病似的，咳嗽着。

破别克并没有回报社，而是顺着黄浦江、南京路，直接开向了陈小元的出租屋。

陈小元问：不是去报社吗？

社长说：报社你还敢去吗？说不定会出人命的。大楼的保安已经打电话说，好多人拿着砖头瓦块的，守在楼下了。我想应该有军官的妻子，可能也有赞助商，还有一些报名相亲的女青年。这也不能怪他们，那这要怪谁呢？

陈小元的出租屋在苏州河边。陈小元来到上海后，才知道黄浦江原是人工开挖的一条运河，苏州河才是上海真正的母亲河。社长把车远远地停在苏州河边，摇开车窗，望着陈小元出租屋的窗口，长叹了口气说：不能怪我，更不能怪你。我把你从外边请来，说实话也是顶着很大压力的。上海是国际化大都市，你是知道的，外地人想插一条腿进来，没有三头六臂的功夫，门都没有。我确实也没有看错人，你这几把刷子，一个下了病危通知的人，又站起来了。如果今天这场活动好好结束，我们报社就彻底翻身了。不瞒你说，我提拔你的文件都草拟好了，末了末了，却出了这个乱子，而且是政治问题。我们办报的，什么问题都好办，比如和赞助商之间，肯定要磨嘴皮子。只是政治问题不好办，政治问题就是舆论导向问题，对我们这些报社的领导层，舆论导向问题是要一票否决的。

陈小元说：社长你也不要太担心，如果上边要处理，这个责任我来担吧。

社长摆了摆手说：你担得了吗？不说了。你回去，先不要想工作的事情，这几天肯定很累了，还是静下心来看看书吧。我给你推荐一本书，孙子的《三十六计》，非常不错的一本书。

陈小元临下车时说：如今社长应该相信我了吧？再怎么着，我也不可能和小姐扯上关系吧？

陈小元说完，就后悔了。因为现在这个社会，你可以说与海洛因没有关系，也可以说与黑社会没有关系，也可以说与贪污腐败没有关系。但作为一个男人，特别是独身的男人，唯独不能说自己和小姐没有关系。因为满大街都是洗头房、歌舞厅、夜总会。就连一些卖钢筋水泥的地方，都可能有小姐，比卖面包的人还多。如此火爆的生意，你没有消费，他也没有消费，那最后到底被谁消费掉了呢？

社长已经把车门打开了。陈小元下车的时候，社长从车窗里伸出一只手，与陈小元握了一下。握手的时候又说了一句：我错了，不是《三十六计》，是《孙子兵法》。

陈小元回到出租屋，想来想去，接下来的棋，不晓得怎么下了。但起码这家报社是保住了，几百号人的饭碗保住了，作为报人的陈小元心里也稍微安定了一些。于是照着社长的说法，躺在床上看看书。他翻出《孙子兵法》，翻着翻着，觉得索然无味。陈小元心想，这社长，什么书不好推荐，非得让自己在情绪这么低落的时候，看这孙子的书。现在又不打仗，又无兵马，就是一个敌人吧，有时候也很难找到，像那个流水落花，是敌人吗？好像是，又好像不是。

陈小元胡乱地翻着，一下子坐起来了，回味着与社长刚刚握手的情景，觉得好像告别的意思。悲痛的告别有两种：与死人告别，是鞠躬；与活人告别，就是握手。握手又不是情人间的接吻，无论分开多久，都要抱在一起吻一下。如果明天就能在报社相见的话，社长与陈小元有必要握手吗？陈小元猛然醒悟了，他站在窗前，嘿嘿地笑了半天，脑海里映上了流水落花，映上了老钟，还有社长，他们是那么值得陈小元可怜。陈小元给林记者与师长安各发了一个"后会有期"，然后把自己来上海后还没有完全打开的行李，简单收拾了一下，提着箱子出门了。

天已经黑了，雾已经散去，整个城市无处不是灯光。灯光是这个城市的脸面，所以高到楼顶，低到隧道，大到天幕，小到梧桐树枝，左到小孩子的鞋跟，右到宠物狗的尾巴，都会安上五彩的灯泡子。随着一波波灯光亮了又灭，灭了又亮，这个城市再次一片斑斓，层次错落起来。

这个城市与自己毫不相干，没有一盏灯为自己而亮，也没有哪盏灯需要自己去拉。一切都是陌生的，陈小元只能顺着苏州河一直朝前走。他只知道，这条上海人的母亲河，一直流下去，终点就是外滩，就是黄浦江。无论怎么样，他一定要再去一次外滩，不为欣赏那一百多年的景色，而是为了好好地说一声"再见"。

有个农民模样的人，正带着孩子，在欣赏河畔无比美丽的夜色。河畔的夜色总比任何地方都美，这是因为除了空中有一份美之外，这份美又被河水复制了一遍。这个农民抬起头羡慕地看着高楼大厦，然后问他的孩子：你长大了最想干什么呢？

孩子说：我最想干的是电工。

父亲问：为什么呀？

孩子说：有一天把电闸给拉了，灭灭城里人的威风。

这个回答是陈小元万万没有料到的，他总以为这个答案应该是"科学家""作家""当官"，还有就是"老板"，在这个视钱如命的大城市，老板才是真正的主宰者。但是作为一个外来者的后代，最有可能的梦想，恐怕就是成为一个真正的上海人吧？

陈小元觉得与这个孩子的心情有些相似，在经过那个孩子身边的时候，伸手摸了摸这个孩子的头。

走了一个多小时，陈小元就走出了静安区，又穿过了黄浦区，来到苏州河与黄浦江的交汇处，这就是外滩的起点和黄浦江最繁华的位置。那里有一座外白渡桥，像一条变色龙一样，在不停地变幻着颜色，陈小元多年之后才明白，它是中国第一座全钢结构桥梁，因为还是木桥的时候，对本地人是要收费的，只允许外国人免费通行，所以才落下了这样一个名字。

开始是黄浦江，让一个流水落花坐在岸上，把他诱惑到了上海；最后也是黄浦江，让这个女人跑到船上去，把自己给消灭了。之所以结果不同，坏就坏在一个在岸上，一个在水中。

陈小元想起来上海前，道长的卦：此去东方，必犯桃花；土入水中，何去何来。这后半句的意思，不就是哪里来回哪里去吗？

陈小元走着走着，又来到了流水落花当时坐过的地方，那台阶上如今挤满了人。黄浦江上有什么东西，随着流水向远处漂着，不过已经不再是百合花瓣了。而是一些落叶，有可能是谁扔下去的垃圾。对岸放起了一串串烟花。陈小元想了想，除了周末，再想不出这是个什么节日。他想，对于自己再平常的一个日子，对别人来说也许就不平常了；即使今日是自己的一个祭日，对别人来说也许就是生日。不管生日祭日，看到烟花在黄浦江上炸开，像是一道道盛开的菊花，陈小元情不自禁地拿起手机，对着这美丽的景色，咔嚓咔嚓了好几下。既然从一张照片开始，那么就从一张照片结束。

对上海之行来说，也算是一个纪念吧。

拍完了，陈小元打开手机，回头欣赏这些照片。发现有张照片没有拍好，无端地钻进了两个人。这种事，在旅游中常常都会发生，因为人挤人的旅游，你很难干干净净地拍到一张风景。不过，再仔细欣赏的时候，陈小元几乎叫出了声。

钻入镜头的这个女孩子，也是穿着白色的裙子，也是和田玉般的肌肤，也像徐志摩《沙扬娜拉》一样的诗。手中也有一束百合花，她好像也在掐下一瓣，扔进黄浦江。自己刚才看到的，也许不是落叶，不是垃圾，正是那雪白雪白的百合花瓣。

陈小元再放大了看时，更吃惊地发现，她下巴上也有一颗不起眼的黑痣。这个人与第一次相遇的那个人，应该是同一个人。如果不是一个人，也应该是她的孪生姐妹，或者就是她的一次分身。

等陈小元再看这张照片中的另一个人时，觉得更是神奇。虽然只有半张脸，但是这半张不阴不阳的脸，与报社里的某个人是那么神似。如果不是同一个人，也应该是他的孪生兄弟了。陈小元在黄浦江边飞速地跑着，他跑了五圈，一直跑到景观灯都灭了，怎么也没有找到这两个人的影子。

站在外滩，请允许我们的主人公陈小元，以他刚刚学会的那句上海话来结束吧。

侬好，上海！上海，戆大。

宝　山

1

我叫张小泉，你看了这个名字，别以为我是那个卖剪刀的，也不要以为我是臭男人。我和这个卖剪刀的张小泉，血缘上一毛钱关系都没有，要说有关系那就都是人。不过他是安徽黄山黟县人，我是陕西丹凤县塔尔坪人；卖剪刀的那个张小泉他是男人，一个早就死翘翘的男人，我是一个小女人，一米六二的个头，不怀孕的话体重也就九十九斤，腰围嘛，我没有量过，拿男人背后的话说，算不得风飘杨柳，起码也是一棵刺槐，见一面就会让人梦见的那种女人。

我爸妈也不晓得哪里迷糊了，给我起了这个名字。按照我妈的意思，她生我的前一天晚上，做了个梦，梦里什么也没有，只有一把磨得光亮的剪刀不停地剪着她的心。我妈确实有一把剪刀，是她出嫁时娘家陪送的，上边写着"张小泉"三个字，她常用张小泉剪鞋样子，有时候过年过节也剪窗花。所以，我妈就把我的名字一个不改地叫了张小泉。我家是塔尔坪农村的，时兴用梦来取名字，有人梦到一棵桃树，孩子就叫桃子，梦见一只鸡，自然不能叫鸡，而是叫飞。虽然鸡不会飞，也只能叫飞。

我的乳名聪明人是可以猜到的，确实就叫小剪刀。村里人叫我小剪刀，我觉得还是挺舒服的，毕竟会摆弄剪刀的人，要么是个讨人欢心的小丫头，要么是个人见人爱的小媳妇，要么就是个心疼儿孙的老奶奶，都是心灵手巧的。没有哪个男人喜欢剪刀，剪鞋样子，剪窗花，毕竟有些娘娘腔。所以，你听到张小泉这个名字的时候，千万不要把我当成一个男的，不然你见了我就会笑断肠子。我这个小女人不能说人见人爱，起码让几只苍蝇有事没事就惦记着。

我如果一直待在陕西丹凤县塔尔坪，无论大名还是乳名也就没什么花头了。但是在我二十八岁的时候，却逃到了上海，为了怀孕逃到了上海。起初在宝山区顾村附近一家医院给人做了护工，就是整天替人端屎倒尿的活儿，后来不明不白地给人家当了奶妈。奶妈不是小三，不是后妈，与卖血是一样的，只是一个红，一个白。逃到上海的时候，我已经在塔尔坪嫁人了。嫁人的时候，还闹了一个与名字有关的笑话。那天来参加婚礼的人，好多个见了面就说，你们怎么搞的，把新郎新娘的名字写反了，张小泉应该是新郎，陈小元应该是新娘吧？

你要问陈小元是谁？自然是我老公了。我们就真这么巧，像上天注定的一般，我取了个男人的名字叫张小泉，他偏偏取了个名字叫陈小元，让人一看就想到吴三桂的女人陈圆圆。举行婚礼的时候，学城里人弄了个证婚环节，请了一个在县城里当局长的远房亲戚。他上台翻开我们的结婚证照本宣科：新郎张小泉，新娘陈圆圆，不对是陈小元——全场一下子就笑翻掉了，好几个人正喝饮料呢，当场就喷出来了。我小声提醒局长说，你念错了，念反掉了，把我们两个弄颠倒了。局长又看了看结婚证说，我没有念反呀，是新郎张小泉，新娘陈小元嘛。

我把结婚证拉过来一看，在民政局领结婚证时，当时就被人误会了。场上一时乱作一团，纷纷议论说，把新郎新娘写错了，这结婚证不就无效了吗？他们这婚姻不就是非法的吗？还是局长比较有水平，他清了清嗓子说，各位亲朋好友，大家不要吵不要闹，他们谁是男的，谁是女的，你们谁有本事证明吗？反正我是证明不了，我们谁也证明不了，只有让他们自己睡在一张床上，相互检查检查才能明白，人家肯定早就深入检查过了。再说了，这两个人，一男一女，能抱在一起，然后还能亲个嘴，以后还会生龙诞凤的，那他们谁是新郎谁是新娘，就不关我们什么了。就跟他们睡觉时，谁睡上边，谁睡下边，关我们什么呢？所以，我郑重宣布：张小泉，陈小元，两个的婚姻完全符合《婚姻法》，婚姻合法有效，自即日起，持证上岗，挂牌营业！

结婚后才明白，结婚证是最没有用处的一个证明，尤其男女关系比较混乱的年月，住店不用，吃饭不用，生孩子前后用过两次，人家在乎的是哪两个人睡觉了，却并不想搞清楚是谁把谁的肚子搞大了。我们结婚当年就生了一个女儿，按照计划生育政策，我们得等四年才能再生，所以我们夜夜干那个的时候都是戴着"帽子"的，这些"帽子"不花钱，是村干部免费发的。女儿长到三岁多时，有一天我感觉身体不舒服，不停地呕吐，爱吃酸的，闻不得油烟味。我是生过孩子的过来人，我明白不是生毛病了，恐怕是怀孕了。我问陈小元，帽子是不是没有戴牢？陈小元这个娘娘腔，他竟然求子心切，神秘地对我说，我呀，用针扎了个洞洞呢。

　　就这样，陈小元还想那个，直往我身上扑，被我一脚端下了床。虽然怀上宝宝有点意外，我心里还是挺高兴的。这事马虎不得，超生是要罚款的，好几千块钱呢。为了不被罚款，我们一商量，决定逃到上海躲一躲，等孩子生下来了，把出生日期推后大半年，只要两个孩子间隔满了四年，照样就可以上户口了。

　　上海顾村旁边有个大公园，那时候正是樱花开放的季节，我几乎天天就到公园里去转悠，闻着花香，看着美景，等待着孩子出生。孩子生下来时，确实是个带把把的，那时我高兴得眼泪直流。孩子出生的前一天晚上，我竟然也做了一个梦，梦见了一把张小泉的剪刀，在不停地剪着什么，好像不是剪着一张纸，也不是剪着一匹布，而是剪着我自己的身子。在梦里，这把剪刀不晓得被谁握着，一会儿剪我的鼻子，一会儿剪我的嘴巴，一会儿剪我的腰，我被剪得鲜血直流。在梦里什么都是假的，是虚幻的，但是刺骨的疼痛是真的，撕心裂肺是真的。在天亮的时候，我是被痛醒的。梦醒的时候，我超生的孩子就出生了，生在了我的出租屋。逃来上海的大半年里，这间几十平方米的出租屋就我一个，但是我感觉并不孤单，因为我肚子里还有一个小家伙。任何一个孕妇，都有四只耳朵，都有两个心脏，都是不孤单的。

孩子临盆时，其实离预产期还有半个月，陈小元还没有从陕西塔尔坪赶过来，我也没有那么早住进医院。天亮的时候，从窗户透进来的阳光，让我看到一个肉乎乎的小生命，已经躺在我的身边。我顾不得疼痛，赶紧给陈小元打了个电话，我几乎是一边哭着一边说，陈小泉出生了。

陈小元问，谁是陈小泉呢？

我说，还能有谁，你这个娘娘腔的儿子呀。

这时我才回过神，陈小泉这个名字，我想也没有想，是依着梦里的情景脱口而出的。陈小元一时哈哈大笑着说，太好啦，我们陈家有后啦。挂电话前，陈小元问，你确定陈小泉是个儿子吗？我说，我想应该有个小鸡鸡吧，让我再检查一下。

我伸手轻轻地摸了过去，我在这个小生命的双腿间摸到了一个命根子。这个小东西似乎有点硬，而且是翘起来的。我激动地说，是个儿子！天啊，跟你一样是个小流氓，他的小鸡鸡已经翘起来了。陈小元哈哈大笑着说，那赶紧给他找个女朋友吧。陈小元还没有笑完，我就感觉到了异样，孩子身上是冰凉的，不仅小鸡鸡是硬的，他的脚丫子是硬的，他的胳膊也是硬的。

正如你想到的那样悲惨，我们家的陈小泉一出生就不存在了。在这个世上，他连脐带还没有剪断，眼睛还没有顾得睁开，还没有看到人间的第一束光线，他就离开了。如果说在这世上留下什么的话，那就是留下了一个名字，一个除了姓氏与我不同，其他完全一样的名字——大名陈小泉。

世上的事情谁也说不清道不明，虽然一个陈小泉一出生就不存在了，说不定另一个陈小泉却在同年同月同日哇哇大哭着，从不远的地方爬了起来。

2

陈小泉离开的那阵子，我的心都死了，人一下子被掏空了，本来就很空洞的上海，也被全部掏空了。那一天，也许自己昏迷了，也许已经瘫痪了，我躺在出租屋那张血淋淋的床上，抱着我们家冰冷冰冷的陈小泉睡着了，等我睁开眼睛的时候，刚刚升起的太阳竟然快要落山了。此时的出租屋并不安静，不晓得从哪里钻进来的一群苍蝇，围着我嗡嗡地叫着。呵，不是围着我，而是围着我们家的陈小泉嗡嗡地叫着。

我拿起鸡毛掸子，开始捕杀苍蝇。平时我不在乎苍蝇，甚至并不恨苍蝇，无论是在塔尔坪乡下还是在上海，我都能体谅这些渺小的家伙。它们也不容易，为了能苟活下来，只不过是吃了几口我们剩下的垃圾而已。但是现在，它们却在盯着我们家的陈小泉，把陈小泉当成了它们争抢的食物，让它们一下子变成了我最恨的东西。我开始一只只地捕杀着，而且把窗户打开，放进来更多的苍蝇，直到把所有的苍蝇全部杀死，让这间出租屋再次恢复平静。

这时候，我觉得自己仍然还是一位母亲。我烧了一壶温水，给陈小泉洗脸，给陈小泉擦身子。被擦洗干净的陈小泉，看上去十分清白，这归功于吃苹果的原因。在怀陈小泉的时候，我每天睡觉前都要吃一个苹果。陈小泉长得细眉顺眼的，一点不像歪瓜裂枣的陈小元，几乎长得与我一样秀气，这一点也要归功于我。在我们塔尔坪有个说法，干那个事情的时候，你心里想着什么，孩子就会长得像什么。虽然那时天天戴"帽子"，但是陈小元每次和我睡觉，我还是尽量想着我自己的身子，我感觉自己不是躺在床上，而是坐在梳妆台前照镜子。

就是这么好的一个孩子，为什么一出世就不存在了呢？我看着看着，眼泪又一次唰唰地流了下来，我一边哭着一边给陈小泉穿衣服。在怀陈小泉的时候，按说我们家女儿小时候的衣服就足够了，但是我忍不住，还是给陈小泉买了好多好多新衣服。我挑出一套水红色的小衫子，给陈小泉穿上了，还给他戴了一顶小帽子、穿了一双我亲手织下的小袜子。

天彻底黑了，七月初的上海已过了梅雨季节，天气一下子炎热起来，窗外一点风也没有，让人有一点窒息。我搂着陈小泉坐着，或许昏迷了一夜，或许入睡了一夜，不晓得什么时候，我被窗外剧烈的声音吵醒了。

宝山区顾村位于上海北郊，四处都是热火朝天的工地，天空虽然才刚刚泛出鱼肚白，但是工地已经开工了。我是被工地上的挖掘机给吵醒的。我推开窗子看着挖掘机，它们在不停地吞吐着泥块，一个土包被铲掉的时候，另一个大坑就被填平，不久的将来这里将会耸起几座房子，意味着在人世间的某个地方又会多出几个坟墓。

　　我抱着陈小泉，来到了工地边上。工地前边有一个大坑，四周长着深深的茅草，正在被挖掘机一步步地填着。我抱着陈小泉，慢慢地走到坑底，把他轻轻放下，放在最深的地方。挖掘机上的师傅很明显没有注意到这个大坑中的情景，随着一阵阵巨响之后，一个小土包不见了，这个大坑就被填平了。说实话，对于这些早夭的孩子，我们乡下的习惯是把他们随便扔到河沟里，让河水把他们冲走。但是我不能这样对待陈小泉，陈小泉虽然算不得一个生命，但是一个有了名字的人，就算有了自己的生活，所以同样需要入土为安。

　　事后好多天，陈小元来看望我的时候，他问我把陈小泉扔哪里了？我指了指窗外那块已经被平整了的土地说，就那里呀。陈小元说，人家盖房的地方哪好埋人呀？我说，当时埋掉的还有大把的茅草，陈小泉就是一根茅草，埋茅草的地方算坟吗？而且你看看，那里已经变成一个花园了，上边种着花花草草，说不定我们家陈小泉已经变成一枝花了，起码已经变成养花的肥料了。对于此事，我确实有些过意不去，第二天再去工地的时候，那个大坑已经被彻底填平了。

随后发生的一系列事情，让我确信陈小泉就应该埋在这里，作为城里人的一种陪衬一种铺垫，最适合埋葬的地方就是城里人的花园里。

安置好陈小泉，上海这座城市就彻底空了，那间出租屋也空了，我已经不再是一位新生儿的母亲了，所以我感到从未有过的孤独。准备离开上海回塔尔坪的前一天晚上，当我一个人躺在床上回想到自己拖着个大肚子，在医院里那一点点的辛酸，那一点点的劳累，现在一切都转化成了痛苦。这时，响起了一阵敲门声，应该是房东收房子来了，但是当我把门打开后，却是一个陌生的秃顶男人。

说他陌生也不全对，以前每天黄昏的时候，当我拖着大肚子去顾村公园散步，总会碰到他牵着一个女人，应该是他的爱人，只有牵着爱人的时候，男人才会如此光明正大。他爱人同样挺着大肚子，他们看上去是上海本地人，因为散步时总会用上海话叽里呱啦地讨论着什么。虽然听不懂但是基本明白，他们讨论的是孩子出生后，应该吃什么穿什么用什么。每次在路上碰到时，他总是很文雅地冲我点点头，笑一笑，他爱人总是一言不发，板着一张上海女人固有的大饼脸。有一次擦身而过，他问我，你几个月了？我说，八个月了。他说，没有家人陪着吗？要注意安全呀。说实话，他的关心让我有些感动，我多么希望陈小元也陪在身边，虽然不能像城里人一样牵着手，起码有人问你，是不是想吃酸的了？是不是要坐下来歇会儿？我走过不远，身后就发生了争吵。他爱人说，那女的有没有家人陪着关你什么事？他就赔着笑脸说，她也怀孕了嘛。他爱人说，她怀孕了用得着你去关心？看你那笑眯眯的样子就没安好心。他依然笑呵呵地说，别生气了，不要气着肚子里的宝宝了。后来发现，他们每次都消失在一个叫绿洲花园的别墅区。我们都是孕妇，同样住在顾村，却是完全不同的，我住着一个老式小区，房子是每月一千块租来的，而人家住在一街之隔的花园别墅。从别墅区门口经过，能够看到一片片的红屋顶，中间有一个大湖泊，湖泊四周种着许许多多的银杏树，树荫间有一条小溪蜿蜒而过。

秃顶男人站在门外说，我是对面小区的，我们以前见过。我说，有事情吗？他说，能不能进屋说话？我把他让进了出租屋。房子里没有沙发，只有一张床，他屁股刚挨着床坐下，又觉得坐在一个女人的床上有点不妥，于是就站在房子中间说，我姓陈，叫陈小宽，你呢？

我说，我姓张，你就叫我小张吧。他毕竟还是陌生人，我不想告诉一个陌生人，我家老公也姓陈，叫陈小元。更不想告诉一个陌生人，我叫了一个男人的名字张小泉。而且我还沉浸在无比的悲痛中，所以不想让人拿我的名字在我的面前取乐。

陈小宽说，小张啊，你也别太伤心，你二十多岁还年轻，怀个孩子一晚上的事情，不像我已经四十一了。我听你们小区的保安说，你家孩子没了，三天前在出租屋一生下来就没了。

我本来也站在房子中间，听到他一提起没了的陈小泉，我忍不住一下子趴在床上呜呜地哭了。他沉默了一会儿说，我家孩子也出生了，也是三天前出生的，他们同年同月同日生，应该也算有缘分吧，但是我们家孩子也不好，弄不好也会没命的。

陈小宽若不说自己四十一岁，因为是个秃子，加上仅有的几缕头发已经花白，一般人会以为他已经年过花甲了。这么一个男人也张着嘴呜呜地哭着说，所以我来求你帮帮忙。我脑海中立即浮现出那个大肚子，还有那个堆着一脸幸福的上海女人。我一下子站了起来，抹了一把眼泪，感觉不是别人孩子出事了，而是自己家的陈小泉要出事了，我什么话也没有说也没有问，自己先出门了。

陈小宽家是高档的别墅区，独栋的三层小洋楼，与我租住的小区就一路之隔，两个小区的大门几乎是斜对着的。已经是晚上十一点了，加上这里是郊区，所以十分安静，此起彼伏的蛐蛐声与蛙鸣声一时也停止了。刚一进他们家的小区，就能听到一阵婴儿撕心裂肺的啼哭，把整个夜晚撕得凌乱不堪。

陈小宽说，你听听，孩子已经哭了一天了。我说，是什么毛病呢？我能帮什么忙吗？这时，我才忽然想起来，不晓得人家请我干什么？自己不是医生，也不是护士，而是在医院仅仅当了几个月的护工，前几天连护工都不是了。

陈小宽说，孩子没什么毛病，长得白白胖胖的，出生时七斤二两，只是孩子出生已经两天多了，孩子他妈还没有一口奶水，开奶师也请了，鲫鱼汤也喝了，什么办法都用了，就是一滴奶也没有。你听听，孩子这么哭是饿的，到现在还没有沾过一滴奶水呢。

我忽然意识到自己的乳房胀得厉害，稍微压一下或者是碰一下，奶水就顺着胸口在汩汩地流淌，散发出了淡淡的清香。原来，自己有奶了，打湿衣服的不是汗水，而是自己充盈的奶水。这奶水应该属于陈小泉，只有他才有权喝它，才有权吮吸我的乳头。我说，你是想让我来喂你的孩子？

陈小宽说，是的，请你一定帮帮我们。

我站住了。我凭什么把陈小泉的奶水让给别人呢？我说，他可以喝奶粉呀，为什么不喝奶粉呢？陈小宽说，我也是这么想的，但是我爱人说，奶粉没有营养，孩子就没有免疫力，而且现在奶粉不放心，动不动就有毒，她说不吃母乳，宁愿让孩子饿死。我说，哪有这么狠的？陈小宽又呜呜地哭了说，怎么没有？已经两天多了，孩子都饿成什么了？但是她，把我们冲好的奶粉全倒掉了。

我不是被这个男人的哭声感动的，而是同情这个婴儿，这些小生命是多么脆弱，稍不小心也许就不在了。对面那扇亮灯的窗户里还在传来一阵阵的啼哭声，声音已经沙哑了，感觉快要干涸了。我眼前浮现的全是我们家的陈小泉。我还是朝着哭声跑了过去，这才是一位母亲应有的姿态。

当我出现在陈太太的面前时，她躺在床上裸露着自己的胸脯，双手紧紧地抓着自己的乳房，狠命地揉着捏着，感觉到她不是在揉着乳房，而是在和着两团白面，她希望把面团和软，希望从面团中挤出水。看到有人进来了，她拉下了衣服，没有好气地问，陈小宽，这是谁啊？

陈小宽说，她是小张，你不记得了吗？陈太太说，你尽找些没用的东西，又是开奶师什么的对吧？陈小宽说，她孩子与我们的一天出生的，你记得了吧？顾村公园，大肚子，樱花。陈太太说，在路上碰到过的，她自己孩子呢？陈小宽说，她孩子没了，所以才请过来帮忙的。陈太太有些不屑地说，她一个护工能帮什么？你是不是昏头了？

好多日子以后，我了解到一些陈太太的情况，她三十五岁左右的样子，是上海某大学毕业的研究生，在教育系统下属的机关工作，是专门搞什么工程研究的。所以她看不起我是正常的，而且上海女人本来眼睛都长在头顶上，对老公像对个跟班似的都会喝来喝去的，何况对我这个乡下女人。照着别人的说法，陈太太若不是刚刚生了孩子，恐怕连她家的门我也别想进吧？就是让你进了，不但要换双一次性的拖鞋，还要再套上一只垃圾袋。按照城里女人的看法，乡下女人鞋子上的泥巴是洗不干净的，还有衣服上也会沾着说不清的脏东西。

看到陈太太的态度，我嘿嘿地笑了两声，然后转身就想出门。陈小宽跑过来拦着我说，你不能见死不救吧？陈小宽又转身对陈太太说，她能做奶妈呀，你不让孩子吃奶粉，总不能连个奶妈也不要吧？陈太太一边隔着衣服揉着自己的乳房，一边斜着眼睛审视着我鼓胀起来的胸脯。

有个老太太，应该是请来的保姆，或者是孩子的奶奶，她把婴儿推了过来。小家伙躺在一张婴儿床上在死命地哭着，也许没力气了，哭声有些缓慢，但是听了仍然让人撕心。嘴唇已经干裂，没有一丝光泽，眼睛还没有睁开，脸涨红涨红的露着一丝黑暗，让人感觉他像是一个气球，随时都有可能被戳破，化为一团看不见的空气。

因为孩子出生时长得基本相似吧？我感觉眼前这个小生命太像我们家陈小泉了，我甚至觉得他本来就是陈小泉，只不过什么时候被抱错了，或者他们在路上相遇的那一刻，各自迷路了，跑错了肚子。

我有些心疼地说，你们城里人也太狠心了吧？当我俯下身子说话的时候，这个孩子忽然不哭了。陈太太听到孩子忽然不哭了，被吓了一跳，跑过来惊叫着说，宝宝，你怎么啦？你怎么啦？

孩子其实并没有怎么样，他感受到了母亲的临近，或者是他已经闻到了我身上散发出来的乳香，他竟然抬起小手，放进自己的嘴巴里慢慢地吮吸起来。

陈小宽说，孩子想奶了。

老奶奶也说，小张呀，我看你的奶水流掉也蛮浪费的，你就给我们家孩子喂一口吧？

我感觉自己的乳房一阵阵地胀痛，感觉那一股股汁水从身体里慢慢地溢出。我没有立即给孩子喂奶，我在等什么呢？是等陈太太的允许吗？还是在等着陈小宽离开？

老奶奶对着陈小宽说，你去厨房吧。陈小宽说，刚吃过饭，又要做饭吗？老奶奶使了个眼色说，你傻呀。陈小宽这时才明白，奶妈与妈妈的差别了。妈妈给孩子喂奶的时候，作为孩子的父亲，你是可以站在旁边羡慕地看着，心里多么想尝试一口乳汁的味道啊。但是奶妈喂奶，你一定得回避的，因为那一对乳房除了你的孩子，跟你是一点关系都没有的，你不仅不能摸一把，就是看一眼，那也是天大的罪过。何况陈太太虽然一声不吱，那双眼睛已经变成了锥子，不时地朝着陈小宽扎了过来。

陈小宽红着脸一走开，我便俯下身子抱起孩子。当他进入我的怀里，就像一头寻食的小猪一般，不停地冲着，拱着。这种感觉实在是太美妙了，说真心话没有任何时候，哪怕被男人捏着揉着也没有这种感觉。跟男人的那种感觉是不安的，是有些心慌和罪恶的，但是婴儿的这种撞击，是纯洁的，是平静的，你的心跳还是原来的速度，你的心头有一种慢慢升起的伟大感。

夏天的时候，陈小元是不让我穿衫衣的，按照陈小元的说法，我就是一只大奶牛，乳房容易从扣子中间的缝隙里掉下来。但是为了方便给我们家陈小泉喂奶，陈小泉出生前我还是穿了一件大领口的衬衣。我解开了衬衣的扣子，一颗一颗地解开了扣子。

陈太太指着我已经掉出来的乳房喊叫着说，你要干什么？你要干什么？

老奶奶说，人家帮着奶孩子呀。

陈太太说，有这样奶孩子的吗？

老奶奶说，陈小宽不是已经去厨房了吗？你和我都是女人，怕什么呀？陈太太说，我才懒得管那个陈小宽，他想看就让他来好了，我是说奶孩子也得看看情况吧？老奶奶说，看情况人家小张的奶水好着呢。陈太太说，她如果有什么毛病，岂不是传给我们孩子了？我是说她这奶水干净不干净，谁说得清呀。老奶奶说，你看看这白白的身子，红里透白的脸色，就晓得差不了，孩子都饿成什么了，你就赶紧吧。

陈太太说，她没有毛病，孩子为什么生下来就没了？我的孩子就是饿死了，也比得了不三不四的传染病好多了吧？我今天没有奶水，明天还会没有吗？后天还会没有吗？你们到底怕什么呀？

陈小宽急得在厨房里直跺脚，嚷嚷着说，你是不是有病呀？等到你有奶水了，宝宝恐怕早就饿死了。你自己没有奶水就算了，人家有奶水你又怀疑这怀疑那的，我看你是不是得了产后忧郁症？陈太太听了，顺手就扔了一个杯子过去，好在是一个一次性的纸杯子，然后破口大骂，你说谁有病？我们花钱请个奶妈，起码得请个干净一点的吧？起码得有个健康证什么的吧？好你个陈小宽，你从外边随便领个乡下女人过来，是不是真想害死我们家孩子呀！

孩子又开始哇哇大哭起来。如果十分钟前，我早就跑掉了，要想让我给孩子喂奶，除非她把孩子送给我，不然门都没有。但是见到这个孩子后，我总觉得他与其他人都毫不相干了，他其实就是我的，就是陈小泉从这里重新爬了起来。

我说，陈先生陈太太，你们等等我，我这就去医院做检查。

已经晚上十二点，小点的社区医院基本关了，当我跑到华山医院北院的时候，平时热火朝天的门诊大厅里却显得十分安静，有几个医护人员在打瞌睡，有几个病人在打吊针。陈小宽走进医院，对我说了一声对不起，然后就去挂了一个急诊。因为急诊是没有体检项目的，所以他挂了一个急性肠胃炎。

医生为我听了听诊，问我哪里不舒服，我说哪里都不舒服，胸口有点痛，胃有点胀，腿有点酸，而且有些恶心头晕，反正毛病挺多的。医生说，你是不是刚生过孩子？应该是产后综合征吧，没有什么大问题，回家好好休息，多喝开水，多吃清淡的食物，特别是注意不要受凉，我看你帽子也不戴，袜子也不穿，怕是经风了。

拿了医生的小处方，陈小宽对我说，走吧。我说，这样你能交差？陈小宽苦笑着说，交不了！你怎么样都交不了差的。我们还没有走出急诊室，我于是蹲在地上捂着肚子哎呀哎呀地叫着。医生跑出来，把我又扶了进去，问你还有哪里不舒服？我装着有气无力地说，你替我抽抽血呀，验验尿呀，做做 CT 呀，照照 B 超呀。医生说，这要花很多钱的。陈小宽说，钱不是问题，你就帮她检查吧，系统地做个检查吧，什么肝呀，胃呀，心呀，都检查一遍吧。

我说，我快死了，你就让我明白自己是怎么死的吧。

医生一时有些不解，又摇了摇头苦笑着说，艾滋病要检查吗？

我说，当然要了，还有禽流感，现在禽流感也很凶猛的。

我们开了一大堆的检查单，等全套的检查结果出来，天空已经泛白了，天要亮了。陈小宽捏着一大把化验单，走出医院经过一家好德超市的时候，他问我，饿了吧？然后钻了进去，买了两份关东煮，顺便还买了一双袜子一顶帽子。关东煮我没有接，他一个人吃掉了，那双浅蓝色的袜子与那顶蓝色的帽子我穿戴在了自己的身上。

走进陈小宽家的别墅时，我顺手把那顶帽子悄悄地摘下来扔进了他家的垃圾桶。陈小宽看了，有点感激地点了点头。

陈太太看了看医院的化验单问陈小宽，在五脏六腑里为什么单单没有检查脾脏呢？陈小宽说，医生说肝和脾是连在一起的，所以用不着检查的。陈太太说，心、肝、胃，哪样不是连在一起的？是不是都不用检查了？所以你就蒙吧。

陈太太说着，喊来了老奶奶，吩咐打来一盆子温水。当老奶奶端来一盆子温水时，陈太太又问，开水里兑什么了？老奶奶说，兑了凉水呀。陈太太说，凉水哪来的？老奶奶说，还能哪来的？自来水呀。陈太太说，倒掉，倒掉，自来水多脏？就是不兑矿泉水，起码也得兑凉开水吧。

老奶奶叹了口气，只好按着吩咐重新弄了一盆子温水专门来给我清洗乳房。

陈太太说，我有一个规定，大家都得记着，这个奶妈的身体从检查结果上看，是没有什么大病的，这并不代表孩子吃她的奶就是安全的。所以，每次喂奶前，请一定清洗干净。

我觉得她的话是对的，但是我不服气的是她对我的态度，那种骨子里的歧视有时候比刀子还难受。我僵在那里，任由着老奶奶把我的扣子解开，把我的乳房掏出来放在手心，蘸着温水一遍遍地清洗着。清洗完了，按照陈太太的指挥，让它们自然地晾干。

等我抱起孩子放入怀里的时候，太阳已经彻底升起来了。那夏日的阳光从窗缝间照射进来，投射在陈太太疲惫的脸上，她斜躺着已经睡着了，响起了一波波剧烈的鼾声，双手仍然搭在自己的胸脯上。她是刚刚孕育了新生命的母亲，按说她应该静静地休息，享受着别人端来的夜宵和关爱，但是她呢？应该太累了吧？如果她的奶水正常呢？此时，她还会这么焦虑吗？这个孩子还能躺在我的怀里吗？

我有点可怜她了。

随着孩子一阵贪婪地吮吸，那股暖流从我的身体一股股地流入另一个身体。我感觉到，我为他注入的不是乳汁和体温这般简单，因为这股暖流通过他的身体，将会一滴滴地转化成血，转化成肉，这不就是血肉相连吗？孩子不再啼哭了，脸上慢慢地露出了一丝微笑。不过，陈太太睡着了，老奶奶在旁边打盹，陈小宽还在另一间房子里躲着，他们都没有看见这条生命的第一束光线。

在我的怀里，孩子含着我的奶头，也甜甜地入睡了。

我说，陈小泉你睡吧，小剪刀你睡吧。

3

也许是喝了奶水的原因吧，第二天下午，当陈太太抱着孩子正在摇晃的时候，孩子第一次睁开了人生的眼睛。他先是睁开左眼，过了几分钟他又睁开了右眼。陈太太高兴极了，她仍然板着脸，也许她的脸本身就是一块钢板吧？要明白她是高兴还是生气，只能看看她的目光，她生气的时候目光是细的是倾斜的，她高兴的时候眼睛圆圆的睁得大大的。

陈太太大呼小叫地说，陈小宽你快来看，孩子眼睛里有个东西。陈小宽赶紧跑过来问，什么东西呀？咱孩子眼睛有毛病吗？陈太太说，你眼睛才有毛病呢！我们孩子眼睛里是不是有一幅画？陈小宽连连说，是的，中国画，好漂亮呀。陈太太说，那当然了，你不看看画的是谁？陈小宽说，谁呀？陈太太说，还有谁，当然是他老娘我呀，他眼睛里画着我的人影儿了。

陈小宽就笑了笑，然后说，你不能老是孩子孩子地喊叫了，我们得给宝贝起个名字了。陈太太说，起什么名字呢？叫陈森吧，太阴森了，叫陈林吧，太普通了，叫陈木吧，像个大傻瓜。陈小宽说，咱孩子命里缺木吗？怎么都和"木"字有关啊？陈太太说，他老娘我姓双木林，心想能带个"木"字更好，你是孩子的爸爸，又是个大文人，这个名字我就授权给你吧，你来起吧。陈小宽高兴地说，真的？领导终于可以放权了？那再问一句，到底姓什么呢？陈太太说，看在你立了一功，就跟你姓陈吧，不过你起好了名字，得由我审查批准。陈小宽说，好好，三天内一定让领导满意。

关于孩子的名字，陈小宽与陈太太从孩子一怀上，就开始在不停地讨论了。说是讨论有点照顾陈小宽，其实陈小宽在孩子名字上想可以想，却是没有任何发言权的，这是上海男人可怜的一个方面。不但名字的决定权在陈太太这里，陈太太一度对孩子姓陈都提出过异议。陈太太说，孩子身体里有一半血液是我的，凭什么一定要姓陈，为什么不能随我姓林呢？陈小宽说，这是自古留下来的规矩，武则天厉害吧，她可以改朝换代，生了儿子还得一样姓李。陈太太说，那是几百年前了，武则天要是生在当下，别说把儿子的姓改了，老公也得换了。这样吧，你是 B 型血，我是 A 型血，孩子的血型随谁，那就跟谁姓。陈小宽说，如果是 AB 型呢？陈太太说，那就起个双姓的名字，我姓林，你姓陈，孩子就姓陈林桂，桂林山水甲天下，不要太好啊。陈小宽看在她是孕妇的分上，当时也就不争了，想争也争不过她，从来争不过她，只能笑笑说，随你吧？

在这三天里，陈小宽又翻字典，又查唐诗三百首，又看孩子的五行八字，嘴里不停地念叨着。而且对着窗外，如果看到梧桐树，就说要叫陈梧桐。如果看到叶子，就说要叫陈叶子。如果看到麻雀，就说要叫陈麻雀。有一天，他推开窗子，看到有个清洁工在清理垃圾桶，他竟然要叫陈桶或者陈清洁。

自那天起，按照陈太太的吩咐，我就不再回出租屋了，而在别墅的阁楼上给我单独支了个小床。陈太太的说法是，省得来回跑，图个喂奶方便。老奶奶私下里说，哪里呀，她是怕你，要监视你。

有一次，陈小宽到阁楼储物间找一样东西，他顺嘴问了一句，小张呀，如果这个孩子是你的，你准备取个什么名字？

我说，我们乡下人，梦到什么就起什么。陈小宽说，如果没有梦呢？我说，没有梦的话，就见到什么起什么。陈小宽说，如果见到一只狗呢？是不是要叫陈狗什么的呀？我说，那也不是，恐怕就叫陈猛了吧？

阁楼上有一个百叶窗，窗子正对着别墅区中心的那个湖泊，一眼望过去，湖泊很蓝很蓝，因为是黄昏时分，所以小区居民有的在湖边遛狗，有的在湖边聊天，老人们在湖边打着太极。有一群孩子则在玩水，有个孩子已经脱了衣服，赤条条地跳下去游泳去了。保安不停地赶着，说是禁止游泳，溺死人绝不负责。

我指着窗外的一个喷泉说，那个喷泉真好看。喷泉处于湖泊边，泉水流入一条十来米长的小溪，小溪边铺着一颗颗鹅卵石，清清的泉水经过小溪就汇入了湖泊。傍晚的灯已经亮了，喷泉边有几束彩灯，把喷向半空的泉水投射得五颜六色。陈小宽说，过去一直是关着的，今天是个什么日子，忽然就喷水了，过年过节的时候还伴随着音乐，所以叫音乐喷泉。

我说，陈先生你姓陈对吧？陈小宽说，对呀，我叫陈小宽嘛。我说，你现在是不是看到了一眼喷泉？你是不是觉得喷泉挺漂亮的？你看到喷泉是不是挺高兴的？陈小宽说，是呀，怎么了？我说，我给你提个建议吧，你看看拿这个喷泉取个名字咋样？陈小宽笑呵呵地说，那叫陈喷泉？"喷"字有点吐的意思，是不是有点怪？我说，你再想想，与"泉"字有关的词咋样呢？

陈小宽要找的，是一把破旧的吉他，说是单位要搞一个慈善义演。他一边弹着吉他一边下楼，一边念叨着陈水泉，陈清泉，陈山泉，陈深泉。念叨到陈太太的面前时，他忽然有点惶恐地问，老婆，你审审看，我们的宝贝叫陈小泉怎么样？

陈小宽对这个名字是不自信的。他在陈太太面前从来做不了主，所以也不可能有自信。此时，陈太太正抱着孩子，也在看着窗外美丽的喷泉在此起彼伏地跳动着，听到"陈小泉"三个字，一下子很高兴地说，陈小泉这个名字好，我这林子中间的一眼泉水，既有意境，又有情调，还把我隐藏在背后，而且像个日本人，比如小泉纯一郎。

陈太太说着，就对着孩子一声声地喊着，陈小泉呀陈小泉，你认识我是谁吗？我是妈妈，香妈妈；陈小泉呀陈小泉，你晓得他是谁吗？他是爸爸，臭爸爸。你晓得臭爸爸姓什么吗？他姓陈，叫陈小宽。你晓得你叫什么吗？你叫陈小泉，从银杏树林子中间流过的小小的一眼泉水。

陈小宽听到陈太太的称赞，把孩子一下子抱了过去，又是亲又是咬的，一遍遍"陈小泉陈小泉"地叫着。第二天，陈小宽照着陈太太的吩咐，拿着一张医院的出生证明，两个人的结婚证，还有户口本，就急不可耐地跑到派出所，以陈小泉这个名字给孩子报了户口，随机抽了一个身份证号码。自此以后，这个世上就真正有了一个陈小泉，而且号码是唯一的，身份是绝对合法的。

天彻底黑了，华灯初上之时，又到了喂奶的时间，陈小宽躲到厨房去了，老奶奶则打来了温水。我从阁楼里下来解开了扣子，掏出了自己充盈的乳房，用温水清洗了三遍，然后敞着胸脯晾干了。我从来没有这么认真过，也从来没有这么幸福过。我从陈太太手中接过孩子，把他轻轻地按在乳房上，然后对着他说，陈小泉呀陈小泉，咱们开饭了啦。

陈小宽家的门铃响了，有人满身酒气地冲到大厅醉醺醺地喊道，姐呀姐呀，我们家有客人了吗？我开始以为是陈太太的堂弟或者表弟，因为在计划生育中，像我们这个年龄的人一般情况下不太可能有兄弟姐妹。老奶奶说陈太太她爸是知青，这是陈太太的亲弟弟，几年前为了上大学才从陕西那边迁回来的。

老奶奶叮咛说，你可得当心了。

我说，我当心什么？他又不能把我吃了。

老奶奶说，他还真能把你吃了，三十好几了，女朋友谈了一个又一个，至今还不收心。我们正说着话，这个男人竟然一下子撞进了卧室，从我的怀里东倒西歪地抱走了陈小泉，而且把他一下一下地抛向半空。陈小泉哇哇大哭起来，把陈太太吓得脸色惨白，从被窝里跳下床，把孩子夺走了。

陈太太的弟弟一头披肩长发，从背后看，很容易以为是女的，但是转过身，脸上的粉刺几乎连成了一片，让人看了误以为他根本没有皮，直接是肉，恶心的烂肉。陈太太说，你一失手，孩子就没命了。长毛说，我怎么会失手呢？我可是篮球高手，小宝贝，快喊舅舅，让舅舅抱抱你。他说着又上去抢孩子，被陈太太踢了一脚说，赶紧滚出去！你没看见人家正在喂奶吗？长毛说，奶谁没有见过？大把大把的。

长毛就直勾勾地朝着我的怀里看，然后眯着眼睛说，奶在哪里？我怎么没有看见呀？他还要拉扯我的衣服，我衣服已经扣上了，见他伸过手来，我一点也没有客气，照着他的粉刺脸就是一巴掌，打得他脸一歪，哗哗啦啦地呕吐了一地。长毛并不生气，嬉皮笑脸地盯着我说，你就是那个奶？我外甥的奶？长得挺漂亮的嘛。

　　他话还没说完，就倒在地上，不省人事了。

　　陈小宽跑过来，把他拖到大厅的地板上过了一夜。天亮的时候酒醒了，长毛又跑到房间里说，姐呀姐呀，你告诉奶妈，我平时不是这样子的，昨天晚上因为喝多了，对不起啊。陈太太默不作声，老奶奶还在睡觉，我根本不想理他，于是他讪讪地捏了一下陈小泉的脸蛋子，然后说，晚上再来看你啊，我要上班啦。

　　晚上天不黑，长毛果然来了，从那天起长毛隔三岔五地来，每次都有这样那样的借口留宿，比如太晚了回去不安全，比如太远了公交不方便，最后干脆在陈太太家的二楼给自己单独收拾了一间房子，经常住在陈太太家不走了。毕竟是自己的亲弟弟，陈太太对弟弟不反感，反而很高兴姐弟住在一起。陈太太、陈小宽都以为他真喜欢自己小外甥，或者这里人多，住在一起挺热闹的，老奶奶则私下告诉我，他呀，这是在找机会要吃你呢。

　　孩子每天要吃六次，每隔四个小时一次，早上十一点，下午三点，晚上七点，晚上十一点，凌晨三点，早上七点，就这样循环着，这都是陈太太规定好的，不能提前两分钟，也不能推后两分钟，陈太太说饮食规律对孩子有好处。有一天黄昏，我刚刚解开扣子呢，长毛就自己开门进来了，这一次他没有冲进卧室，而是在大厅里喊叫，他不叫陈太太了，而是直接喊我的名字，说小张呀，你没有在喂奶吧？没有喂奶我就进来了呀。老奶奶说，正喂着呢。长毛果真没有进来，而是坐在大厅里打开了电视，他把声音放得很大，一会儿放中央三套看《星光大道》，一会儿放中央一套看《新闻联播》，一会儿放江苏卫视看《非诚勿扰》，不断地传来乱七八糟的声音。大约等了半个小时，他又跑到门口敲敲门问，你们喂完了吧？我可以进来了吗？陈太太说，你什么时候这么文雅？门不是开着的吗？

长毛正正经经地进了房间，先把孩子抱过去亲了亲，说一天不见就长高了嘛。陈太太说，你胡诌什么呀，又不是院子里的树，长得有这么快吗？长毛说，他喝的是人奶，而且是人家小张的奶，你看看小张多健康多好看呀，所以外甥长得比别人快很正常。陈太太说，你又没有测量过，哪里晓得长高了？长毛说，我在孩子堆里长大的，这眼睛就是尺子，而且你比人家产妇有福气，人家生孩子就变成了麻袋，你的身材还保持着原来的老样子。陈太太说，哪有不变的，生孩子体型都会变，你们看不到罢了，你姐夫是看得清清楚楚的。

陈小宽回家正好听到了，就站到旁边点点头说，女人生孩子太辛苦了。

长毛说，如果说你变了，是变得更苗条了，我觉得这与你没有用母乳喂养有关，母乳是什么？是精气神，会把人抽干的，所以你真得谢谢人家小张，如果找不到小张，小外甥只能吃奶粉了。

长毛说着，就讨好地冲着我笑了笑。

陈小宽说，这话是真的，现在谁请不起奶妈呀？关键有钱到哪里请去，是我们运气好罢了。长毛听到这里，把孩子放到陈太太怀里，从身上掏出一个盒子递给我说，小张，那天晚上实有冒犯，我给你买了一个小礼物，算是赔礼道歉吧。

长毛自己打开了，原来是一条珍珠项链。说实在的，这条项链还真漂亮，我与陈小元结婚的时候，原本就看上了这样一条珍珠项链，但是一看价钱好几千，就买了一枚几百块的戒指。老奶奶小声嘀咕着说，这哪里是礼物呀，我看是黄鼠狼给鸡拜年吧？

长毛见我死活不接，就把项链交给了陈太太，让陈太太转交。陈太太说，你花这钱干吗呢？长毛说，人家毕竟是我外甥的奶妈呀，听说小张也是陕西的，我们算是半个老乡，我真是道歉来的。姐你晓得吧，如果小张心情不好，这是会影响奶水的，奶水不好，岂不是害了我家外甥了？陈太太说，你说的是真的？长毛说，当然是真的，我们幼儿园里招阿姨有个条件，就是会笑，因为阿姨心情好，带大的孩子也会心情好，而且忧郁是可以传染的，小张是什么情绪，通过奶水就会把什么样的情绪传给外甥。陈太太似乎信了，她把项链塞到我的手中，说这是弟弟的一片心意，你就收下吧。

第二天，长毛看到他送的那条项链没有挂在我的脖子上，就问项链呢？我说，项链送人了。长毛说，送谁了呀？我说，送给树了呀。长毛说，谁叫树？是男的吗？我说，和你有关吗？长毛说，我送给你的，你送谁当然和我有关呀。我指了指窗外说，在那里，它正戴在脖子上呢。长毛顺着我指的方向望过去，窗户下边有一棵合欢树，枝丫上确实挂着一条项链。长毛说，好几千呢，挂在树上还不让人偷了？说着就下楼捡了回来，等他再要往我脖子上挂的时候，我说这项链已经归我了，我送给树了，树又给你了，这关我什么事情呢？

长毛无奈，就又把项链交给了陈太太。长毛说，姐你一定把小张哄开心了，不然呀，结果你是晓得的。

4

陈太太仍然不甘心，躺在床上捧着自己的乳房，按照开奶师叮嘱的方法不停地揉着搓着。这样抚弄了几天，无论陈太太怎么挤，依然一点奶水也没有，最后几乎都挤出了血。有一天中午，她便打电话给开奶师说，你们要不再派个人来吧？开奶师说，我们派个人还得再收五百块，来了也一样是给乳房按摩，有事没事就让孩子叼着奶吸一吸，三五天自然就行了。

陈太太示意我把陈小泉抱过去，但是孩子一进入陈太太怀里，就张嘴哇哇大哭起来。陈太太说，这孩子一碰我，怎么就像碰到毒药一样，还有别的什么办法吗？开奶师说，办法当然有，你老公在家吗？让老公用嘴帮你吸一吸吧。陈太太说，这怎么好意思呀？开奶师说，权当是夫妻恩爱，这一举两得的事情，有什么不好意思的。

陈小宽在上海一家电视台工作，不是主持人，也不是导演，好像是编剧什么的。陈太太听了开奶师的话，就陈小宽陈小宽地喊叫着。老奶奶回话说，他去上班了呀。陈太太说，快把他给叫回来。老奶奶说，他很忙的，现在还在车墩呀。陈太太自己拨打了电话，打了好几遍都不在服务区。直到下午陈小宽回了电话，陈太太开口就说，你死哪里去了？赶紧回来吧。陈小宽说，什么事情？我在拍摄现场呢。陈太太说，还有什么事情？这都是为了你们家的陈小泉。还不等陈小宽问明白，陈太太的电话已经挂断了。

陈小宽是天黑前赶回家的，他原以为陈小泉病了，或者我这个奶妈跑掉了，进门看到孩子正安静地躺在我的怀里，就松了一口气。陈小宽说，孩子不是好好的吗？陈太太说，你没看见孩子躺在谁的怀里呀？孩子倒是好好的，但是我这里不好，你晓得不？！陈太太生气地拍了拍自己的胸脯。陈小宽说，你那里不好把我急急地拉回来有什么用呢？陈太太说，当然有用，用处大了！

我进入陈小宽家以后，陈小宽就搬到二楼书房单独住了，卧室里只剩下陈太太、老奶奶和陈小泉三个人住着，但是按照陈太太的吩咐，陈小宽那天晚上要睡在卧室里，老奶奶则带着孩子去了隔壁的另一间卧室。自从发现怀上孩子，陈小宽陈太太就再也没有夫妻生活了。有时候陈太太想了，陈小宽说把孩子压扁了怎么办？有时候是陈小宽想了，但是陈太太说太累了，哪有力气呀，你自己解决一下吧。就这样，几乎十个月里，他们之间没有做过一次，开始偶尔还拥抱一下，时间长了连拥抱都没有了。

陈太太忽然把他叫回来，而且要他们两个单独住着，陈小宽以为陈太太想同房了，其实他自己早就憋不住了，躲在被窝里自力更生的次数并不少，但是毕竟没有两个人的配合与呼应，感觉是完全不一样的。就像一个人口渴了，哪怕望着一棵梅子树咽了再多的口水，还是没有办法代替一碗凉开水。

陈小宽红着脸说，你生育才十来天呀。

陈太太说，你什么意思？

陈小宽说，这样对你不好吧？

陈太太说，对我怎么不好了？别啰嗦，去刷个牙，洗把脸，赶紧过来。

陈小宽刷了个牙，洗了把脸，又洗了个澡，还往嘴里喷了点漱口水，然后换上睡衣，按照往常的习惯爬上床，把陈太太抱一抱，轻轻地放倒，再慢慢地压入身下，然后一边亲吻一边脱她的衣服。陈太太一把推开了说，你想干什么？陈小宽说，你不是想那个了吗？陈太太说，我想哪个了？陈小宽说，产妇一个月后才能同房的，你不是等不及了吗？陈太太一下子翻起身说，谁想了？你说谁想了？陈小宽说，那你打着孩子的旗号把我火烧火燎地叫回来干什么？

陈太太说，叫你回来吃奶，晓得不？！

陈小宽笑了说，做爱不就是吃奶，吃奶不就是做爱吗？每次那个的时候你都不是让我先吃奶吗？陈太太盯着陈小宽说，我和你说不清楚，你想吃奶就吃奶吧。陈太太重新倒在床上，把自己的扣子解开，主动把乳房送到了陈小宽的嘴边。陈小宽像过去一样伸出舌头，从左边舔到右边，从乳球舔到乳晕，从乳晕舔到乳头，认真地舔呀舔呀，搞得陈太太有些着急，说你舔什么舔呀！赶紧把乳头含在嘴里，使劲吸一吸。陈小宽说，我就喜欢舔，我不仅要舔上边，等会儿我还要舔下边，保证把你舔得水汪汪的。陈太太也有些激动，说先办正事吧，开奶师说了，要想有奶水的话，必须让老公来吸，吸几天就好了，我没有奶水喂孩子，感觉这孩子不像是我们的，倒像是人家的了。

　　陈小宽一时明白过来，当他把陈太太的乳房含在嘴里使劲地一口一口地吮吸的时候，他的激情一下子跑光了。他感觉自己不再是一个充满欲望的男人，而像是牛奶厂的一台挤奶机，更像一头奶牛在咀嚼着一把草料，那般地枯燥乏味。整个晚上，陈小宽都爬在那对大乳房中间，每隔两个小时就吮吸一次。他一度睡着了，梦见自己真成了一头牛，嘴里含着一把干巴巴的枯草，咬不烂，吞不下，吃不完。坚持到天亮的时候，他口干舌燥，双腮疼痛难忍，嘴唇也肿了起来。但是陈太太并不罢休，依然让陈小宽吮吸，时断时续地坚持到下午，陈小宽出现了发烧、扁桃体发炎等症状，连口水都难以吞咽了。单位打电话来找他，陈太太名正言顺地说，他呀，生病了，得请几天病假。

　　被陈小宽这么折腾了两天，陈太太的奶头一挤，还真挤出了几滴白色的汁液。陈小宽高兴地说，总算没白忙活一场。陈太太说，我感觉不对头，你先尝尝吧，这奶水是不是甜的？陈小宽伸出舌头舔了一口，一下子吐出来说，怎么怪怪的，而且是苦的酸的，怎么有点臭豆腐的味道。陈太太再也忍不住了，疯子一样哇哇地大叫着，像大猩猩似的挥着双手对着自己的乳房啪啪啪地扇着耳光。

陈太太挤出来的不是奶水，而是化脓了。

陈太太开始顿顿吃鲫鱼猪蹄子，炖汤时加了通草当归黄芪，还从山东让人捎回来一大包西药，吃得要么拉肚子，要么小便失禁，就是不见一滴奶水，最后去医院看医生，医生几乎把办法想尽了，还是没有任何效果。陈太太一死心，我在这个家里的日子应该更好过了，让人意外的是陈太太对我更狠了。我不明白自己是靠着什么坚持下来的，是因为一位母亲的天性吗？是因为我奶着的孩子与自己的孩子都叫陈小泉吗？

5

老奶奶其实不是陈小泉的奶奶，也不是外婆，只是一个远房亲戚，从江苏南通一家食品厂退休。如果硬要拉扯的话，陈小泉叫她外婆还是比较贴切的。陈小泉出生以前，陈小宽本来花了一月一万块请了个月嫂，二十来岁，河南信阳人，孩子还没有出生呢，就被陈太太赶走了。陈太太的理由是，这个乡下丫头人太脏，身上总有一股洗不干净的味道，不像汗味，也不像脂粉味，恐怕是狐臭，让她抱着孩子，还不把孩子给熏坏了？陈小宽说，给她换身衣服，再洗几遍不就行了？陈太太说，这是能洗掉的吗？这味道是天生的，乡下人天生的。

陈太太进产房前，月嫂给孩子奶嘴消毒的时候，不小心掉在了地上，她直接拾起来拿自己的衣袖擦了擦就安上去了。这个细节恰恰被陈太太看到了。陈太太说，这就消毒了？月嫂说，是啊，一百度的开水烫个五分钟，啥细菌还能活下去呀？陈太太说，这地板不脏吗？月嫂说，你看白生生的地板，干净着呢，有啥脏的呀？陈太太说，比奶嘴还干净吗？月嫂还没意识到自己做错了什么的时候，陈太太一句话，说你走吧。就把月嫂给交代了。

万般无奈，陈小宽赶紧四处打电话，亲朋好友才向他推荐了老奶奶，说人家是在食品厂做过的，不但干净利索，而且父亲是有名的老中医，所以还会点护士的活儿，吃个药呀打个针呀，也不用求人了。老奶奶从南通赶到上海的时候，陈太太已经从医院里出来了，虽然没有明确老奶奶的身份是什么，实质上是做了陈小宽家的全职保姆。

每天清早，老奶奶一般六点钟起床，给陈太太和我做好月子餐，有时两个酒酿荷包蛋，有时一碗鱼丸汤，端到陈太太手上服侍着吃了，然后在七点钟的样子，得拿着陈太太开出的单子出门去小区外边的菜市场买菜。这天早上，老奶奶照例先去厨房，给陈太太和我打荷包蛋，陈太太忽然出现在厨房里。荷包蛋已经煮在锅里了，老奶奶正准备加酒酿呢，被陈太太制止了，老奶奶再要加白糖，也被陈太太制止了。陈太太说，从此往后，不管早餐午餐晚餐，什么也别加，一律吃白食。

老奶奶说，这太清淡了吧？会落下毛病的。陈太太说，我已经上网查过了，酒酿里有酒精，糖吃多了容易得糖尿病，盐会增加肾脏的负担。老奶奶说，什么都不放能咽得下去吗？陈太太说，奶妈哪有这么好当的，前几天我疏忽了，你们加这加那的，这些东西都会跑到奶水里，再通过奶水喂给我的孩子，这不是在害我的孩子吗？老奶奶这时才明白过来，陈太太提的这些要求，不是针对她自己的，是针对我这个奶妈的。

陈太太自从发现自己不会出奶之后，就不再像月子婆坐在床上静养了，也不再吃老奶奶的月子餐。她从床上爬起来像个正常的疯子似的，在家里焦躁不安地转来转去，她不亲自动手给孩子换尿片，也不亲自烧汤做饭，而是抱着双手指指点点。老奶奶做饭的时候，她一会儿说，菠菜有农药残留，在水里泡够三小时了吗？老奶奶就说，已经泡了半天了。她一会儿说，吃生姜会上火，炖鲫鱼没有像平常一样放入生姜去腥吧？老奶奶说，这个我晓得的。她一会儿说，小张用那个专门的白瓷碗，千万不能拿错了啊。老奶奶看她一半唠叨一半颐指气使的样子，就说，哪敢呀！不是照着你的意思在消毒碗柜里消过毒了吗？

陈太太最后说，我怀这个孩子容易吗？你们不要不爱听，稍微不注意呀，孩子就是一辈子，就会出大事的。

陈太太自从当了监工之后，我吃到的东西花样是越来越多了，除了原有的鲫鱼、蹄髈、老母鸡之外，她还从网上买了一份广和堂的月子餐配方：早餐胡萝卜粥一碗，外加谷粉一勺；午餐米粥加猪肝一碗，配山药加黑木耳一碗；晚餐黑米、糯米、糙米、大米粥（或饭）一碗，配通草枸杞鲫鱼汤；半夜时，还得再吃一顿红豆汤。这些全是正餐之外加出来的，粥里不能放糖，菜里和汤里不能放一丁点盐，味精呀酱油呀这些调味品就更不能添加了。说实话，粥呀汤呀还比较容易，每次老奶奶端过来，我眼睛一闭，还没有尝出味道，已经咕咕嘟嘟地喝下去了。但是那些大肉呀青菜呀，特别是蹄髈与鱼肉，不甜，不咸，不鲜，不辛，除了腥味，什么味道都没有，像把生鱼或者生肉直接放进了嘴里，嚼着嚼着就让人恶心。

陈太太指着窗子外的野猫说，有这么难吃吗？一样的东西，你看看人家小猫咪，不是吃得挺香的吗？老奶奶心疼地说，哪能与猫比呀。陈太太说，怎么不能比？它吃的不就是小张吐出来的吗？老奶奶原来话不多，也尽量顺从着陈太太，看到陈太太不仅仅苛刻，而且有点变态的样子，她就开始顶嘴了。老奶奶有点厌恶地说，你是孩子的亲妈呢，你自己应该先尝几口看看。

陈太太很生气地说，你以为我不想吃吗？你以为我不想喂孩子吗？如果我有奶水的话，我会跟你们废话吗？陈太太说着，泪水就大颗大颗地滚了下来。她抓住一只蹄髈一边哭一边啃，可能也觉得无味吧，啃了几口一下子扔出了窗外，把那只守在外边的野猫砸得嗷嗷乱叫。

又一天晚上，也许老奶奶体谅我，在鲫鱼汤里偷偷加了一点盐。好多天没有尝到盐味，闻到了一股子扑鼻的香味，我像犯了毒瘾似的捧着碗大口大口地喝了起来。老奶奶看了看躺在床上已经入睡的陈太太，小声提醒我，你吃慢点。但还是惊动了陈太太，她睁开眼睛，抽了抽鼻子说，你们吃什么呢？拿过来让我尝尝？老奶奶说，能有什么呀，还是下奶的鲫鱼汤。陈太太说，你以为我是傻瓜？你加盐了对吧？你要害我孩子对吗？老奶奶说，就加了一点点，再说了，吃点盐对孩子也有好处，起码可以补补碘和钙。

陈太太已经从床上爬起来，一手叉腰一手指着老奶奶说，你这个乡下人晓得什么？你说说什么是钙？别以为家里有个医生你就什么都懂了！

陈太太从我手中夺过碗，啪的一声扔到窗外去了，紧接着就能听到几只野猫相互撕咬的声音。陈太太说，小张，你好像是个高中生吧？你晓得盐的成分是什么吧？是氯化钠！哪里有钙了？你自己嘴馋不打紧，如果吃坏了我家孩子的肾谁负责？所以，我请你把刚刚吃下去的东西给我吐出来。

陈太太大声喊道，陈小宽，你快点出来，把她吃进去的东西给我抠出来！

陈小宽听到吵闹，早就从书房跑过来，低着头坐在沙发上。陈小宽说，吃就吃了，有什么了不起的？陈太太顺手拿起一只杯子，还是一次性的纸杯子，朝着陈小宽扔了过去。大骂道，你说有什么了不起的？你请回来的这两个乡下人合谋着要害我们孩子，你竟然不在乎？陈小宽说，谁要害我们孩子了？你清醒清醒！人家这是在帮我们晓得吧？陈太太听了，就扑上来撕扯陈小宽，然后说，你说说清楚，你与这个奶妈以前是什么关系？你们在公园遇到的时候就嘻嘻哈哈的，我早就看着不对头了，原来你们都是一伙的。

陈小宽被撕扯得打不敢打，跑又跑不掉，无奈地说，你是不是疯掉了？你有本事自己喂孩子，不是什么事都没有了？

陈太太放开了陈小宽，左手揪住我的头发，右手掐住我的嘴。我一时胸闷，就把刚刚吃下的汤汤水水哇哇地倒了出来。这些放了盐的鲫鱼汤刚刚下肚的时候，是新鲜的，是香的，短短一会儿工夫再吐出来已经变成酸酸的了，像潲水一样那么难闻。

虽然陈小泉已经醒了，在背后大哭了起来，我还是拉开门走了出去。老奶奶抱着孩子撵了出来，说你不能走呀。我说，我不走行吗？老奶奶说，孩子离不开你。我说，没有谁离不开谁。老奶奶说，陈小泉就离不开你，你的孩子就叫陈小泉。

我不明白老奶奶是指陈小泉这个名字，还是我与这个孩子之间的感情。我已经来到了楼下，夏天的晚风习习地吹着，把小区中央的湖水吹起了一波一波的细浪。老奶奶把孩子递给我的时候，孩子竟然冲着我笑，笑得那么自然，笑得那么干净，天下没有一束光一种水能干净到这种程度。我心一软，就接过了孩子，说陈小泉还没有满月呢，哪能经得起风呀。

陈小宽也跟了过来，虽然没说什么，却是一脸的歉疚。我轻轻地亲了一下陈小泉的脸蛋子，就抱着上楼了。我明白，也许不是这个孩子离不开我，而是我离不开这个孩子。

第二天早上，按照陈太太的意思，昨天吃下去的全吐了，所以早餐不吃清水荷包蛋，要把吐出去的营养补回来。老奶奶端来一碗漂着一层猪油的蹄髈汤，发愁地说，小张奶水好着呢，别说养一个孩子，养一头牛怕也吃不完吧？陈太太说，你怎么可以拿牛与我的孩子比？牛可以吃草，我家孩子能吃草吗？我说的是营养，营养你晓得吗？奶水多，不见得营养好。

我说，这些日子，我都长胖了差不多十斤，营养都过剩了。陈太太说，什么叫过剩？你长胖了，是因为你生活改善了，在你们乡下平常能吃到这些东西？！我不喜欢她口口声声乡下人如何如何，生气地说，乡下人怎么了？乡下人就没有好日子了？乡下人就不是人了？陈太太说，我不跟你计较这些，你既然是我雇的，就得听我的。我说，你什么时候雇我了？花多少钱雇我了？陈太太大声喊叫着说，陈小宽，你给我过来。

陈小宽提着包已经出门了，赶紧加快步子匆匆地上班去了。

陈太太说，你不是我们雇的，你凭什么给我们家的孩子喂奶？

我说，你说我凭什么呢？你以为是你面子大？还是你家住着别墅？

这时孩子哇哇地哭了，老奶奶说，人家小张是可怜孩子，孩子吃奶的时间到了。

我把那碗白汪汪的蹄髈汤连吞带咽地吃光了，然后一把接过陈小泉，把他按在自己乳房上。陈小泉不哭了，欢快地吮吸着我的奶水。听到孩子那咕咕嘟嘟的吞咽声，站在后边的陈太太眼睛瞪着，脸板着，浑身抽搐着。她再也无法忍受了，一把撕开自己的衣服，把陈小泉夺过去按在自己的乳头上。

她的乳房是干瘪的，是暗淡无光的，甚至有一些冰冷。陈小泉使劲地吮吸了几口，也许是无法吃到一滴奶汁，也许是他意识到这只乳房是陌生的。他在陈太太的怀里挣扎着，撕心裂肺地又哭了起来。陈太太一边把他朝自己的乳房上按，一边大声吼叫，快吃！快给我吃！我才是你妈，你晓得吧？

陈太太的乳头也许被咬烂了，她惨叫一声，把孩子丢在床上，捂着自己的乳房冲到厕所去了。

陈太太整天不光顾着监督我吃什么，她还监督着我生活中的一切，包括洗脸用不用肥皂，刷牙用不用牙膏，有没有感冒发烧。她一会儿说，洗脸最好用清水，用肥皂是会吸收的；她一会儿说，牙齿一定刷干净了，不然牙龈发炎就不得了；她一会儿从屁股后边，摸出一支体温枪，对着我的额头开一枪，说是得随时掌握体温，一旦发烧了，不但会有病毒，而且奶水在高温下也会变质。听到她唠叨个没完没了，我嘴上虽然不说什么，心里十分不舒服，有时候她说她的，我做我的，比如洗脸，不用肥皂那根本就是胡扯。她唠叨的时间一长，我就能体谅她了，可怜天下父母心，她这是太在乎她的孩子了。况且，上海女人本来就是不可一世的，与自己同床共枕的丈夫在她们眼里，都得像她们的仆人一样跟前跟后，想让她们对你点头哈腰，除非你把自己印在人民币上，或者先去国外兜几圈，沾点洋气。不然，她们对你说话，天生就一副刻薄样子。

除了给孩子喂奶，我还给孩子换尿片，抱着孩子哄他入睡。就哄孩子这件事情上，陈太太也提了不少要求。有一天，她忽然大呼小叫起来，说你们都来看看，我家陈小泉的后脑勺怎么一边大一边小？长大了脑子会不会也是偏的？会不会智力不正常？她又开始指责起我来，说你哄孩子的时候不能一边倒，应该左边抱一会儿右边抱一会儿，这样孩子的脑袋才不会长歪了。我照着她的意思，左边抱个十分钟，再换到右边抱个十分钟。陈太太手中握着一个小闹钟，偏差一般不会超过一分钟。

孩子有时候有些闹，一时半会哄不好，我就照着我们陕西塔尔坪的办法，哼着一首曲子，词是这么写的：我娃乖，我娃长大穿花鞋，我娃不乖穿烂鞋。我哼了几句，陈太太指责我说，这词太土了，也太单调了，你应该唱摇篮曲。我说，我不会唱摇篮曲，而且孩子小，也听不懂吧？陈太太说，怎么会听不懂啊。于是她从网上下载了一首《摇啊摇》，还有一首"小兔子乖乖把门开开"，她一遍遍地教我唱，一会儿说高了半度，一会儿说慢了一个节拍。我说，不就是哼哼吗？孩子又不懂音乐。陈太太说，虽然孩子听不懂，但是标准不能改，小孩子听音乐，好比有股风吹过，会在湖面上掀起波澜，会在树叶子上留下痕迹。

她指了指窗外的湖泊说，你看看，湖水懂什么呢？不是起浪了吗？树叶子懂什么呢？不是发黄了吗？

对于喂奶前清洗乳房，她又提了一堆要求，除了一定得兑凉开水外，要求水温不能太低，太低了效果不好。她拿着一支温度计，每次放在水里测温度，要求最低不能少于四十五度，有一次，她觉得水温有些低，不管三七二十一就往里边哗哗啦啦地倒入半壶开水，然后捞出热毛巾捂在我的胸脯上。我被烫坏了，惊叫了一声，陈太太却说，叫什么叫？你又不是细皮嫩肉的人。我说，我不像你们城里的太太，但这乳房也是肉的吧？

我的胸脯被烫出了一个水泡，陈小宽翻出一盒红霉素药膏，说是涂涂就好了，不然会落下疤子的。陈太太一抬手就夺走了说，陈小宽啊陈小宽，小张的乳房你是不是心疼了？陈小宽尴尬地笑了笑说，你想想吧，如果化脓了，还好给孩子喂奶吗？陈太太说，你也不去查查说明书看看这药好用不，你就不怕用了红霉素对孩子不好？陈小宽去查了，果然写着哺乳期妇女不宜使用。最后，陈太太就让老奶奶帮忙涂了一点牙膏。

有一天下午，长毛弟弟回来了，这次没有敲门直接冲进卧室，从我怀里抱走陈小泉的时候，趁机在我的胸口上摸了一把，然后笑嘻嘻地看着我说，舅舅好多天没来了，你有没有想我呀？你有没有哭鼻子呀？你心情有没有高兴呀？你有没有好好吃奶呀？告诉舅舅阿姨的奶是不是很好吃呀？陈太太跑过来问，弟弟呀，你上次说什么来着？是不是奶妈心情不好，会通过奶水传染给孩子？长毛说，是呀，是我说的呀，上次我让你给小张的东西，你有没有送给她呀？陈太太说，一忙就忘记了。长毛说，姐呀，你这叫忘记了吗？你是想据为己有吧？你这叫贪污晓得吧？陈太太赶紧把那条珍珠项链翻了出来，跑过来要往我脖子上戴，被我躲开了。

陈太太说，小张，我觉得我弟弟说的还是有道理的，你没有觉得这些天我们家的陈小泉有点不对劲吗？我说，哪里不对劲了？陈太太说，我怎么从来没有看到他笑过？老奶奶说，孩子还小，还不会笑吧？陈太太说，小区里有个孩子比我们家还小，人家怎么就会笑了？我看呀，这是他不高兴，不高兴就不会笑。我说，不会笑又怎么了？陈太太说，不会笑，说明他心情不好，甚至可能得了忧郁症。我说，你也太夸张了吧？陈太太说，我没有夸张，孩子得忧郁症，你是要负责的，目前孩子只吃你的奶，他得什么病都应该是奶水的问题。

老奶奶说，人家小张的奶水有什么问题了？吃的，喝的，用的，全都是你指挥的。陈太太说，我能指挥她的脸吗？能指挥她的心情吗？你看看她这张脸总是阴阴的，这不是忧郁症是什么？我弟弟刚说，她一旦得忧郁症了，这种心情会通过奶水带给孩子的。

长毛跑过来盯着我看了半天，然后说，小张是有点忧郁，是不是想谁了？陈太太说，她孩子没了，能想谁呢？长毛说，比如想哪个男人了呀，或者人家想家了。陈太太说，陕西那个男人？陕西塔尔坪那个家？这有什么好想的，弟弟你快帮我想想办法，看看怎么能让小张高兴起来。长毛说，办法很多呀，比如去喝酒，比如去旅游，比如去逛街。陈太太说，你正经点，快说有什么办法吧。

这时电视台正在播放一家牛奶厂的广告，长毛指了指电视说，你看看人家奶牛，如果吃到比较自然的水草，生活在比较干净的草原上，晒到比较灿烂的阳光，这样挤出的牛奶营养就好。你不能让小张去旅游，起码可以带着小张到楼下的湖边转转，兜兜风，晒晒太阳，这样不仅空气好，而且心情也会好的。陈太太说，还是弟弟脑子灵光，现在下午三点不到，趁着太阳还没有落，而且风也比较凉爽，蓝天白云的空气也比较好，你就带着小张到楼下转转吧。

长毛听了十分高兴，伸手要拉着我下楼。自从来到陈小宽家，已经好多天四门不出，真是郁闷死了，而且不晓得外边变成什么样子，那块工地是不是已经建成了高楼大厦。我正想出去透透气，顺便去那个工地看看，那里虽然没有属于我的房子，毕竟另一个陈小泉就埋在那个地方。

七月上旬，外边还是十分闷热，风小得连一根小草也摇晃不动。顾村这个偏僻的北郊地区一天一个样，忽然掀起来的繁华和盖起来的楼群已经让我不太认识了。特别是那个工地，有几座房子已经盖起来了，那个由大坑填起来的花园中，种满了五颜六色的我不认识的花，那花开成了一片，根本看不出是新建的。不远处就是顾村公园，樱花应该已经慢慢谢了，不再有太多的游人了。

我想不清楚，为什么人一定要樱花开了才来，难道樱花谢了就不好看了吗？比如在我的生命中，有两个一模一样的陈小泉，难道那个生者就一定比死者更让人心欢吗？我无意识中走到了那个新建的花园边，俯下身子闻了闻，那一朵朵花真是太香太香了，但是走近了才发现，刚刚种下的花与那些已经扎根的花是不一样的，这些还没有站稳的花经过夏天的太阳一晒，下午的时候就蔫巴了。

长毛双手插在裤兜里一步不离地跟在身后。他见我四下张望，以为我想偷摘花园里的花，于是跑上来摘了两朵，也许是玫瑰，也许是月季，双手捧着送给了我。我说，你走开点，你太没有公德了吧？长毛说，摘两朵花有什么呀。我说，它们仅仅是花吗？长毛说，不是花是什么？你以为是女人呀。

我说，我让你走开点，你听见没有？走得我看不见为止。长毛扑上来抓住我的手，说你这样讨厌我？我说，你想干什么呀？我有点事情，你回避一下好不好？长毛哈哈地笑了笑说，你要上厕所？然后迅速地跑开，躲到远处一个岗亭后边去了。

我看四下再没有一个人了，于是像奶孩子一般弯下腰，解开自己胸脯上的两颗扣子，掏出了自己有些胀痛的乳房，轻轻地捏着。我充盈的白色的乳汁一股股地流了下来，洒在了几株有些蔫巴的花上。这些乳汁一股股渗入泥土，泥土上有一条条裂缝，像是埋在根下的一张张小嘴巴在轻轻地吮吸着。

那几株花，被我用乳汁浇灌过后，就随着微弱的风轻轻地摇晃起来。

我说，快喝吧，妈妈给你喂奶来了。

6

忽然有一天，陈太太弄出一堆光盘，里边全是儿歌《摇啊摇》《大草帽》《小花狗》。她用电脑播出来让我学，交代我不仅仅喂奶的时候要唱，而且不管孩子醒着睡着都得唱。她一会儿说，你不能哼哼，音儿太低，太含糊，像蚊子似的嗡嗡；一会儿说，你唱得太高了，这会把孩子的耳朵震坏的。我比较喜欢唱《小星星》，歌词是这样的：小星星，亮晶晶，好像猫儿眨眼睛；东一个，西一个，东南西北数不清。唱这首歌的时候，我喜欢看着窗外，虽然基本上是大白天，太阳明晃晃地照着，根本就没有星星的份儿，但是我相信星星就在天上，就在云朵背后挂着。我唱着唱着，就想到我们家不晓得去了哪儿的陈小泉，也会想到还在陕西塔尔坪的女儿。

陈太太却喜欢《小白兔白又白》，她觉得这首歌比较可爱，而且多数孩子都喜欢小白兔。我说，这是城里孩子，我们乡下孩子只喜欢小星星。陈太太说，我家孩子就是城里孩子，上海的孩子不算城里孩子，这世上哪里还有城里的孩子啊？

我试着哼了几遍，不晓得为什么，觉得特别不舒服，而且我一哼"爱吃萝卜爱吃菜"，孩子就撇小嘴巴，有时候还哭。陈太太说，你这哪是在唱小白兔呀，跟个大灰狼似的，孩子不哭才怪，唱"两只耳朵竖起来"的时候，你应该学学人家兔子，头偏一偏，手抬一抬，有竖起耳朵的样儿。我说，你自己唱呀。陈太太说，我又不产奶，这歌不仅仅是给孩子的，对你自己也有好处，对奶水也有好处。

我除了喂奶之外，还想替她们带带孩子，我特别想抱着孩子看着外边，告诉他什么是树，什么是草，什么是水，什么是一片片飘过的白云，还有陈小泉这个名字是怎么来的，那"泉"字是怎么写的，有什么意思。但是陈太太不同意，她说，你是奶妈，又不是保姆，这些事情有老奶奶，你都干了我请老奶奶来玩啊？

我喂完奶，开始还可以再逗着孩子玩一会儿，有时候也可以搭把手，哄孩子入睡。有一次，孩子吃完了奶就在我怀里拱着、扑着，还在我脸上嘬了一下。孩子的小嘴那么湿润，那么软弱，像被一条小鱼亲了一下，我激动得满脸通红。

当年，就因为被我们家陈小元亲了一下，我才下决心嫁给他的。陈小元追了我好几年，我都没有答应，手都没有让他摸过，原因是什么我不清楚，其中一个恐怕就因为他叫陈小元，让我一下子想起了吴三桂的小妾陈圆圆，觉得叫这个名字的人也太娘娘腔了。但是有一天晚上，我们坐在村子外边的小河边玩，他忽然指着河中说，你看呀，好大的鱼呀。我正想问，鱼在哪里？他却趁我不备，转过身一下子抱着我亲了我。虽然只亲了一下，但是我感觉我已经是他的人了，再也跑不掉了。一个女人被一个男人一亲，那男人就会在心上扎根。一个女人被一个孩子一亲，那也是要扎根的。两个植物的根虽然不一样，那心跳是一样的。被陈小泉意外一嘬，我的感觉十分奇妙，我觉得从这一刻起，两个陈小泉重叠了，一下子变成了一个人。

我高兴地说，你们听到了没有？陈小泉亲了我一下。

老奶奶笑笑说，孩子不会作假的，你天天给他喂奶，他喜欢你呀。

我从陈小泉的瞳孔里，看到了陈太太瞪着的眼睛，一张板着的脸更加阴沉了。她把半张脸伸向陈小泉，指着自己粉嘟嘟的脸蛋子说，我是你亲妈呢，快点来亲一下。陈小泉没有任何反应，又拱到我怀里含着我的乳头，吐出来，再含着，再吐出来，发出滋滋的声响。陈太太一时不高兴，一把把孩子夺了过去，不管三七二十一捂在自己的乳房上。陈小泉也许被吓着了，也许从她干瘪的乳房里吮吸不出什么东西，就张着嘴哇哇地大哭起来。

陈太太把自己上衣揭开，露出肚子上半尺长的一条刀疤说，宝宝呀，你是妈妈怀了十个月又吐又呕地生出来的，为了你妈妈挨了一刀，这辈子我连医院都没住过，为了你我却挨了一刀，如今你不要妈妈了吗？陈太太拍打着自己的肚皮眼泪大颗大颗地流着。她第一次表现出这么柔弱，她委屈的时候那张脸松弛下来，似乎变得好看多了。

老奶奶看着陈太太可怜，说孩子还小，哪懂呀，等他再大几岁，自然就明白谁亲了。我也说，毕竟是你身上掉下来的肉，其实刚才那一下呀，也不是亲，就是嗑了一下。老奶奶说，再说了，孩子比谁都敏感，你每次凶巴巴的，他是能感觉到的。

陈太太擦了擦眼泪，挤出一丝笑容，一边俯下身子一边用上海话说，阿拉囡囡乖呵，姆妈喜欢伊呢。陈小泉还真安静了，把陈太太的一只乳房一下子叼了过去，含在嘴里吮吸着。第一次体会到了被吮吸的感觉，不晓得是痛的，还是激动的，陈太太被吮吸得嗷嗷直叫，眼泪水一下子又大颗大颗地流了下来。

但是孩子每吮吸一下就哭一声，换了另一只乳房还是一样。陈太太左边试试，右边试试，忽然把孩子抱起来，扒开孩子的嘴巴说，小张，你有没有感冒？我说，不流鼻涕，不打喷嚏，都好好的呀？陈太太说，有没有上火？扁桃体有没有发炎？喝水喉咙痛不痛？我说，别说喝水，就是吃菜也很舒服呀。陈太太说，你可不能有什么瞒着我们呀？我说，我有病瞒着你们干吗？

陈太太把孩子还给我说，你让孩子叼叼你的乳房我再看看？陈小泉回到我怀里，也是一样，一吮吸就哭，一拔出来就不哭了。陈太太说，孩子肯定得溃疡了，得赶紧上医院。陈太太给陈小宽打了电话，说是陈小泉病了，你得赶紧回来。

陈太太对小医院不放心，就连离得不远的华山医院北院，陈太太也说，这个医院好是好，出名的却是皮肤科，我们家陈小泉要看的是溃疡，根本对不上号。硬让陈小宽开车绕了小半个上海，赶到了位于杨浦区控江路的新华医院，说这里儿科是最专业的。

赶到新华医院的时候已经是黄昏时分，医院门诊已经下班了，虽然只有急诊了，医院里还是人山人海。陈太太让陈小宽挂了两个号。陈小宽有点不明白，问还有谁病了？陈太太说，还能有谁？病从口入，孩子病了，那就是奶水有问题，所以小张也得一起看医生。

第一次给孩子喂奶前，我随陈小宽去医院体检，那时一百个不情愿，觉得是城里女人对乡下女人的一种侮辱。但是这次不一样了，虽然不明白陈小泉怎么了，反正到医院检查一下肯定是保稳的，我心甘情愿地与孩子一起排了三个小时，做了一系列的尿检和抽血化验。等到结果出来，医生看了看化验单说，从结果看不出什么毛病，还是回去多喝水吧。

陈太太有点不高兴，说你还是再帮着检查一下吧。医生说，我不是检查过了吗？陈太太说，就三分钟？医生说，你想让我看多长时间？半个小时还是一个小时？陈太太说，排了三个小时，你几分钟就把我们打发了？起码得让他们两个张开嘴看看吧？

医生于是拿了两根小木板，有点无奈地撬开孩子的嘴巴，再撬开我的嘴巴，然后说，舌苔没有发黄，口腔没有溃烂，扁桃体不见红肿，全都好好的呀。陈太太说，怎么会好好的，如果没有病的话，孩子怎么一吃奶就哭？医生说，哪个孩子不会哭呢？哭是病吗？这样吧，你说他们有什么病吧？

陈太太说，我觉得他们有溃疡，大人有溃疡了，孩子吃了大人的奶也长溃疡了。医生说，你是孩子的阿姨对吧？你觉得这孩子如果生病了，那你自己给他看去，反正我检查过了，什么毛病都没有，所以请你让开，后边还有一大堆病人等着呢。陈太太说，我不是阿姨，我是孩子他妈，亲妈你晓得吧？医生说，你是亲妈？孩子的奶是你喂的，那你检查人家干吗？陈太太说，她是奶妈，当然要检查她了。医生一听，笑了说，呵，原来你没有奶水对吧？那真是有病，更得看看了。

陈太太一听，就要扑上去撕扯，被陈小宽强行给拉开了。

那天之后，陈太太还是认定，孩子生病了，问题肯定出在奶水上了，起码是奶水的质量不好，或者乳房没有清洗干净有味道。所以，每次喂奶前，陈太太把洗奶的水温给我提高到了四十八度，而且不允许用香皂洗澡。她让孩子吸吸她的干奶，培养与孩子之间的感情，所以她自己洗奶的时候水温更高，总是热气腾腾的，两个乳房被擦洗后像是刚刚蒸过的两个热馒头。

陈太太不让我抱孩子，而让我看动画片，让我自己拿按摩

棒给自己按摩，让我听一些舒缓的音乐。每天下午的时候，都
要逼着我下楼去晒太阳，黄昏的时候还要让她弟弟长毛陪我到
楼下的花园里转转，透透气，吹吹风。老奶奶说，她这是故意
生疏你与孩子呢。

七月中下旬的时候，我们家陈小元来上海看我了。我刚刚
生下陈小泉的时候，他本来是立即就要赶到上海的，但是女儿
在老家上幼儿园，需要有人接送，没有办法脱身。而且我也告
诉他，孩子已经不在了，我现在给人家做了奶妈，住着别墅，
吃着山珍海味，还有老奶奶专门侍候着，哪需要他呀。

陈小元说，你不想我，我还想你呢，好久都没那个了。我
说，那个你的头呀，刚生孩子的人能那个吗？陈小元说，那也
是，得等两个月吧？好难熬啊。我说，这点时间一晃就过去了，
女儿放暑假的时候，不就两个月了？

所以七月二十号，女儿幼儿园放假第一天，陈小元就火急
火烧地带着女儿，搭车跑到上海来了。陈小元到车站的时候，
是陈小宽开车去接的。从车站回家的路上，陈小宽问，请问你
贵姓呀？陈小元说，免贵，我姓陈，我叫陈小元，不是陈圆圆。
陈小宽听了，也是忍不住嘿嘿一笑。陈小宽看到这个又黑又粗
的男人，再想一想陈圆圆，笑一笑是必然的。但是陈小宽是上
海男人，是电视台编剧，是儒雅的，他却说，不会吧？为什么
不叫陈圆圆呢？陈小元说，如果真叫陈圆圆，那不就成歌妓了
吗？陈小宽说，我也姓陈，叫陈小宽，我们是一家。陈小元说，
谁跟你是一家了？你们是上海人，我们是乡下人，你们是富人，

我们是穷人，我们家的张小泉，只是你们家的雇工，好听点叫奶妈，其实就是个卖奶的。

陈小宽说，你刚才说你爱人叫什么？

陈小元说，叫张小泉呀，你们到现在连她名字都不晓得？你们平时叫她什么呢？直接叫下人？还是叫保姆？

陈小宽迟疑地说，我们平时叫她小张。

陈小宽一路上再也无话了。快进家门的时候，陈小宽拦住陈小元说，你爱人真叫张小泉？陈小元说，这还有假？不但她大名叫张小泉，与那个卖剪刀的一模一样，小名还叫小剪刀呢。我们家丢掉的那个孩子，她也给起了个名字叫陈小泉。

陈小宽更是一惊，一下子抓住了陈小元的肩膀，直瞪着陈小元说，你没有开玩笑吧？原来那个孩子叫陈小泉？陈小元说，我哪里开玩笑了，那天正生孩子时，她商量都没有商量一下，说自己梦见了一把剪刀在剪自己，于是她就直接把孩子叫陈小泉了。

陈小宽沉默了半天，在开门进屋的时候对陈小元说，你记着，千万不要把张小泉、陈小泉这两个名字告诉别人，特别不能让我太太晓得。陈小元说，我平时张嘴闭嘴就是张小泉张小泉地称呼，如果一时漏嘴了那会怎么样？陈小宽说，我太太肯定会杀了你们全家的。

陈小元告诉我这些的时候，我就告诉陈小元，因为他们家的孩子也姓陈，也叫陈小泉，与我们家的那个陈小泉是一模一样的。陈小元听了，十分吃惊地说，张小泉你真有本事，在上海才混多久呀，人家孩子的名字让你起的？我说，你小声点，如果真让陈太太晓得了，她不杀我们全家，起码会跑到派出所，把陈小泉这个名字改掉的，那么陈小泉就不是陈小泉了。

陈小元在上海的几天里，不再直呼张小泉了，而是老婆老婆地叫着。前几次叫得有些别扭，先喊一个"张"字，然后赶紧打住，再叫一个"老婆"，听上去就成了"张老婆"，不晓得的以为他还有个偏房什么的，明白内情的陈小宽听了，又紧张又好笑。叫顺了的时候，陈小元说，叫老婆亲热多了，我一叫老婆就更想那个了。

陈小元在上海的第一天晚上，本来要去对面小区出租屋，没想到拧了半天钥匙，出租屋死活打不开，隔壁的人说，房东把锁子换掉了，已经租给别人了。陈小元折回陈小宽家的别墅，跟陈小宽商量说，我能不能和老婆一起住阁楼？陈小宽说，你们是夫妻嘛，理当睡在一张床上。

这话让陈太太听了，瞪了一眼陈小宽说，这怎么行呢，你还是住宾馆吧。陈小元听了直乐，说是宾馆好，折腾起来更方便，地方也更宽展一些，我们夫妻也算久别胜新婚。陈小宽说，那我去登记吧，就在这条街上，有一家锦江之星。陈小宽伸手向陈太太要钱，但是陈太太说，你跟我去里边吧。

陈太太陈小宽去了卧室，隐隐约约听到一点争吵。说争吵也不对，基本是陈太太用上海话在教训陈小宽，因为我们听不全上海话，声音就没有一点回避。陈太太的大意是说，你是港督吗？小张还在给阿拉囡囡喂奶，他们如果同房了，会不会影响奶水？所以这几天你给我盯紧了，绝对不允许他们在一起，嘴也别让他们亲一个。陈小宽说，人家夫妻已经几个月了，是不是有点不人道？陈太太说，什么叫人道？我们也是夫妻，我们几个月没有那个了？从怀孕算起有一年了！这人道吗？陈小宽说，晓得了，快给钱吧。陈太太说，给钱干什么？陈小宽说，找宾馆呀。陈太太说，给谁找宾馆？陈小宽说，家里不让人家住，宾馆总得给人家订一下吧？陈太太说，小张是我们家奶妈而已，住宾馆的钞票应该自己负担吧？陈小宽说，人家当奶妈，你付人家多少钱？

过了好久，陈小宽尴尬地出来了，说是要带陈小元去住宾馆。陈小元出门时高兴地说，走吧，张小泉，你咋还不急呢？

陈小元这一喊，被陈太太听见了。陈太太怀疑地说，你叫什么？你叫她什么？陈小元明白自己失口了，于是说，我女儿名字叫陈小溪，我在喊陈小溪呀，陈小溪快点走吧。女儿从见面时起，开始是在睡觉，等醒了就扑在我怀里一步不离了。我赶紧推了推女儿说，小溪，快跟爸爸去吧，妈妈一会儿就来。女儿一边哭一边说，我要妈妈，我要跟妈妈睡。

陈小宽走出小区后问陈小元，你女儿真叫陈小溪？陈小元说，你觉得会叫什么呢？陈小宽说，她会不会也叫陈小泉？陈小元说，这不一定，这要看我们家张小泉了，不过陈小溪陈小泉，不都是一个意思吗？

他们走后，陈太太就开始盘问我，你家女儿真叫陈小溪吗？我说，是呀。陈太太说，为什么不叫陈小泉呢？我说，我生她的时候做了个梦，是一条小溪呀。陈太太说，小溪小泉有什么差别吗？我说，虽然都是水，当然有差别了，小溪是流出来的，小泉是喷出来的。陈太太说，你觉得哪个更好听？我说，当然是陈小泉好听了，而且陈小泉更适合男孩子吧？

陈太太有点怪怪的。我就又说，你们孩子叫陈小泉，我家女儿叫陈小溪，感觉像是姐弟俩个，是不是高攀你们了？陈太太板着脸，这次没有认可也没有反对。

当天晚上，陈太太一反常态，把陈小泉一直往我怀里塞，老奶奶想换着抱一会儿，陈太太一会儿说还有一堆衣服没洗吧？一会儿说你去菜市场看看再捞两条鱼回来吧。陈小元在宾馆安顿好了，就连着跑过来喊叫了三次。有一次是九点半，说女儿一直哭着要妈妈；有一次是十点半，这时我正在厕所，陈小元挤进来一把抱住我，手还没有伸到我怀里，陈太太就推门进来洗手，一直洗到我上完厕所为止。

最后一次是晚上十一点半，千家万户的窗子已经熄灯睡了，所以变成了一个个黑窟窿。陈小元有点蔫，附在我耳边说，你是不是变心了？当了有钱人家的奶妈就变心了？孩子十一点的那顿奶还没有喂完，还在怀里叼着，气得陈小元恶狠狠的像见了小冤家，不晓得伸手想摸一下孩子，还是想摸一下我，还是被陈太太阻止了。陈太太说，你们虽然是夫妻，但是小张喂奶的时候，你最好回避一下。最后陈太太说，小张今天晚上恐怕不能过去了，宾馆是十二点锁门，凌晨要给孩子喂奶怎么办？

陈小元眼巴巴地拖到了十二点，恋恋不舍地走了。

第二天晚上，女儿哭着闹着缠着，死活不去宾馆了，陈太太只好答应女儿跟着我住在了阁楼。老奶奶发现了陈太太的用意，在陈小元再来喊叫我去宾馆睡觉的时候，就抱走陈小泉对陈太太说，小张现在没事了，至少让人家夫妻两个去逛逛街吧？哪怕到小区的湖边走走也方便说句话吧？陈太太说，他们自己出去会迷路的，上海地方多大呀，街道多深呀，所以我陪他们吧。

陈太太就陪着我们先去了顾村老街。在老街上遛了半圈，陈小元一点精神都没有，有点魂不守舍地说，陈太太呀，这街有啥好逛的，就一棵古树，几座老房子，几家小门面，咱是乡下人，欣赏不了这些，如果你有心就带我们去东方明珠，我家女儿都吵了几个月啦。陈太太说，东方明珠有什么好的，不就是一个大锥子吗？而且这里不比你们乡下，跑一个来回，不堵车也得几个小时，时间哪来得及呀。

陈小元说，那咱还是回趟宾馆吧，我现在最喜欢的就是宾馆了。几个人来到宾馆，一句话也没有，陈太太把电视打开了，看东方卫视的中国达人秀。陈小元说，陈太太你要不先回去？陈太太说，我回去干什么？陈小元说，我不喜欢人多。陈太太说，算上孩子不就四个人吗？比商场里清静多了。陈小元说，我想两个人待一会儿。陈太太说，你想和谁两个人待一会儿呢？陈小元反问，还有谁呢？我太想和陈太太你单独待会儿了。陈太太说，好呀，你有话要说对吧？那小张，你带着你们家陈小溪先出去吧。

我忍不住，冲着陈小元笑了笑，果真带着女儿走出了房子，而且还把房门给带上了。陈小元说，陈太太，我们赶紧吧。陈太太说，你想干什么？陈小元说，脱衣服呀，我想和女人待一会儿，干什么你不晓得吗？

这时，陈太太的手机响了，是她的长毛弟弟打来的，说家里怎么没人？陈小泉正哭着呢。陈太太借机放下电话，慌慌张张地冲出房间说，小张，我们得回去了，孩子饿了。

陈小元到上海的第四天，红着眼睛真正地绝望了，那天清早他拖着女儿前来告辞。陈小元对我说，我要走了，你什么时候有空，就回陕西塔尔坪慰问慰问我吧，我们村上好多人盖楼房了，有一条街道了，两边也栽树种花了，街道与顾村比是窄了点，还是挺干净的。

陈小元误会我了。我当时一听就哭了。我说，把陈小泉养到半岁我就回去，我回去就不走了，打死也不走了，我要把这些天欠着你的，一点点给你补回来。陈小元一下子笑了，又没有正经地说，那我准备好子弹等着你吧。陈小元走的时候，也是陈小宽开车送的。陈太太本身要一起去，陈小泉正好又哭又闹的，所以被陈小宽给挡住了。

离开别墅的时候，女儿紧紧地抱着我的双腿，哭着喊着死活不放，于是陈太太答应我，让我一起把女儿送到火车站。当车驶出小区，穿过顾村，陈小宽并没有顺着沪太路走，而是在顾村周边转了一圈，然后把车停在了锦江之星门口。陈小宽说，你们两个下去吧，还是 402 房间，不过要抓紧时间啊。

我还没有回过神来，陈小元则跑下车，拉着我一溜烟地冲进了宾馆。完事之后，我问陈小元，你们是不是串通好的？陈小元说，哪有啊，我心想这次回去，怕就睡不上你了，没想到这个陈小宽真够哥们，还给我们留了一手，我这次回去又要隔很久了吧？我说，那当然，起码得把陈小泉养到六个月，能自己吃点米粥喝点鱼汤才行，这个陈小泉也是我们家的陈小泉你晓得吧？陈小元说，当然晓得，不是亲妈的话，谁能忍受得了陈太太这么折磨。

陈小元说着，又一下子把我按在床上，先像孩子一样吮吸着我的乳房，然后又啃着我的大腿。陈小元说，生陈小泉的时候，你是不是痛死了？我点点头说，所以才梦见被剪刀一下下剪碎了。陈小元于是吮吸到生孩子的地方说，当时我不在旁边，我要是在旁边的话，我就能给你止痛了。我说，就这样？陈小元说，老婆，你要不要？我说，不要，老公，我不要。

女儿看到我们下了车，也一下子冲了下来，趴在马路上使劲地哭喊着，妈妈不要我了，妈妈不要我了。陈小宽把女儿扶起来说，妈妈不是不要你了，是爸爸把东西丢在宾馆了，所以他们要去找回来。女儿说，你哄我，妈妈他们不要我了。陈小宽说，我没有哄你，你晓得她们找什么去了吗？找布娃娃去了，你是不是想要一个布娃娃？女儿说，真的吗？陈小宽说，当然真的，如果他们找不到这个布娃娃呀，我就买一个送给你好不好？

陈小宽说，你真叫陈小溪吗？女儿点点头，然后摇摇头。

陈小宽说，陈小溪你说说，你想要什么样的布娃娃呢？女儿又点点头，又摇摇头。陈小宽把女儿抱了起来，指了指不远的地方说，你看看，是不是那个样子的？

陈小宽指着的，正好是一家幼儿园，在锦江之星宾馆的斜对面。幼儿园已经放假了，但是还有一群小朋友寄放在这里，有的在玩滑板，有的在玩丢手绢，有个小女孩则独自爬在栅栏上，手中抱着一个白色的布娃娃，她一会儿揪揪布娃娃的耳朵，一会儿拧拧布娃娃的鼻子。陈小宽把女儿抱到了栅栏前，说是这里边好玩，还是你那个幼儿园好玩？女儿指了指木马与滑梯说，当然这里好玩，我们那里只有一间房子，那是不是木马和滑梯呀？我们老师说了，只有城里才有木马与滑梯的。陈小宽说，那你还想回去吗？想不想在这里玩木马与滑梯呢？女儿说，当然想了，但是妈妈回去我就回去。

我们从宾馆出来的时候，陈小宽说，你们给陈小溪找的东西呢？陈小元说，什么东西？陈小宽说，还有什么，布娃娃呀，陈小溪最喜欢的布娃娃呀。陈小宽说着，转身跑到幼儿园门口的一家小卖店，拿了一只布娃娃送给了陈小溪。

陈小元说，你是城管吗？买东西都不付钱？陈小宽说，我是城管的姐夫，他们敢收钱吗？这时，从小卖店钻出来一个人，原来是陈太太的弟弟长毛。长毛说，我在这里工作，这个小卖店只是顺便的。说着，又回去换了一只更大的布娃娃，足有一个孩子那么大。

长毛说，孩子要在这里上幼儿园吗？这是顾村最好的幼儿园了，户口呀住房呀全在这里，也不见得能进呢，你们看看那边几个孩子，每一家都是带"长"字的，还有一个是上海滩某个名流和小三的，没个关系，花钱都找不到门，姐夫你们小区里有个做服装生意的浙江人，应该是千万富翁吧，孩子就是没进去，我没有说错吧？

长毛说，不过，小张找我帮忙的话，就不那么难了。陈小元说，我们家小张面子好大呀，比镇长区长还大吗？长毛说，谁让她是我外甥的奶妈呢，再过几天就得报名了，你们可要尽早啊。陈小元酸溜溜地小声问，你跟那个长毛是什么关系？我看不仅仅是奶妈吧？是不是简化成了奶？我拧着陈小元的耳朵说，你爱怎么想就怎么想，哪里是奶不奶的关系，还有大腿与屁股的关系呢。

上车的时候，陈小宽从后视镜里冲着我与陈小元嘿嘿地笑着说，你们呀，险些误车了晓得吧？陈小元得意地说，那只布娃娃好难找，所以我们床底下，地板上，厕所里，找了好几遍，我们真想继续找，一看时间来不及了。

陈太太给陈小宽打了好几个电话，催着说上车了吗？小张什么时候回来呀？陈小宽都说，快了快了，路上堵车。在沪太路上，确实开始堵车，赶到火车站的时候，仅仅只剩下半小时了。女儿好像不再缠着我了，而是拖着那只比她还高的布娃娃，一边回头一边走进了入口。看着女儿恋恋不舍的身影，我哭着喊道，女儿呀，你回去等妈妈吧。女儿又跑了回来，扑进我怀里哭着说，妈妈，我不想走。我说，你家在陕西塔尔坪，你留在这里干什么？女儿说，我想跟着妈妈，我想在这里上幼儿园，这里的幼儿园有木马与滑梯。

女儿说完，一下子抛开我，朝着车站外边跑掉了。陈小元已经检票了，而且离开车只有五分钟了。陈小元也眼泪汪汪地说，老婆，我也舍不得你，但是我必须回去，家里还有地要种，我就先走了，女儿暑假还早，让她留几天吧。

我与陈小宽在火车站外边的广场上，找到了我的女儿，她抱着马路上的一棵梧桐树。我们一靠近她，她转身就跑，又抱住另一棵梧桐树，像是与我们捉着迷藏。陈小宽说，孩子不想走，就让她留下来吧。我说，留下来住哪里呢？陈小宽说，当然与你住了，你是她妈嘛。我说，接下去呢？陈小宽说，接下去给孩子报名，让她上上海的幼儿园呀，以后再上上海的小学考上海的大学，许多外地人就是这样走过来的。

我说，陈小宽你能做主吗？陈小宽说，奶妈也是妈，我当然做不了主，但是你可以作你自己的主，你还可以作陈小泉的主，你怕什么呢？

我对着女儿伸开了双手。我说，妈妈其实也离不开你，妈妈也希望你留在上海，一直留在上海。女儿一下子跑过来，冲进我的怀里开心地说，妈妈，我真的不走了？我说，真的。女儿说，我真的可以待在上海了？我说，是呀，怎么了？女儿说，我是不是可以上那个幼儿园？我说，这要看你乖不乖了。女儿说，我一定乖乖的。女儿回头找了半天，发现自己的布娃娃不见了。我说，爸爸带走了，爸爸一个人孤单，就送给他吧。

我们开车返回顾村的路上，路过恒丰路立交桥的时候，有一列火车呼啸着从脚下朝西开了过去。那一个个窗户是那么模糊，但女儿还是对我说，她看见了爸爸陈小元，他坐在车厢里，抱着一只布娃娃，不停地揪着它的耳朵。

我相信女儿所看到的一切。

7

女儿留在上海后，老奶奶每次外出买菜她都要跟着。老奶奶说，你跟着我干什么呢？女儿说，我帮你提东西呀。每次回来的路上，她都对老奶奶说，我们能不能去幼儿园那边看看？老奶奶说，你去看什么呀？女儿说，下学期我就要在这里上学了呀。每次到幼儿园栅栏外，她都要靠在栅栏上，恋恋不舍地朝里看，有时候还跟里边正骑着木马的小朋友打招呼。她说，我叫陈小溪，你晓得吧？我们马上就能成为同学啦。

女儿还抢着把垃圾提到楼下去倒掉，有一次从楼梯上摔倒了，嘴角都流血了，她还是笑着爬起来；有时候见陈小泉哭了，我在哼《小星星》的时候，她就在旁边又蹦又跳地说，小弟弟呀，你别哭，姐姐给你跳舞吧。女儿留下来后不久，我就不再照着陈太太的吩咐唱儿歌了，全由女儿代替了。每次女儿一跳一唱，陈小泉就不哭了。陈太太对女儿说，让你妈唱儿歌，原想有个好心情，奶里会多点音乐细胞。女儿就说，阿姨呀，我直接把音乐细胞唱给小弟弟不是更好吗？

女儿见了陈太太，总一声声阿姨阿姨地叫，有时候她叫一声"阿姨"，陈太太问你有事吗？女儿说，没事呀，就是想叫叫阿姨呗。见了老奶奶，也是一声一个奶奶，见了陈小宽，一声一个伯伯。大家都说这丫头肯定是蜜蜂变的，不然嘴怎么这么甜？时间长了，连陈太太都有点喜欢女儿了，看不到女儿的时候就会问，陈小溪呢？陈小溪去哪里了？

女儿唯一不叫的，就是长毛了。问她为什么不叫？她说，她欺负妈妈，他经常掐妈妈的脸蛋子，我都恨死他了，等我长大了有力气了，我替妈妈报仇好不好？我说，乖女儿，你怎么这么乖呀。女儿就说，我要在上海上幼儿园，我乖了才能上上海的幼儿园，是不是？

有一天回来，长毛拿来两张电影票，是《喜羊羊与灰太狼》，说幼儿园发的，要请女儿去看电影。女儿说，妈妈，我想看喜羊羊怎么办？我说，那就跟长毛去呀？女儿说，他会不会把我卖掉？我说，卖掉不好吗？你看看满大街的人，哪个不比妈妈漂亮？哪家不比妈妈有钱？卖给一个好人家享福啊。女儿说，我才不呢，我只要妈妈，既然长毛是妈妈的仇人，所以我就不能去看喜羊羊了。我说，你傻呀，你跟他去看了，而且不谢谢他，那不就是报仇了吗？女儿呵呵地笑着说，妈妈真聪明。女儿于是跑到长毛跟前，噘着个小嘴巴，一把夺过电影票就跑开了。

电影票是两张。女儿说，想让妈妈陪。我说，妈妈走不开，陈太太也不允许。于是我偷偷把电影票递给老奶奶说，你去吧。老奶奶说，这把年纪了，怕是连电影院都摸不着了。我说，就在外边这条街上，离锦江之星不远呀。老奶奶说，还是你陪着孩子去吧。我说，我倒真想去的，但是陈太太肯定不同意，而且长毛恐怕也会去吧？老奶奶笑了笑说，那我这个老太婆去会会长毛。

电影是星期天下午的，老奶奶对陈太太说，家里荤菜好像不多了，陈小泉这几天奶量见涨，小张胃口也好，得再去菜市场一趟，于是牵着女儿走了。她们回来的时候已经黄昏时分，老奶奶乐呵呵地对我说，你晓得长毛见到我像见到什么了吗？像是见到了红太狼似的！我与陈小溪找到位子时已经开场了，往那一坐呀，旁边果然是长毛，长毛眼睛都绿了，说老奶奶你怎么来了？我说，我怎么不能来？长毛说，你都六七十的人了，还来看动画片？他问小张呢？我说小张想来，你姐姐死活不放，这不能怪人家小张。这场电影，长毛倒在位子上呼呼地睡了两个小时。

女儿回来的时候，手中捧着一个纸杯子，里边是爆米花。女儿抓了一把，一颗颗喂我。我说，你自己咋不吃呢？女儿说，已经吃过了，这是专门给妈妈留的。老奶奶说，这个小丫头，真是人精，进电影院，我说给她买个冰激凌什么的，她死活不要，但是看完电影出来，就缠着长毛要吃爆米花。长毛说，哪有看完电影才吃的？陈小溪什么也不说，上前要了最大的一杯，三十块一杯，长毛只好乖乖地付账。

女儿说，他是仇人，我吃仇人的东西，还不谢谢他就算报仇了。

长毛是最后一个回来的，他一回来就冲到阁楼问我，你为什么不去？我说，你姐姐不让呀。长毛说，你不去也就罢了，还弄个老太婆放在旁边，真够狠的你。我一听就笑了说，你也去了？不是只有两张票吗？你怎么去的？长毛黑着脸跑到卧室，冲到陈太太身边说，人家是奶妈，又不是你家的奴隶，你也管得太宽了，人家看个电影什么的，这是人身自由你晓得吧？陈太太说，电影院的空气多混浊，这是奶妈能去的地方吗？怎么了？你请人家看电影了？我提醒你一下，你什么人不好泡，非得泡我家奶妈吗？人家可是有男人的，也不是一盏省油的灯。长毛说，这个你别管，我就感觉她和城里人不一样。陈太太说，哪里不一样？是比城里人土气吧？长毛说，你老是看不起人家乡下人，和你比人家多单纯呀，你身上都快掉脂粉渣子了。陈太太说，哪有这样说姐姐的？长毛说，反正我以后绝不会找你这样的女人结婚，特别是上海女人。

　　七月底的一天，女儿随着老奶奶去菜市场，帮着提了一条活蹦乱跳的鲫鱼，照样从幼儿园那边绕了一下。这时，好多人牵着小朋友在幼儿园门口排队，队伍已经排得有几十米长，有些人还带着小凳子。女儿喘着气跑回来扑到我怀里说，妈妈，幼儿园要报名了。我说，你怎么晓得的？女儿说，人家都在排队呀，我们也去排队吧？

　　我问老奶奶，老奶奶说，好多人连夜就开始排了，原以为是买什么东西的。我正在给陈小泉喂奶，奶头一拔下来孩子就哇哇地哭。女儿一边唱着"小星星亮晶晶"一边接过陈小泉说，让我来喂弟弟吧。我说，你怎么喂？女儿说，我怎么不能喂？于是她学着大人的样子，解开自己上衣扣子，要把陈小泉按在自己怀里。

陈小泉被女儿一折腾，反而睁着眼睛笑了。陈太太第一次看到陈小泉在笑，那么清澈的笑，激动地说，我们宝宝终于学会笑了，快点再给妈妈笑一个。女儿就一边唱，一边拍着手跳，眨巴着眼睛做出各种各样的动作来逗陈小泉。陈太太也许被女儿感动了，这一次她没有呵斥女儿，而且对老奶奶说，你去幼儿园吧，不过排也白排。

果不出陈太太预料，排队等于白排。老奶奶很快就回来了，已经打听明白了，确实是幼儿园入园报名，本地人得凭户口本和房产证，外地人得凭一年以上的居住证和房产证，而且这仅仅只是登记一下，然后得听人家整体安排。

我对女儿说，你晓得什么是居住证吗？女儿说，一个小本子吧？我对女儿说，是一个小本子，但这个小本子要到公安局去办，办之前妈妈得有文凭得有工作。女儿说，妈妈现在不是有工作吗？我说，妈妈这算什么工作？算一只奶牛吗？奶牛吃草挤奶能叫工作吗？所以妈妈是办不出居住证的。再说了，还要房产证呢，这个世上哪有我们办得起的房产证？

女儿见我已经流泪，就跑到陈太太面前甜甜地叫了一声，阿姨呀阿姨，把你的小本子借我一下行吗？女儿跑到老奶奶面前甜甜地叫了一声，奶奶呀奶奶，把你的房产证借我一下吧？大家都没有吱声，女儿一下子哭了，哇的一声坐在地上。女儿哭了一阵子，忽然一抹眼泪，向楼下冲去。下楼的时候，台阶太高了，她摔了一跤，但是她很快就爬了起来。

女儿再回来的时候一蹦一跳地十分高兴，手上还多了一个玩具熊。女儿说，妈妈，我可以上幼儿园了，马上就能骑那个木马了。我说，你找长毛了？女儿拉着我要出门，说长毛叔叔叫你过去呢。我说，你什么时候叫他叔叔了？他是妈妈的仇人呀。女儿说，这怕什么？我们不谢谢他不就行了？妈妈你就去求求长毛叔叔嘛。我说，你不是求过他了吗？女儿说，叔叔说了，小孩子说话不算的。

老奶奶在旁边帮腔说，你就去一下吧，陈小溪这孩子才四岁，多可怜呀。我看了看陈太太，陈太太说，你们之间我能插上手吗？你还得自己解决才行。

幼儿园门口还是排着长长的队伍，有的在质问，有的在争吵，还有人已经打起来了。大门口的"玩具用品商店"门开着，因为是放假期间，所以虚掩着，显得有些清冷。店里放着一首老歌，好像是《一无所有》，因为开着空调，显得十分凉爽。走进店门，四面墙上全挂着各式各样的玩具，有变形金刚，有小熊，有猪马牛羊，也有一些学习机之类的学习用品。

长毛笑嘻嘻地说，小张是贵客，享受全场五折，不对，是全场免费。我回头对女儿说，女儿，你求他干什么呢？你再说一遍吧。女儿说，我想上这个幼儿园，长毛叔叔你就帮个忙吧？长毛蹲下身子拍了拍女儿的脸说，我已经说了，你是小孩子说话不算数的，得你妈妈亲自开口。长毛从口袋里摸出几个琉璃球塞给女儿说，你出去玩一会儿，我和你妈妈商量商量。女儿一出门，长毛就把玩具店的门关上了，然后一把把我按在墙上，用他那满脸的粉刺在我脸上蹭着，那双猴子般的毛手一下子伸进了我的衣服。

我把他的手拉开了。我说，行了吗？他说，这怎么行？我早就想了，想了几个月了，我天天躺在床上想的就是你的奶子。他说着，还要把嘴巴凑到我的胸脯上。

我说，你放手，不然我就告诉陈太太。长毛说，我姐会反对我和一个女人？我说，陈太太不反对你和女人乱来，但是她绝对会反对你和我乱来。长毛喘着粗气说，为什么？因为她嫌你土？我说，陈太太嫌你弄脏了他儿子的奶，我老公来的时候，她不让我和自己的男人睡觉，就是怕弄脏了她儿子的奶。长毛说，我又没有艾滋病，怕什么？我说，我觉得你有病，陈太太觉得这世上谁都有病。

随后几天，女儿天天跑去玩具店问，长毛叔叔，我能上这个幼儿园了吗？长毛就说，你妈妈还没有求我呀，她不求我我怎么好帮你？女儿每次从长毛那里回来，总是缠着我说，你怎么还不和长毛叔叔说呀。我说，妈妈说了，长毛他不帮我们。女儿就说，怎么可能？老奶奶小声问，怎么回事？我说，还能怎么回事，那简直是个臭流氓。老奶奶说，他说话不算数？还是根本没有那个本事？我说，是我没有让他得逞。

老奶奶就叹气。女儿开始绝食了，让她吃饭的时候，她要么说我喉咙痛呀，要么说我不饿嘛，要么说吃饭干什么？我心想，小孩子撑一天半天，饿狠了也就屈服了，没有想到女儿却整整撑了两天滴水不进。老奶奶喂她一口，她就吐出一口，嘴唇裂了一条缝不停地流血。第三天早上的时候，陈太太抱着陈小泉第一次来阁楼，陈太太对女儿说，小弟弟还要听你唱歌，看你跳舞的，你不吃饭怎么行？女儿说，他怎么会是我弟弟？陈太太说，他叫陈小泉，你叫陈小溪，而且你们都是吃一个人的奶长大的。女儿说，那我现在就起来吧。

女儿挣扎着还没唱出"小星星"，小身体一晃荡，就晕过去了。

女儿被送到了附近的华山医院北院，躺在病床上打着点滴。她迷迷糊糊地说，妈妈，我要留在上海，我要上幼儿园，我想骑那个木马，妈妈你不能不要我了。

我是在女儿从迷糊中清醒过来之前离开医院的，我在医院的厕所里好好地梳了一次头，涂了一点口红，抹了一点胭脂。我发现镜子里的自己，化过妆之后脸色更加惨白了。我不晓得这是更漂亮了，还是更加僵硬冰冷了。我来到幼儿园门口，长毛的玩具商店门开着，店里还有一个小朋友，挑选了一个变形金刚说，多少钱？长毛说，十块吧。小朋友说，能不能少点？长毛说，行，不要钱，麻烦赶紧出去，把门给关上。小朋友很开心，一溜烟地跑掉了。

长毛说，今天好漂亮啊，是专门为我打扮的吗？

我没有吱声，靠在一堆玩具上边，开始解自己的扣子。长毛说，你想通了？想通了就好，保证明天就把你的事情办好。

长毛把我抱起来放在了一张桌子上，然后像一只饿狼似的，已经省掉了所有环节，直接压在了我的身上。也许他什么环节也没有省，他照样解掉我最后几颗扣子，照样剥掉我所有的衣服，照样趴在我的胸脯上吮吸着我乳汁充盈的乳房。但是我什么感觉都没有，我躺在桌子上看着房顶上使劲摇晃的玩具，竟然感觉有些冷，是这个夏天从未有过的冷。我浑身哆嗦着，牙齿咬得咯咯地响。最后，长毛站在我的面前拍了一下我的屁股说，你怎么还躺着，你难道想再来一次？

我回到医院的时候，女儿已经从昏迷中醒来。女儿说，妈妈，我能上幼儿园了吗？我刚才做梦了，梦见自己上了这个幼儿园，骑在木马上边的感觉与骑马好像不一样，骑马很快，木马很慢，这是真的吧？我说，乖女儿，这是真的。

老奶奶送来了一碗白粥，女儿一边吃着一边哭了。

在开学前一个月，女儿每天还是陪老奶奶去菜市场，然后顺道去幼儿园看看。每次回来女儿都很高兴地说，还有二十几天就开学了。女儿比从前更加乖了，她不但帮忙倒垃圾，还抢着帮忙扫地，有时候还帮忙洗衣服，洗自己的衣服也洗大人的衣服。我说，你这么小，能洗干净吗？女儿挤着衣服说，我哪里洗不干净了，你看看这水是不是清的？女儿有事没事，还是不停地对着陈太太叫着阿姨，对着老奶奶叫着奶奶，对着陈小宽叫着伯伯。但是对长毛，她不再喊他叔叔，而是叫他仇人。

幼儿园开学是八月三十日，门口到处都是接送孩子的小轿车。我把女儿送到幼儿园门口，女儿说，我真的可以进去了吗？我说，当然可以啊，这是你的幼儿园呀。女儿说，我以后就可以在这里念书了？我说，是啊，而且还要在上海上小学上中学上大学呢，所以你要好好学习呀。女儿咯咯地笑着一溜烟地跑进了大门。从栅栏看过去，女儿并没有急着去玩跷跷板和滑梯，也没有去骑那个木马，而是独自一个人坐在栅栏边的草地上捧着一本书在认真地翻着。

我离开幼儿园的时候顺便问了一声门卫，你们这里有个林老师，他是教什么的？门卫说，你说的是哪个林？是树林子的林吗？我说，是的，他在门口还开了个玩具商店，他是不是你们这里的园长？门卫说，他是什么园长！我们这里园长与老师都是女的，除了他那一头长头发，哪有一个男的？我说，那他是干什么的？门卫说，他是食堂炒菜的师傅。

我抬头看天，天空有一轮太阳正在冉冉地升起来，晃得人怎么也睁不开眼睛。这就是上海的太阳，很大，鲜红，初升的时候像是被鲜血浸泡过似的，让你感觉射向你的不是一束束阳光，而是溅下来的一滴滴血。

我走进绿洲花园别墅区的大门时，看到女儿还在早晨的阴影下翻书，她忽然抬起头朝着我挥了挥手。

杨　浦

十天到底有多久呢？是十个天黑天亮吗？是十次日升日落吗？那如果下雨呢？是二百四十个小时吗？是一万四千四百分钟吗？是八十六万四千秒吗？那一秒又有多久呢？对一朵春末夏初的花而言，是否会是凋零的一瞬间呢？对一个匆匆的过客来说，会不会是淡然的永远呢？不管怎么说，对我，对她，对一个让我感受到疼痛的人而言，那恐怕就是一辈子，十天就是一辈子。一辈子过后，又应该是我们重逢的那一天。我期待着那一天，如果她仍然为人的话，那么我就变成一片蛙声；如果她变成一只喜欢歌唱的青蛙，那我宁愿变成一根池塘边的水草。

5月7日

　　米昔的电话通了，这是"五一"长假的最后一个黄昏。我独自坐在报社的办公室里，无聊地注视着窗外。也许前一天刚刚刮过大风，也许华灯还没有完全亮起，夜色还没有淹没而来吧。处于白天与夜晚交接的时刻，夕阳特别红，把半个天空都染了。窗外的中远两湾城和穿城而过的苏州河，都是一片怀古的颜色。

　　今晚有空吗？我试探着问。

　　你是谁呀？我刚刚出差回来，有些累了。米昔说。

　　我是第七个小矮人，不是森林里的那个，你不记得了吗？我们说好了，等你回来后约会的。我与米昔从一家婚恋网站认识后，也就在 MSN 里说过三两句话而已。

　　呵，知道了。你在网站里的独白很有意思，所以我记得很清楚。"我会给你写一辈子的诗，我会给你挣一大堆的钱。我会让我的诗在你的心上发表，我会让我的钱为你一个人所用。我还会干什么呢？想起来了，我是第七个小矮人，让白雪公主睡上我的床，我呢？只能去朋友家里了，这是结婚前的事情，结婚之后嘛，由你来决定吧。"米昔念了起来。

　　米昔说过，自己是一家化妆品公司的销售主管，负责江南地区的销售，有三分之二的时间都在外面出差。我之所以期盼着见米昔，说白了，就因为她是单眼皮。不知从何时起，女人的眼皮都喜欢去割一割，所以就都成了双眼皮，单眼皮的女孩似乎已经绝迹了。而我恰恰从三十年前起，就迷恋单眼皮的女孩。在我的眼里，双眼皮远远地看去，既像是一道皱纹，又像是一道机关。而单眼皮远远地看上去，是单纯的，是纯洁的，犹如一株兰草或文竹，简单而秀气。

我说网上的那些自我介绍，我保证是可以做到的，姑娘如果有意的话，欢迎来免费体验吧。我希望用童话的光芒，增加一个老男人的诱惑力。米昔却一口回绝了，说自己刚回到上海，饭也没吃一口，风尘仆仆的，现在正在美容院里的桑拿房泡澡，起码需要两三个小时，然后再在休息室里躺一会儿，肯定已经半夜三更的样子。我已经不抱希望，放下电话看着窗外，黑白已经交班，夕阳全部退去，剩下的只有夜色。

单眼皮，桑拿房，这两个词在脑海里翻来覆去。米昔到底是什么样的人呢？我的内心充满了好奇。

我在一家报社里上班，如今是一个部门的主任，而且平时还写点小诗，什么奇怪的信息我都是最先知道的人，犹如春江水暖的鸭子一般敏感，又如精神病院里的患者一样神经。在这个名词天天翻新的年代，我忧心地感到"纯洁"这两个字像稀有动物在慢慢地消失。严格来说，我已经三十六岁了，看上去可能更老迈一些，但是到如今都不去理发店洗头。我觉得那些女人在头上摸一摸揉一揉，然后再捏捏手捶捶背，这就是肌肤之亲，是不纯洁的表现。不然为什么一定要叫女人洗头，而不是让老男人帮着洗头呢？别说进理发店，桑拿房、按摩房这些地方，我们也不会进的。我就三个字：不纯洁。

我要保持纯洁。我认为，在这个纵欲的社会里，肮脏的东西太多了，所以纯洁就更重要了，更值得我去珍惜。而现在，一个叫米昔的女孩，单眼皮的女孩，印象应该很纯洁的女孩，却在到处流溢着水蒸气与肥皂泡的大浴场享受着一切。这意味着什么？是我太不开化，还是别人都太放肆？

隔壁的办公室里，不知谁拉起了手风琴，那声音显得如此朦胧。手风琴是一个上海好心人捐助给穷困山区的。在没有运走之前，就存放在报社里，常常有人在下班的时候拉上一曲《城里的月光》。我感觉在所有的乐器里，只有手风琴在一压一缩之中，最有乡村民谣的味道。我突然想起来，晚上有一场音乐会要参加，于是翻出两张别人赠送的门票，试探着给米昔发了一条短信。

你就是这样约女孩子的吗？下一次找一个有意思一点的方式吧。米昔在短信里问我。

收到回复，我一时十分兴奋，立即把电话拨了过去。你如果不去的话，那我只好一个人坐两个位子，一个放屁股，一个放大腿。我开着玩笑。

米昔在那边质问：你才两张票啊，你如果有三张票的话，那是不是再放一两个屁上去？

我说：咱是文明人，如果真有三张票，我会搬一盆单眼皮的兰花去，给它一个位置，不过嘛，不管我有多少张票，最先想放的都是你。米昔还是不置可否，淡淡地挂掉了电话。

过了不久，她用短信回复了我，说：已经向我的父母请示过，可以陪你去。

是什么原因让这个单眼皮的女孩，放弃美容院而来到音乐厅？在我的眼里，这是两个格格不入的场所，一个流淌的是污水，一个流淌的则是清泉。放下电话，我立即开着车向杨浦区国定路二二七弄赶去。路上，我一直想，她是否知道莫扎特与贝多芬？是否知道 B 大调与 C 大调？但是，不知道，有时候并不影响美的存在，比如两只飞舞的蝴蝶，它们来自前世还是哪里，是不是我们变的谁也说不清楚，但是它们永远都是那么美丽。

我把车停在国定路二二七弄外边，开始整理起车上的一堆书。还有挡风玻璃前的小瓷人，小瓷人一条腿断了，已经无法站立，我干脆把它拿下来扔出了车窗。这都是某某某送我的，她把我当成她的王子一样地爱戴着。这个小瓷人是她在游戏大世界里赢来的，她曾经对着小瓷人吹了一口气，然后放在我的车里，告诉我，这些小瓷人都注入了她的魔法，放在车里时时监视着我，不要让别的女人搭坐我的车。很明显这些小瓷人并没有灵魂附体，所以它们没有尽到守护神的责任。

有人说，上海美女出没的地方都在徐家汇、南京路等商业繁荣的地方，因为美女早就被商业化了。但是没有想到，这里的美女更是成群结队，还少了些脂粉味，多了几分清纯。再想想，这国定路是什么地方？是杨浦区！杨浦区是什么地方？是文化教育重地！远一点的有同济大学、财经大学、体育学院，北边不远就是复旦大学，东边不远就是五角场，整条路几乎被各种各样的教育培训机构所包围，所以方圆几十里居住的大多是学生，所以气氛显得特别特别好。

从国定路二二七弄不停地走出婀娜多姿的女孩。美女们走出来的时候，不停地向车里张望，她们的目光注射在我的身上，像兴奋剂一样让我坐卧不安。几十年了，我无数次地在心里构思过天使的形象。这就和绘画一样，提笔的时候，我并不知道最后一滴墨水会落在什么地方，我的画纸上最终会是什么样的图案。我只知道，在这个世界上，这个天使一定会出现的，也许是十分钟后，也许是三十年后。总之，一个单眼皮、一个小鸟依人、一个温婉如水的天使一定会来到我的身边，在前生修行三百年，在人间陪伴五十年，在来世厮守一百年。

米昔出现的时候，我只看到一点模糊的影子，像是一幅水彩画在向这里飘移。仅仅十秒钟，我便断定，天使已经降临。她在向我靠近，我一生的未来，或者是肉体，或者是灵魂，将无法与这个天使分开。我的身后，永琪理发店突然响起音乐，正是一首川岛的《天使降临》的曲子。我慌慌张张地走下车，拉开右边的车门，把天使请了进去。

我手忙脚乱地启动车，油门一下子踩得有些过火，车还未动已经是轰轰地响着。米昔问，你开车几年了？我不好意思地说，十年了吧，是不是觉得坐我的车不安全？

世上有两样东西不安全，一个是车子，一个是男人。米昔似乎在笑。

我茫然地在大街上狂奔着，眼里已经从模糊变成了茫然，看不见任何交通标志，想不起任何熟悉的路线。

你吃饭了吗？我说出了人世间最无聊的话。

你呢？米昔反问我，她问得更加无聊。

音乐会七点半，我怕迟到，滴水未沾啊。我在说话间，车已经开进一条小胡同，此时的我已经没有方向，搞不清东南西北。米昔除了带着一只灰色皮包外，怀里还抱着一袋子东西。米昔说：就知道你不会吃饭的，所以给你带了一包薯片先垫一下吧。

她把薯片打开，递到了我的右手上。因为一只左手开车有些失控，她就慢慢地递到我的嘴边。在两个人之间，如果请客吃饭，说明不了什么，有时候是朋友，有时候是家人，有时候是某种说不清的关系，但如果两个人之间能够共同享受零食，特别是一个能够喂给另一个，那关系只有一种，就是亲密。

音乐会是在丁香路艺术中心，你能告诉我怎么走吗？我发现自己已经开上了一条断头路，米昔开始像导航系统一样，大转、小转地指导着，很快就到了。艺术中心外已经聚集了三三两两的人，因为紧靠空旷的世纪广场，四周都是大片的绿地与树木，所以在上海显得少有的清冷。

你看看这个东方艺术中心，像不像两口大锅？我问米昔。

你的比喻真有意思。米昔说。

这两口大锅里装着的不是水，是音乐，煮着的是人们一颗欲望的心。我诗人的神经质又开始膨胀了。在音乐厅里坐下前，我还没有仔细地打量过米昔，她已经从虚拟的网络来到了我的身边，但是总觉得在我面前晃动的只是她水中的影子。这个影子时左时右，时高时低，生出无限的涟漪，把我淹没其中，而一个溺水的人，哪里还有心思去欣赏水中的世界呢？

音乐会于七点半正式开始，小提琴家高利亚·巴列夏提着一把一七三○年制造的史特拉瓦里名琴，开始演奏海顿的《第39 交响曲》，这是一首比较舒缓的曲子。第一曲结束的时候，我提醒米昔：如果你不喜欢的话，现在就可以离开了。

其实，我很希望这位天使陪着我一起欣赏这高雅的音乐，让我们把自己的灵魂放入这个大锅之中得到沸腾与清洗。但是我不能确定米昔是不是喜欢，让一个不喜欢音乐的人陪在身边，这是多么的低俗，就像让一位牧人穿着晚礼服打着领结放羊一样。

没有关系，再听听吧。米昔的语气，让我无法分辨出她的喜好。

我好为人师地介绍，第二首曲子是莫扎特的《第33 交响曲》，第三曲是贝多芬的《小提琴协奏曲》。我企图用莫扎特与贝多芬来稳住她，上海人也许不知道命运交响曲是什么，但是他们应该都知道莫扎特与贝多芬，因为相信金钱热衷小资的他们总是相信名气。

莫扎特的个性明显比海顿要情绪化，那曲子的节奏十分快，米昔听着听着就小声地说，她有点要睡了。我感觉米昔不是要睡，而是病了似的，抱着胸，紧缩着肩膀，有点微微地发抖。

你不舒服吗？我问。

我对调子太高节奏太快的音乐过敏。米昔闭着眼睛说。

　　我只听说过对花过敏，或者对药物过敏，从来没有听说过对音乐过敏的。但是明显能够感觉得到，遇到曲子较快的节奏，米昔的身体就不时地抽动一下，像是一根弦，随着弹拨而颤抖。

　　音乐厅里放了冷气，加上五月的天本身温差就大，我想也许是太冷的缘故吧。我真想伸出手去给她取暖，但这是第一次见面，这样的动作只能是轻浮。我这个三十六岁的老男人虽然不记得自己认识过多少女人，但是我敢发誓，我知道自己和多少女人牵过手，而且每个人的手是修长、是圆润、是冰冷、是温暖，我都清清楚楚地记得。我有一个理论，仅仅是理论而已：女人的手是什么？是女人身体的缩影。手白，则皮肤白；手圆，则身子圆；手修长，则身材修长；三段手指，则分别代表女人的上身、腰身与下身。而且从女人的手还可以看出女人的生活、气质、个性和品格，一个善于持家的女人的手一定带着烟火气，一个养尊处优的女人的手一定带着某种光泽……我很在乎牵手，两个人的手一旦牵起来了，就应该有着某种对应的关系；牵手是人生中最幸福的事情，为什么？因为可以和父母牵手，也可以与老人及孩子牵手，也可以与爱人牵手。牵手可以适应亲情、友情与爱情。但是，有些动作，比如接吻，比如性爱，则很狭隘，你只能与爱人才可以进行。

　　莫扎特也结束了，掌声总是经久不息。米昔捂着自己的胸口，然后说：真有点冷呀。我明白，她这是想走的意思。走出音乐厅的大门，才知道外面已经起风，凉丝丝的风吹着树木使劲地摇摆，但是没有叶子落下来。因为还是夏天，叶子正是青春年华，它不会轻易地松开手的。从音乐厅走向停车场的时候，我终于壮着胆子问：我的手还出汗呢，要不给你输送一点热量过去？

我怯生生地把手伸了过去，米昔的手也向我伸了过来。我与天使牵手了，注定了今生今世，我将不会忘记有这么一双手被我牵过。米昔冰凉的小手像蛇一样，在我的手心开始冬眠。我似乎能够感觉得到，温度从我的体内缓缓流出的声音。她的手很快就温暖起来，像是一条蛇在复苏。整个路上，她的手便躺在我的手心，顺从，安静，充满了归宿和永远。

我们去什么地方坐坐吧，你看是咖啡店，还是饭店？车向着米昔家的方向行驶，我知道夜晚才刚刚开始，我不愿意就这样结束，更重要的是我不愿意就这样放开。

我比较喜欢喝茶。米昔答应了。

看来你懂得养生。我说。

只是喝喝而已，品不出什么道道，只知道这喝茶啊，就跟诵经一样图个心静吧。米昔脸色有些苍白，也许还是因为冷吧？我们很快就找到了小坐的地方，虽然不是茶馆，而是上岛咖啡，她依然点了一壶铁观音，然后开始沏茶。她一边沏茶，一边介绍说：要喝茶，就应该喝铁观音。我问为什么？米昔说，单单这个名字也与菩萨同名，更别说制作的过程，想必也像修行一样的吧？

我端起一杯茶，抬起头打量米昔的时候，这个女孩让我心里一惊。

我在想，难道真是上天赐我的天使吗？米昔一米六左右的个子，小巧的身段，白皙的皮肤，简单的微笑，特别是她的单眼皮，这不就是我几十年来无数次勾画的形象吗？她上身穿着红色条纹体恤，下身穿着深灰色的裙子，脚上一双平底休闲鞋配着白袜子……我再低头看看自己，上身是一件红色条纹衬衣，下穿一条深灰色的长裤，脚上一双运动鞋配着白袜子。而且我们上衣的品牌都是一个，除了颜色一模一样外，连条纹的宽度都步调一致。如果这两件上衣是两个齿轮的话，它们应该可以完全吻合在一起。我常常用齿轮来形容恋爱，两个人没有谁比谁优秀，没有谁比谁高雅与低俗，这要看两个人是不是两个合适的齿轮，能够默契地转动一生。

我们怎么了？谁都以为是情侣衫嘛！我惊讶地说。

刚一见面的时候我就发现了，如有雷同，纯属巧合啊。米昔笑了笑说。

两个完全陌生的人，在网上说过的话也只有几句，而且我们从来没有交流过衣服、装饰这样的话题，今天的穿着如此的相似说明什么呢？我感觉自己与米昔，像是一下子对准了暗号的自己人，而这些暗号只能是上辈子约定的，就跟白天鹅一样，它们早就约定都要披上白色的羽毛。

你的头发也是自然卷吧？这也是巧合吗？我又发现一处共同点。

巧合这个词，用在美好的事情上就是缘分。米昔回避了，开始品了一口茶，然后笑了笑说：看上去，真可以叫你大叔了，为什么还没有大婶呢？

也许是两个人的身上存在着太多的相似，我第一次讲了很长很长的话。我说，二十几岁前，是糊糊涂涂地爱，根本就不知道想要什么，也不懂什么样的女人才算好，所以手都没碰一下就要死要活；三十岁前，很嚣张地以为，自己事业小成，又是个附庸风雅的诗人，如果说是有配得上的，恐怕只有仙女了吧？所以呀，什么白雪公主，什么月宫嫦娥，根本不知道珍惜，统统地错过了；三十岁之后，这男人开始懒惰了，因而开始发福了，不觉中像是坐上特快列车，时间一晃就过去了，二十的女孩子开始叫自己叔叔，三十的女孩子要么自大自私自恋，要么是死猪不怕开水烫的样子。特别是接近不惑的这个时候，什么事情都清清楚楚，想要高的矮的，不要胖的瘦的，都了然于胸，心想已经等了三十年，现在更不能勉强下去，非得找个称心如意的才行。爱情就像汽车，中途停车重新启动的话，是很费油的，所以现在就一门心思，找个人好好地爱她一辈子。

米昔听了，就笑呵呵地说：跟你说话还以为很闷呢，你肯定不是上海人吧？"哪里人"这句话是上海式爱情的必答题，因为户口就是门槛，就是婚姻中的重要砝码。我如实地告诉米昔，我是陕西人，来上海已经四年，去过广东，到过北京，现在不想走了，准备在上海生儿育女，让他们以后也拍着胸脯得意地说，阿拉是上海人。

你呢？是上海人吧？我本没有打算问这些的。米昔她是哪里人，是干什么的，家庭情况，等等，如今对我已经没有意义，但是我最后还是补问了一句。米昔介绍，她母亲是上海人，当年响应号召，跑到安徽省舒城县汤池镇，在万佛湖边的万佛山下，上山下乡去了。米昔说：其实我就是那个时代的孽债，我在那里长到十九岁，一个人提前返回了上海，如今父母也都回来了。

我替米昔愤愤不平起来：其实有外地生活的经历，对你也有好处，可以吸收外地人的地气。米昔说：说实在的，别人问起来，我说自己是上海人，那是虚荣心在作怪。我们这些知青子女，农村的人把我们看成城里人，城里人却把我们看成农村人，有时候我们自己也不知道自己是哪里人了，所以心总是漂着的。米昔低下头，忙着沏茶去了。

我继续向米昔介绍，我父母都是文盲，母亲三十九岁就去世了，那时我才七八岁的样子，每个周末翻过几座山回到家，人家的孩子可以吃到母亲准备好的晚饭，但是我大多数只能看到紧锁的大门。家里当时很穷，在学校一天吃两顿饭，不是糊汤，就是玉米粥，真是饿呀，没有办法就去对面的饭店偷馒头吃，万一偷不到的时候，就吃人家的剩饭。在上大学的时候，人家都开始穿名牌了，我脚上还穿着姐姐做的布鞋，那时真想有一双皮鞋呀，但是怎么可能呢？放假的时候砍柴、挖药挣的钱还不够下学期的学费。所以，我吃到冰棍的年龄是十七岁，看第一场电影的年龄是十八岁，穿上皮鞋的年龄是二十二岁。

好像都在米昔的预料之中。米昔说：我一点也不奇怪，你看看你的手上，到处都是伤疤，别人以为你是打打杀杀的杀手，其实应该是小时候干活留下的吧？在上海，有你这样经历的人，怕都成了文物了。我呀，就喜欢有经历的男人，好的玉器都是千辛万苦磨出来的。米昔的眼睛有些湿润，不知道是不是勾起了她苦难的共鸣。

不得了了！今天真是碰到神仙了，什么事也逃不过你的眼睛，这些伤疤还真是上山砍柴挖药留下的，有刀砍伤的，也有树枝子划伤的，光左手上大概就有十二条吧。我一阵感慨。每次讲起传奇一样的往事时，城里女孩总有着不屑的眼神，在她们看来，同样是一座房子、一辆汽车，是父母所赐还是自己所挣这并不重要，重要的是是否拥有，这些经历对她们来说都是多余的，都是无意义的，她们只看重眼前。但是现在，米昔一边慢慢地品茶，一边安静地听着，似乎很欣赏这样的故事，虽然不算神话，也算得上传奇。

我告诉米昔，我现在什么都有，房子，车子，事业，但是为了拥有这些，我已经老了，青春已经被耗光，今天大家见见面，我并不想有什么结果，人生有很多的角色可以选择，比如朋友，比如知己，比如恋人。爱情是一条河流，只有顺其自然才能看到大海，我可能并不是她想要的，所以就先做好朋友吧。

我天天都在寻找天使，如果有一天天使降临，在身后拍拍我的肩膀，我又会如叶公好龙般地退缩了。我向米昔道出了自己的自卑，我觉得无论从哪一方面，我都不配面前的这个女人。

你别这么说，其实我的家庭也不好，母亲是家庭妇女，父亲在外打工，还有个爷爷，一室户的房子，四个人挤在一起……你知道的，上海这个地方，没有房子就没有生活。我一个人提前返城的日子，真是什么苦都经历过了，所以我们都是苦命的人。说到年龄，我今年也奔三了，别人见了我都说只有二十来岁，但是人的一生不是老不老的问题，如果我只能活三十几岁的话，现在不就是人到暮年了吗？米昔没有说下去，起身要去洗手间，从我身边经过的时候，我们的手不约而同地伸出来，轻轻地牵了一下。

米昔再次坐下的时候，听到一首节奏激烈的歌曲，似乎是崔健的摇滚，脸色开始苍白起来。她捂着胸口颤抖着说：半夜三更的，真受得了这个刺激。我示意了一下，服务员按照我的要求，就重新播放了一首《城里的月光》：我以为你是开玩笑的，原来真有对音乐过敏的人呀。

你抽烟吗？米昔脸色好了许多，但是心情一下子变得有些幽怨。

你想抽烟？那就抽吧。我看出米昔的意图。我是个不烟不酒不游戏的人，下班后就喜欢去周边的古镇走走，喜欢独自去虹桥上海城看一场电影，喜欢听听音乐会，还喜欢亲自长长豆芽做做小菜，这就是我的娱乐方式。

那你不反对女人抽烟吧？米昔有一点怀疑。

我平时看到女人抽烟，就会想起那些沧桑的女人，甚至会想起那些烟花柳巷的女人，但是对于米昔，哪怕她抽鸦片，我同样觉得她是一个淑女。这像一片罂粟，无论它吸收的是什么，它含有多大的毒素，它都是烂漫的花儿。我笑着说：抽烟对皮肤不好，而且亲密的时候，会有战场的味道，别人抽的话我会反对的，你抽的话我可以容忍。

米昔从包里翻出一个木质的香烟盒，然后取出一支烟点燃了。她抽烟的时候不是猛呼猛吸，而是把一股如雾如岚的烟轻轻地抿在嘴里，让烟自然地消化，让你不知道那烟是消失于唇齿之间，还是进入了骨头和血液。夜已经深了，咖啡馆里的客人不知道何时已经散尽。服务员也不再站着，零零落落地坐在吧台的后边。我问米昔，是不是应该回家休息了。米昔却说：我们都老了，生命在一分一秒地减少，死神在时时刻刻地逼近，所以更要珍惜眼前的时间了。

米昔停顿了一会儿又问：现在回家怕也睡不着了吧？

其实不管什么时候回家，我肯定也是一夜无眠的。所有的夜晚，都是为思念的人准备的，正是有了夜晚，才有了思念，正是有了思念，夜晚才显得如此漫长。米昔沏的那壶茶，已经不知道添过多少遍的水，但是依然很浓，远远地闻着，都有一股香味。我不知道，米昔是饮茶的缘故，还是遇见了我，才夜不知返的呢？

我们算不算一见钟情呢？我倒了一杯茶，静静地看着米昔。

你猜猜，这花是真的还是假的？米昔并没有正面回答，只是指着桌子上插着的丁香花问。

大约是午夜时分，我们起身离开了上岛咖啡。此时的街灯已经关闭，少许的店还亮着，街上的行人已经稀少，有的也只是一群年轻男女在疯狂地散步。上海正流行午夜散步族，他们白天没有时间，也没有凉爽的风与清静，当夜深人静的时候，他们与情人一起，唱过了KTV，喝过了红酒，吃过了甜点，然后就一起回家。他们回家不乘公交，更不打的，而是散步。他们能从浦东走到浦西，从青浦走到杨浦，从徐家汇走到五角场。反正他们不怕路长，有情人相伴，多长的路都是短路。每走到一棵大树下，或者是一片黑暗之地，他们总会相拥一会儿，亲吻一口，算是加加油，然后再次出发。

我依然迷茫地开上车，整个世界不分东西南北，整个城市没有地标，一切都失去了主次，到处都是一片混沌。从今夜开始，什么是家，什么是归宿，什么是终点，这些概念统统都模糊了，都重新有了定义。在我的心里，此时的目的地只有一个，亮点只有一个，高度只有一个，那就是米昔。杨浦区国定路二二七弄，这是米昔家的地址，从她家门前经过的时候，她竟然一直没有提醒。米昔笑着说：你是迷路了，还是故意绕着玩？都围着我们家转过好几圈了。

我告诉米昔，我不会迷路的，我知道自己所在的位置，这里就是逸仙路高架的入口，从这里一直走下去就到了海边，有一次上海刮起了台风，那风真是大呀，把很多大树都吹倒了，我半夜三更一个人来到海边，坐在车里，看着狂风暴雨，看着海水波涛汹涌，看着巨浪拍打着两岸，才懂得大海的才情。人们只看到风平浪静时候的大海，蓝蓝的，静静的，但是这时的大海不叫大海，不过是一潭子死水而已。

你这是不是在说自己？米昔问我。

我很小气的，怎么能与大海比呢？其实我是指两个人的感情，只有彼此欣赏，才有存在的价值，才能长远，才能恩爱一生。如果彼此欣赏了，脸上长出来的皱纹，你也可以看成一条小河，小痘痘就是那欢快的鱼儿。我也不知道自己为什么要说这些。

那我们现在就去海边，欣赏一下欢快的小痘痘吧！米昔好像鱼儿似的，已经忘记了时间。

我告诉米昔，凡是没有人的地方，都是我喜欢前往的地方，这可以让距离把城市的喧哗远远地抛开，可以让寂静把内心的灰尘清洗一遍。卢浦大桥，南浦大桥，徐浦大桥，人们只知道从大桥上边走过，但是我却喜欢来到桥下，河水永远都在桥下，看着桥上的人与车。我曾经在上海地图上画了一个十字，一直朝南，一直朝北，一直朝东，一直朝西，分别向四个方向寻找，路过无数的河浜与田野，见过百岁的老人与千年的古镇，拾到过遗落的瓦片与瓷器；我曾经独自一人在月光之下，顺着黄浦江，一直向上游走，最后被一个透明的湖泊挡住了，这就是淀山湖，它的水清澈见底，能看到隐约的鹅卵石，它的波纹轻缓，但不夸张，它的颜色时而蓝时而青，总是与天的颜色保持一致。

说着话，我们已经到了宝杨码头。白天的时候，这里是专门用来摆渡车辆的，到晚上六点后就停航了。顺着海岸，修着一条长长的石板路，路的两边种有花草。堤岸上原来是没有情人墙的，但是有情人成双成对地跑来，拿着油漆或者是咬破手指，在这堤岸上乱写乱画，甚至有人游到海水中间，在礁石上画着形状各异的"心"，年年都有人为此落入海中，为表达爱而献出了生命。后来管理部门万般无奈，就用上好的大理石，设置了万米情人墙，专供那些有情人书写自己的爱情宣言。

你也喜欢这个地方吧？让我看看有没有你写给谁的留言。我开玩笑说。

刻在石头上的誓言会被洗刷掉的，只有心才是最恒久的地方，其实，我最喜欢下雨，喜欢看着屋檐的水滴，一滴滴水并没有流入地下，而是流到心里去了，这不就是时光流逝的样子吗？米昔说着，几乎与我同时抬起头看着天空。

那你适合嫁到我们乡下去，那里都是大瓦房，雨水从屋顶流下来像是瀑布，小时候每逢下雨都是我最开心的时候，不用到河里去挑水，把木桶放在屋檐下就会接到满满一桶清水，等长大了，看到屋檐的滴水的时候，我好像不再快乐，而是总想着远方。我介绍着自己的童年。

米昔说：你错了，看滴水最好的地方是寺庙，最好的身份是出家，你一旦住到寺庙里去，那雨就下得不紧不慢，雨水流下来像一道门帘，而隔壁就是一边敲打木鱼一边念经的僧人。在米昔的面前，似乎有一场雨在下，而雨中除了轻浅的雾应该还有祈祷。我们短时间地沉默了，此时已经停航，大大小小的船只靠在岸边，像是静静地进入了梦乡，天上有一轮弯月黄黄地挂着，像是一个缺电的灯泡子，没有银色的月光，只有暗淡的余晕。

米昔突然指着天空说：你看天上！

好像有流星呀！我们许个愿吧，愿天下有情人终成夫妻。我装作糊涂地问。其实头顶这个闪光的东西，只不过是谁放的风筝，像一只穿着彩色外衣的老鹰，在空中慢慢地移动着。米昔已经知道是风筝：小心你许的这个愿呀，到头来却是有情人沦为天涯人。米昔还是双手合十地闭上了眼睛，在默默地祈祷着，不一会儿，那个闪光的东西不见了，也许断线了飘落了，也许飞得太远，已经与星星混淆在一起，凭着我们的肉眼再也无法分辨了。

5月8日

经过一个长假，人们在失踪七天之后，像一条条大大小小的鱼全部游回来了，这个城市又开始膨胀起来。女孩们，如果继续失踪的，那肯定是在假期中找到了爱人，如果再次与你联系的，那肯定仍然是孑然一身。而我呢？虽然假期只有一天，却让我感觉如此深远。时间是什么呢？是一天吗？是一年吗？其实什么都不是的，时间只是一根看不见的橡皮筋，松一松手它就短了，用力抻一抻它又会变得很长。按照爱因斯坦的理论，如果一个物体的运行速度低于光速，那么时间就会向前流动，如果这个物体的运行速度超过光速，那么时间就会倒流。我认为，这不仅仅适用于物体，更适用于我们的精神领域，比如人类的爱情，因为有回忆、有牵挂、有思念，同样是一天，有时候觉得如此漫长，有时候却觉得如此短暂，这都是我们的灵魂在与时间赛跑造成的。灵魂的速度快了，时间的速度就慢了下来；灵魂的速度慢了，时间就快速地流动。一个人死了，他的灵魂停止飞翔，所以时间对于他而言就随之停止，而我们还在思念他祈祷他，所以时间才会继续留在我们身边静静地流逝。

我对米昔的感觉像是酿酒，经过在我体内的发酵，如今已是一瓶酒了。5月8日是上班的第一天，我坐在康定路蓝海大厦的办公室里，忘记身边发生的任何事情，忘记所有与我有关的人，我只记得乐猪贝贝一个人。乐猪贝贝是米昔在婚恋网站的昵称，我打开MSN一直等待着她的上线。华灯初上的时候，我从窗口向外看去，静安体育馆一到晚上，就从游泳馆练球馆变成了KTV和桑拿房，闪烁的霓虹灯远远望去好像一家夜总会，名字就叫乐猪贝贝。这当然是我的幻觉，我现在的眼睛里，早已充满了迷雾，什么事情都会联系到米昔。从一片叶子、一朵小花和一滴水里看到米昔，这并没有什么奇怪的。我打开婚恋网站，把米昔的照片看了一遍又一遍，我的眼睛一旦离开这张脸，我的心就会充满忧伤，眼睛就会空空洞洞。坐在对面的老姑娘发现我的异常，问我出什么事情了。老姑娘是我的同事，严格来说是我的部下，姓洪，齐齐哈尔人，独自在上海打工，和大多数东北女人一样，长得苗条而白净，性格也十分泼辣，但年过三十了还没有结婚，我叫她老姑娘，大家则叫她剩女。

我要和她结婚。我竟然自言自语地说。

你是不是病了？老姑娘说。在他们的眼中，我是一个挑花眼的老男人，拈尽花花草草的花心大萝卜。这么多年了，他们眼睁睁地看着我离洞房只有一步之遥，又眼睁睁地看着我离婚姻的殿堂越来越远。老姑娘发现我对着一张照片发呆，问这个人是谁？我说，第一个让我有了结婚冲动的天使。老姑娘摇摇头，不明白眼前的这个女人，靠什么把我身边的教授们、科员们和护士们统统地打败了。

你肯定是想结婚想疯了，那就抱着照片回家睡觉吧。老姑娘挖苦我说。

我无视身边的一切，打通了米昔的电话：你下班了吗？我们一起吃饭可以吗？有一家今一靓汤，广东菜馆，清淡可口，养颜美容。米昔的声音充满了疲倦：今天很累的，我现在已经在回家的路上。

虽然对我而言，世界上最重要的事情莫过于能够看她一眼，但是我有点心疼米昔：昨晚肯定没有睡好，睡眠不足会长皱纹的。

放心吧，还有十分钟，我就可以睡了。米昔告诉我说。

天彻底黑了。在过去，我从早晨走出家门的那刻起，就在等待着黑夜的到来。在这个城市里打工，我们出卖的就是时光，只要把阳光熬成夜色，我们就会拿到糊口的薪水。所以夜色来临之后，才意味着生命是属于自己的。我才可以在夜晚里写诗，可以在夜晚里看书，赤身裸体地躺在床上看一些风花雪月的韩国纯情片。而现在呢？我不知道自己走出办公室后，应该去什么地方，应该干什么。我觉得离开了米昔，做任何事情已经没有意义，哪怕就是吃饭，如果米昔不饿，我喂饱了自己的身体有什么意思？确切地说，我已经深深地爱上了米昔。这种爱，不能用时间的长短来测量，就像是一条河不能用河的长短来衡量水的深浅。

晚上十点，办公室里一个人也没有，只有下一层的编辑部还是灯火通明。编辑们还在打仗一样，忙着赶出第二天的花边新闻。我开上车，糊里糊涂地驶向中环线，这是去杨浦区国定路二二七弄的方向。我不一定要见某个人，而是觉得这个地方就像一个磁场吸引着我，只要靠近一米就有一米的亲切。

在路上，我发短信给米昔，希望她传一张照片，我就随时可以看着她打发我的夜晚。只有米昔的面容才能成为我夜生活里唯一可以发光的东西。但是好久没有米昔的回音，也许她已经入睡，也许她正在梦中。我这瓶酒的瓶盖一旦被揭开就再也无法控制自己，于是拨通了米昔的电话，电话接通的时候，我内心充满了歉疚。但是，那边传来的不是蒙眬的睡意，而是一首舒缓的音乐，还有轻轻交谈的声音。

我是不是走到你梦里去了？我问米昔。

我还在外边，与同事一起喝杯茶。米昔的声音很小。

喝茶？这与睡眠好像是相反的两个词吧？米昔刚刚还说要睡觉，现在却在喝着茶，真是矛盾极了。我不能容忍说谎，不管是什么理由，背后都隐藏着不可告人的秘密。世界上根本就没有善意的欺骗，欺骗的本质都是阴暗的。米昔一阵沉默，然后小声地说：我很快就会回家的。

中环线是刚刚开通的一条快速路，建在高高的空中。我沿着中环线一路狂奔，把车开到一百码以上，就跟疯了一样。

对不起，我要见你，就十分钟。我说。

好的，家门口见吧。米昔平静地答应了。

国定路二二七弄是处于现代小区和老式弄堂之间的一种格局，几排不高不矮的楼房整齐地建着，楼与楼之间则种着两排杉树。我放下电话已经来到弄堂里，米昔也已经站在某栋楼二楼的走廊里，借着昏暗的灯光向下张望。她静静地沉浸在夜色之中，像是兑在一杯水中的汁液，和幽暗的夜色那么协调，没有任何迹象可以看出，这是一个刚刚喝过茶的女孩。

不管发生了什么，希望你都说出来好吗？我尽量把语气放得平和一点。米昔下楼坐到了车里，脸上是什么表情，谁也无法看出，但是她目视前方，一言不发，这样子与不远处的塑像一样有些麻木。

见谁我也不反对，哪怕是过去的男朋友，只是一定要说出来，你看到过玻璃人吗？五脏六腑都是透明的，不用望闻问切，不用切片取样，有什么病和情绪都一目了然，所以人们才理解它，信任它，两个谈恋爱的人，就应该做一对玻璃人，只有这样才能轻松，才能相互信任。我希望自己的话能让她有所感触。我碰碰她的身子，她并不躲开，也不回应，处于一种无意识的状态之中。此时，我才明白，一个十分亲近的人活着的时候，你怎么靠近她都是幸福的感觉，一旦她去世了，变成一具尸体的时候，你就害怕她，不敢靠近她。

你说句话吧。我摸了一下米昔的手，有些冰冷，甚至有一些僵硬。

我错了，我不该怀疑你，我跪搓衣板如何？我的玩笑并没有打破沉默，我开始恐慌起来，于是就下了车，想找搓衣板的样子。米昔指着路边的一堆碎玻璃，好像是谁摔碎的一只酒瓶子，说玻璃人也是容易碎的，你想跪就跪碎玻璃吧。她话还没有说完，我扑通一下就跪了上去。米昔赶紧冲下车，说你还真的跪呀！看你这熟练的样子，恐怕经常这么干吧？

谁有资格跪搓衣板？只有男朋友！我是以男朋友的名义跪下去的，如果没有名分，我是起不来的了。我赖在地上，无论米昔怎么拉，就是动也不动。米昔又开始发抖了：谁去见以前的男朋友了？我说过是我的同事，她正在闹离婚，要跟我诉诉苦，我能不去吗？

看你的样子，又过敏了吧？这次是因为什么？我看到米昔痛苦的神情，赶紧爬了起来。米昔说：我听不得碎玻璃的声音，好像心都碎了。我带着十足的醋味扶着米昔回到了车上：她离婚，为什么要跟你汇报？为什么不跟总书记汇报去？

她是个女的。米昔看了看我，破涕而笑。

是女的？女人也不放过你啊？我一时有些不好意思起来。说真的，从前一天开始，任何人一旦靠近米昔，都会引起我的妒忌。如果有一天她捧着一束鲜花，我也会恨自己无能，不能变成一束百合躺在她的手心。

车停在弄堂外的小巷子里，这是一条断头路，显得有些暗淡，但是安静极了，看不到任何刺眼的光，听不到任何刺耳的声音，只有这个时候你才会感觉到城市的可爱。米昔看着我问：你喜欢黏着人的那种女孩子吗？我说：如果我爱她，当然希望她像口香糖，但是又十分奇怪，我以前的女朋友却因为太黏了才分手的。

快讲讲，讲讲你原来的女朋友吧。米昔突然来了兴致，摇着我的胳膊央求着。

都是过去的事情了。我不想把话题继续下去。

你得坦白从宽，不然我就走了。米昔拉开了车门。

我真怕她离开了我：有一天晚上，她非要去逛南京路，但是我连续上了三天夜班，吃不消就直接回家了。晚上十二点，她又打电话说病了，我知道她什么都好好的，就让她自己去医院检查。从此她就电话不接，短信不回，晚上两点了，我就有些担心，去敲她家的门，到附近的医院去找她，但是都没有消息，我准备报警的时候，她才回话给我说，自己一直都在家里，琢磨我到底爱不爱她，这时候我才明白，我是不爱她的。

我把车窗打开，风从外面灌了进来。米昔从口袋里掏出一件东西，摆放到挡风玻璃前。我一看，竟然就是昨天见面前，我扔掉的那只小瓷人，不知道什么时候被她帮着拾起来了。

我说：它的腿已经断了。

米昔说：再断也是维纳斯。

米昔叹了口气，把手伸过来放入我的手心。我们谈论了很久，不觉又到了午夜时分，这条路已经没有一个行人，周围的灯也全部熄灭了。我说我现在是一瓶酒，米昔说，那又怎么样呢？我说不能和酒鬼待在一起那就生不如死。米昔说：那我就是酒鬼对吗？我开始表白：从明天开始，希望能够送你上班，这样可以利用更多的时间和你待在一起。送自己喜欢的人上班，看着一路的风景，就和饮酒作乐一样，是人生最大的享受。米昔笑了笑：你住在浦东，在浦西上班，我住在浦西，在浦东上班，你如果送我的话，要先从浦东赶到浦西，再从浦西赶到浦东，自己再回到浦西，要绕两个大圈子，这会把人绕晕的吧？我有些无奈地说：这是幸福的圈子，我多希望永远地绕下去，你经常到浙江和江苏出差，不利用上下班的机会，你就没有时间陪我了。米昔捏了捏我的手，这是心疼我的意思：你难道不累啊？

如果你能住到我家去，我们就不用傻乎乎地转圈子了。我看着米昔，期待着她的回答。

绕这么大个圈子，原来是这个意思呀！我还以为是真的想送我呢，分明是一只大灰狼不安好心啊。米昔一边说话一边拿手轻轻地掐着我，不知道是谁家的花猫，跑进了这条断头路，然后再茫然地回过头。

米昔的电话响了，铃声不是一首歌，而是寺庙里的大悲咒，听不懂任何一个词语。午夜以后，就进入一段暧昧的时光，人们所干的事情基本属于无意义，这时候的电话除了火警与匪警，都是说不清道不明的，说白了是无聊与空虚。米昔没有挂断，很自然地接通了，他们漫无目的地聊着，从温州聊到宁波，从安徽聊到福建，然后再聊到上海。

他们都喜欢在很晚的时候打电话的。米昔对我解释。

这个电话如果你不接，我可能真的会胡思乱想。我一副淡定的样子。

米昔看着我说，其实你心里还是酸酸的，这么一个电话是打给谁的并不重要，放下电话他们可能就忘记我是谁了，这个你能理解吧？我说，当然理解，看似灯红酒绿，纸醉金迷，但这是一个空洞的时代，让人处于眠不能眠、醒不能醒的地步。米昔点了点头说，算是知音啊，你等我一下，我回家拿点上班用的资料，还要换换衣服。

米昔说着话，已经打开车门走了。

我有些摸不着头脑：你干什么去呀？

米昔边走边说：为了我们不再傻傻地转圈子。

我与米昔相识多久呢？不过三十个小时而已，这其中还包括睡觉、吃饭、上厕所。在这个快餐时代，这不是我最短的纪录，两年前，我第一次见到一个网友，在黄浦江边坐到了深夜，然后她告诉我，学校已经关门，就那样，认识不到三个小时，我默默地把她带回了家。我们躺在一张床上，海阔天空地聊天，直到她慢慢地进入梦乡。不知何时，当我醒来的时候，床上的人不见了，我的手机、电脑和钱包都随之消失了。我发誓，那天晚上，我依然保持着一个男人固有的纯洁，但是我负责任地说，我是一个雄性十足的男人，而且是一个充满欲望的男人，我看到美女的时候眼睛也会迷离，与异性接触的时候肉体同样会惊悸，闻到女性的体香内心同样会一片潮热。但是，我喷发欲望的前提必须是爱，没有爱就没有活着的高尚感。我每次从欲望中逃脱出来的时候都会沾沾自喜，在心里自豪地回味着那些与欲望战斗的细节，像是一位常胜的将军打量着自己一身的伤疤回味着烽火的岁月。那一次被骗之后，我得出的结论是：太容易开放的花都容易凋零和衰败，太容易的感情都不纯洁，都充满着欺骗和防范。

今晚呢？今晚我该怎么办？这可是我等待了几十年的天使啊！我想，对于天使来说，还存在认识时间的长短吗？

米昔再次从家里出来的时候，上身已经换上蓝白相间的条纹短袖，胸前还有一个领结，下边则穿着一条灰色的短裙，脚上是一双灰白色的低跟皮鞋，皮鞋上有一朵白色的花。

我们走吧。米昔显得那么平静。

车开上快速路的时候，米昔突然问我，你家具体在哪里呀？我开玩笑说，我也不知道家在哪里。车里的 CD，正在轻轻地播放着杨坤的《那一天》，声音从窗户里飘出去，让夜晚变得更加不着边际。从中环线拐向南北高架，然后跨过卢浦大桥，就是我位于浦东杨思路的家，这里正在搞开发，是 2010 年世博会的配套建设。

人是爱屋及乌的，特别是女人。她对一个男人私人空间的兴趣，表明她对这个男人的兴趣。如果一个女人走进大厅，翻看他的书籍、字画与古玩，说明她在打探这个男人的修养、品性及爱好；如果一个女人走进男人的卧室，两只眼睛不停地看着那张床，说明她有意与这个男人单独相处。家，就是一支温度计，能准确测出一个女人的内心。如果这个女人本来就是你的爱人，就是这个空间的主宰，这一切还会灵验吗？米昔走进家门的时候，没有东张西望，好像一切都在她的意料之中。

由于很少有时间坐下来喝茶，客厅的茶几上放着一盆兰花，木制的花盆是我特别定做的，花盆里的兰花已经开始凋零，周边的几根文竹依然青翠。窗户下的桌子上则放着大大小小的石头，有的如卵，有的如鸟，有的如花，有的如树，有的则如人物。靠北的一面墙上有一个橱窗，里边摆放的同样是石头，但这些石头则是珍宝，有从河南西峡淘来的一对连体恐龙蛋化石，有从云南腾冲捡来的两块树化玉，有从青岛海滩里捡到的一枚天鹅蛋化石，都是亿万年前的东西了。还有从老家带来的一节树根、两个玉米棒子和一串红辣椒，都是寄托思乡之苦的了。而卧室呢？除了到处是书籍外，地上床上都是一尘不染，被子褥子都洗得干干净净，叠得整整齐齐。这并不说明我是一个女性化的男人，只能说我热爱生活，我觉得活着真是莫大的幸福，洗衣、做饭、拖地板，每一件事情都是那么充满诗意。

米昔好像无视这里的一切，或者永远都是处变不惊，如一块玉石一样，看不出态度，露不出喜好。她只是淡淡地问：你有睡衣吗？

我一时没有反应过来，朦朦胧胧地从衣柜里翻出一件白色T恤，当作睡衣扔给了米昔，然后打开了电视。电视里播放着韩剧《浪漫满屋》，我却怎么也不能进入剧情，浴室里的水一会儿流出哗哗的声音，一会儿流出潺潺的声音，米昔是在沐浴还是在刷牙漱口，从流水的声音可以清楚地分辨出来。米昔从浴室出来以后，直接钻进了卧室的被窝，面对着墙在床上躺了下来。我矛盾极了，我不知道自己是睡到床上去，还是睡在大厅的沙发上。有米昔的存在，我好像睡在什么地方都显得不怎么协调。

已经是夏天，上海白天的温度高达三十多度，但是到了午夜之后显得十分清凉，有时候还有些阴冷。我洗漱完毕的时候，不知道是什么时间，窗外没有一扇窗户是亮的，就连天空的星星或许也疲倦了，躲到什么地方休息去了。

我很怕感冒，所以不合适睡在沙发上怎么办？我不咸不淡地说着，最终还是走进卧室爬上了床。米昔不知道已经入睡，还是装作若无其事，反正没有一点声响。在熄灯之前，我碰了碰米昔，把一副耳塞递给她：我睡觉打呼噜，你还是塞着耳朵吧。米昔说：我常出差，猪叫也不怕。米昔转过了身子，向我一点点贴了过来。她一挨到我的身体就会立即缩回去，像是一只小乌龟，你碰它一下，它就会害怕地把头缩回身体里，而且又像对节奏太快太高的音乐过敏一样，米昔开始不停地颤抖着。

是不是想抱我一下？我僵住自己的身子问。

想得美。米昔说。

那你怎么像一只乌龟？我说。

你才是一只乌龟，缩头乌龟。米昔嘟囔着，又向这边靠了一下，这一次贴上我的是一对温润的乳房，它是那么结实而又富有弹性，像是用血肉做成的吸铁石，又像是春雨过后刚刚长出来的小蘑菇。我则像是急救病人遭到电击一样，被深深地击中了，刚刚还是停止呼吸的僵尸，现在一下子复活了。

我迎了上去，有点不知轻重地抱住了米昔。当我们整个身体面对面地贴在一起的时候，我一下子就化掉了，像冰化成了汽水，像铁化成了铁水。而米昔则尖叫一声，开始是搂我一下，然后又一把推开，双手捂住了自己的胸口。

怎么了？我问。

又过敏了。米昔说。

我是高八度的音乐吗？我想，也许是身体接触的时候，我把她的某个部位弄痛了，美丽的女人都是易碎的；我想，也许她还不适应这么快就进入到灵与肉的交流之中，纯洁的女人都是矜持的。不管怎么样，我更加喜欢这个天使，也更加愿意呵护这个天使。

米昔再次转过了身子，背对着我安静了下来。房间里黑洞洞的，我两眼看着天花板，想象着长翅膀的小白兔，在天花板上飞来飞去，我"一只、两只、三只"地数着，从一数到一百，从一百数到五百。小白兔数着数着就变成了大肥猪，数着数着就变成了白色的大象，我还是无法进入梦乡。我的身边像是放着一只远古时代遗留下来的箱子，箱子里装着无边的魔法和奇珍异宝，而我便是上帝派来守护箱子的仆人，我想打开箱子一看究竟，又怕被上帝看到，来惩罚我，以为我是一个存心不良的坏蛋。这一夜，我不敢说话，不敢起床，不敢翻身，甚至不敢呼吸，尽量张着嘴巴减小出气的声音，尽量把自己当成一块肉，当成一块没有生命欲望却很新鲜的肉，没头没脑没心没肝地摆放着。这一夜，比一生中的任何时刻都让人充满了煎熬，如果把这比喻成一场灵魂的战争，那么这场战争的敌人除了自己，还有身边这个天使一样的爱人。这个夜晚，被我撕得支离破碎，被我杀得鬼哭狼嚎，那丑陋的自私的下流的东西，都被我杀死在每一滴血液里。

不知道过了多久，小区里开始出现嘈杂声，那些摆早市的人们开始出门，晨光也慢慢地透过窗帘的缝隙射进来。借着美妙的晨光，我侧头看了看身边的米昔，她像一条蛇盘在那里一样安详。

5月9日

我没有像往常一样，检查家里任何东西有没有消失，我从来没有思考过米昔到底是个什么女人，哪怕她就跟从前的网友一样是个小偷，我觉得我在这个世上拥有的一切，都不值得她来窃取。于是我悄悄地爬起床，把门悄悄地拉上，然后走了出去。

太阳还没有升到天空，但是阳光已经洒在地上，特别是城市的一面面墙，已经被染得红红的。一群老人在树林子里健身，一群女人带着孩子向学校里赶，也有一两对恋人手牵着手跑步。我要趁着米昔还在梦乡的时候，去外面的小铺子里给她准备早餐。出小区的时候，我对着跳来跳去的小麻雀想，它要是我的天使，就不用这么早起来找虫子吃了。我买了两瓶光明牌牛奶、两包妙芙面包、两个苹果。在回家的路上，我还买了九枝百合花。我要把花插在一只瓶子里，让米昔睁开眼睛，第一眼就能看到花儿一样的世界。

差不多七点半，我才轻轻地叫醒了米昔。米昔不急着吃早餐，也不急着出门，而是背着双手，像一只麻雀一样叽叽喳喳地打量起我的家来。米昔说，这花是刚买的吧？我就喜欢百合了，它不像玫瑰那么妖艳，不像丁香那么小气；还有这些石头，你都是在哪里弄来的？在所有的物质里边，我最喜欢石头了，朴素的颜色，踏实的个性，还有一颗亘古不变的心；这是什么，是恐龙蛋吧？什么时候有机会，我来抱在怀里，也许还能孵出个小恐龙来呢。你这个家呀，全是我喜欢的东西。

我以为你不在乎呢，昨晚一来呀，就只想着上床。我说。

上什么床？是睡觉好不好！米昔说。

一男一女在一起睡觉，而没有发生什么故事，如果说出去还有人相信吗？我说。

你信，我应该也信，自己相信自己就行了。米昔说。

我拿出一个形似手掌一样的饰品帮她挂在胸前，告诉米昔，这是从浙江那边捡到的，虽说是块石头，说不定是河姆渡人的什么法器，不是什么贵重东西，却也不是什么简单东西，就送给你吧。

它有名字吗？米昔把这块石头放在双手中搓着，希望擦去上边的尘土。

它等你等了几千年，就等着你取一个呢。我说。

那就叫仙人掌吧，你看看，这五指合拢，像不像和尚在施单掌礼？米昔看上去很喜欢，接着说，你送我这个，意思是想让我逃不出如来佛的手掌对吗？

阿弥陀佛！我做出一个单手施礼的样子。

五月九日的早晨，有着金色的阳光，还有着凉爽的风，以及轻淡的雾。昨夜的车，停在一棵合欢树下，树上落下无数的合欢花，毛毛的桃红色的花瓣和绿色的花柄撒遍了车身，远远看去像是一辆被装饰过的婚车一样。从小区出来就是杨思路，拐向济阳路，再转向浦东南路一直朝东，在八佰伴地区就会经过米昔上班的大厦。米昔坐在副驾驶的位置，开始拿出一个化妆盒，涂睫毛，画眼影，打粉底，抹口红，那个虚脱的女孩不见了，成了一个浓妆淡抹总相宜的美人。我一直是反对女人化妆的，我觉得胭脂红粉浸泡下的青春会消逝得更快，但是今天早晨呢？阳光从车窗外射进来洒在米昔的身上，随着她化妆时的一举一动，再抬头看看天空，有一两片白云，也被涂得有些红润。我在想，没有米昔坐在阳光里，这个早晨该是多么苍白与空洞？

明天也不用转圈子多好啊。我感叹着，而米昔不置可否地笑了笑，然后收起她的化妆盒，用起了我给她准备的早餐。

整整一天，我的心就留在米昔下车的地方，我不再因为工作的繁忙而痛苦，不再因为一夜无眠而疲惫。相反，一首首歌曲还不时地涌上心头，一不小心就从嘴里冒了出来。午饭过后有一个半小时的休息时间，年轻人会去南京西路的梅龙镇广场逛逛，年老一些的则绕着大楼转圈圈帮助消化。我则开上车，朝着米昔上班的浦东奔去。

我还是想见你。我告诉米昔。

我们中午不休息，哪里来的时间啊？米昔说。

五分钟也行，见不到你，我不知道怎么过。我说。

你朝着楼上看吧，朝着玻璃窗子看，就当看到我了行吗？我照着米昔的意思，一扇一扇的玻璃窗户看过去，也没有看到任何身影，只有太阳反射过来的光倒是有些刺眼。

我什么也没有看到呀，你在那里招招手吧。我失望地说。

你有一点想象力好不好？几千扇玻璃窗子呢，哪个开着哪个就是我了。米昔启发我。

有好多开着的窗子，花倒是看到了几盆，就是没有看到你呀。我迷茫地抬着头。

难道我不是花吗？米昔咯咯地笑着说，晚上吧，晚上我陪你去淀山湖吧。米昔的话像是兴奋剂，让我的心一阵狂跳，我一直盼望着能有一个自己喜欢的女孩，在半夜三更的时候陪我去看湖，看风。我告诉米昔，今天晚上还有月亮。在上海这座城市里生活，发光的东西实在是太多了，月亮的光芒已经不算什么，但是我总能清楚地记得初一与十五，清楚地知道月升月落，月盈月亏。

我开上车，绕着米昔上班的大楼转了几圈，远远地看着一扇扇耀眼的玻璃窗户。我不知道哪一扇玻璃窗户是米昔，米昔是哪一扇玻璃窗户，依然像看到米昔本人或者被米昔看到一样，内心充满了安慰。在离开的时候，我在内心里说：我看到你了，米昔。

　　我不安地守在办公室里，等待着这个夜晚。等待中的每一秒钟，就像一只顽皮的小狗，总是跟在我的身后不肯离去，那么让人讨厌。太阳终于走了，夜晚终于来了，亮了，深了，远了，但是米昔一直没有消息，她似乎还在忙，具体在忙什么，忙到什么时候，我都一无所知。这时候，我感觉自己不在地球，而在浩渺的宇宙中，漂浮，失重，无氧，空洞，抓不住任何东西，看不到一点尽头。直到晚上九点半，才接到了米昔的电话：你过来接我吧。

　　我立即下楼，从浦西向浦东赶去，平时需要四十分钟的路程，我仅仅用了二十分钟，我闯过多少次红灯已经不是很清楚了。米昔工作的地方是一个大型商场，已经接近商场关门的时间，有大批的顾客从大厦里涌出来，手中都提着大包小包，脸上带着满足的表情。米昔上车后，递给我一盒五颜六色的点心，像雕塑一般那么精致。我有些感动：你怎么知道我没有吃饭？

　　米昔没有回答我，闭上了眼睛，静静地坐着。购物者与推销者，在一天结束的时刻，一个像是充满了氢气的气球飘飘然，一个则像是被抽空了的篮球有些沉重。米昔是化妆品推销员，现在的她就是那个拍不起来的篮球。我侧目看着身边的这个女人，在劳累了一天之后，整个人好像已经用完了最后一点气力，如果不经意间轻轻一碰，会立即瘫软掉的。我关上了收音机，把座椅调平了一些，一只手握着方向盘，一只手拉着她的手。车悄悄地穿过迷离的街市，没有按照提前约定的那样，开向淀山湖的方向。

我们去哪里？米昔闭着眼睛问我。

回家吧，你已经很累了。我觉得眼前这个女人需要休息，而不是浪漫。

我们说好的，去淀山湖吧。米昔说。

湖还是那个湖，以后有的是机会。我还是继续朝回走。

湖还在，那人呢？人如果不在了呢？看上去有一大堆的明天，对有些人而言过了明天就结束了。米昔说。

我认为一切才刚刚开始。我说。

那是你的认为。米昔不再说话。

我不知道米昔为什么这么坚持，难道仅仅为了我们的约定吗？如果那座大厦是米昔的现实，剥去了她一天天的光华，而那个偏僻的淀山湖呢？也许就是米昔的梦，她要藏到这个清静的梦里去，像是孩子与童话，和尚与寺庙。

我掉转了车头，把车驶向延安高架，然后再驶上沪青平高速。当这条高速走到尽头的时候，那片朦胧的湖泊就会出现。随着离淀山湖越来越近，米昔的眼睛慢慢睁开了，打着呵欠伸开双臂，像一只刚刚睡醒的小鸟，拍打着翅膀准备飞翔一样。我开始关心米昔：你整天在外奔波，没黑没白地加班，还是换个工作吧？米昔说：只要活着，哪里都一样吧？我劝米昔：所以要活得轻松一点，你想跳槽的话我可以帮你，比如开一家花店，即使卖一些总会凋零的鲜花也很不错。

我从来没有化过妆，也从来没有买过化妆品，我无法理解化妆品成分是什么，效果是什么，存在的意义是什么。如果这个世界没有化妆品这种东西，那么人类的样子又会是什么。我认为，美丽是无法用胭脂红粉涂抹出来的，胭脂红粉涂抹出来的并不见得就是美丽，其实人人都知道那只是面具，甚至就是一个谎言，偏偏多数人尤其是女人都自欺欺人，都以为胭脂红粉能留住青春，能点缀生命，却不知道真正的化妆品是时间，它从来不以人的意志为转移，把一切慢慢地擦去、摧毁，这是不是有些可悲？但是米昔认为，生命本来就是一个谎言，直到死的那一天，谎言才会被戳穿。

我对女人没有太多的要求，觉得能够依靠我依赖我的女人，这才是我喜欢的女人。我活着的目的是什么？不都是为了女人吗？如果不是为了女人，我要房子车子干什么？要山珍海味干什么？要名利地位干什么？就我个人而言，住在一片茅草屋里，能够骑着自行车，能够吃着玉米粥，这已经是幸福无比的生活了。

人有时候累的，不是活着，而是要死。米昔说。

怎么老是把死挂在嘴边？你好像很怕死的样子。我责怪着。

怕死不好吗？怕死的人，怕的不是自己而是别人，她怕别人为自己伤心，如果哪一天我死了，你难道不会伤心吗？米昔问。

死有那么容易吗？如果真的很容易的话，人间也不会这么拥挤。这个社会这么混乱，这么险恶，这么吵闹，都是因为什么？都是因为人看上去脆弱，其实是太强大了，太不容易死了。如果天上掉下来一滴水，就能砸死个人的话，下几场暴雨，这个世界不就清静了吗？我说。

别人也许很难，但是我很容易。米昔说。

你是不是生什么病了呀？我有些惊讶。

我想自杀呀。米昔突然笑了笑，拍着我的肩膀说：骗你的啦，好好开车吧，你这方向盘握不住的话，我就死在你的手上了。

别说死了，这样吧，我养着你怎么样？我一本正经地说。

你想养着几个？米昔又从挡风玻璃前拿下那个小瓷人仔细地打量着。

就养一个。我说。

那你养着它吧。米昔把小瓷人重新粘到了车前。

两人说着话，已经离淀山湖不远了。通向湖边的那条小路已经变成了垃圾场，堆满了各种各样的建筑垃圾，根本无法通过，透过深深的树丛，只能听到湖水轻轻荡漾的声音。此时已经是农历下半月，天上挂着一个月牙儿并不起眼，像融化到最后的冰块，而且没有丝毫的灯光，所以周围显得十分黑暗。我们站在没膝的草丛中，能够感觉得到虫子爬行的动作，还有夜鸟被惊飞的尖叫。

这里有鬼的，你害怕了吧？米昔问。

我就害怕你，害怕你不快乐。我说。

我很快乐呀。米昔轻轻地哼起了那首《幸福在哪里》的歌。

米昔说话的时候，总是一副很开通很快乐的样子，但是似乎在她的心里埋着一个巨大的魔咒，左右着她，让她无法逃脱。

有些风景是用来观看的，比如杭州、苏州、黄山、黄河，适合于观光旅游，因为它们是大风景，它们的美是具体的，是一目了然的；而有些风景却是用来体会的，比如说大海和湖泊，说白了就是小风景，是一滴水重复着另一滴水，一个波浪紧接着另一个波浪，水和水一模一样，波浪和波浪循环往复，单调，茫茫一片，看久了会让人厌倦而眩晕，但它们是背景，它们是陪衬，它们是铺垫，它们的美必须用心去体会，所以它们适合于谈情说爱。聪明的人谈情说爱会找一块小风景作为背景，这是因为大风景可能喧宾夺主，让人忙着欣赏景色去了，而看似的小风景，不会让人沉迷，却可以让人陶醉，让人分不清是景色宜人还是情人佳境。

米昔对于上海周边的这些小风景总是显得十分熟悉，有时候不得不让人怀疑，有那么一个人在我之前带领着她，或者是她自己引领着自己，一次又一次地来过这里。米昔说，我们绕过去吧，我知道有一条路，可以直接开到湖边，那里有一个观景平台，四周种着许多睡莲，那些睡莲也许还在开花。

在米昔的指引下，我把车开上了一条大路，这时候有一个警察骑着摩托车追了上来，他把摩托车横着停在车前，用刀子一样的眼睛审视着我和米昔，然后"啪啪啪"地拍打着挡风玻璃。米昔恐慌地低下了头，再次出现过敏的症状，身体开始轻轻地发抖。我赶紧下了车问：我们有什么问题吗？警察说，有没有问题你不知道？我解释说，我不是人贩子，她不是我拐卖的人口，而是我货真价实的老婆，是胆子很小的良家妇女，是对高度音乐都会过敏的人，你这么气势汹汹的，吓坏了她。警察说，我们不是音乐，我们是警察，她不会见到警察也会过敏吧？我说，你们这么粗鲁，啪啪啪地拍打我的车窗，吓都把人吓死了，我们又没有犯法。警察说，你们没有犯法，但是你们违章了知道吗？我说，是晚上出门违章呢，还是带着老婆兜风违章？警察说，前边是收费站，你们已经撞关了，逃避收费还不违章吗？警察哗啦一声撕下一张罚单说：看在美女胆小的分上，我们手下留情，罚款一百！

我匆匆地缴了罚款，返回车上的时候，米昔闭上了眼睛，苍白地瘫软在座位上。我已经看到了淀山湖，只要我们停下车，走过一百米的木板桥，就可以来到湖边。湖边有一条鹅卵石铺成的小路，路边种着各种各样的花，有一个延伸到湖中的亲水平台，两边圈起了几个圆形的池塘，里边种着一朵朵睡莲，此时也许正有花儿开放，所以有风吹过的时候，可以闻到淡淡的香味。

我停下车，为米昔拉开了车门。米昔在包里急急地翻了一会儿，好像在找什么东西，但她想找的东西并没有带在身边，于是她再次闭上眼睛有气无力地说：赶紧回去行吗？我说：你快看，已经到了，就在前边不远。

米昔没有吱声，依然紧紧地闭着眼睛，那眉宇间似乎堆着深深的痛苦。我在车外站了一会儿，恋恋不舍地眺望着对面，淀山湖里的水与夜色已经没有什么区别，只有一块巨大的黑色的包袱扔在不远的地方。

人生很多时候都在转圈子，物质不灭定律也证明这一点。比如一滴雨从天空降落，把大地打湿之后，经过蒸发，然后重新回到天空，像一片白云似的飘来飘去。不过，每一个圈子都是不一样的，有的圈子是圆的，像太阳；有的圈子是扁的，像残月；有的圈子拉直了只是一条线，一条线也是一个圈子。我把车开上了回家的路，此时车辆已经非常稀少，我轰轰地踩着油门，疯狂地向前飙着，而且打开了车窗，让风尽情地灌进来。我们乘坐的好像不是汽车，而是一艘宇宙飞船，已经离开地面飞行在茫茫的星空中。

我的心里委屈极了。多好的夜色啊，多美丽的湖水啊，多恬静的波浪啊，多朦胧的花儿啊，还有痴情的月牙儿依然无声地挂在天上……我不理解米昔，为什么不下车，即使真的被吓到了，被那小小的意外破坏了心情，但是睁开眼睛静静地看上一眼也不行吗？我们花费几个小时而来，又花费几个小时返回，难道就为了转一圈吗？

你生气了吗？米昔紧紧地抓住了车门。

我好害怕。米昔怯生生地说。

求你了，我的心要爆炸了。米昔的身体又开始抖动起来。

我来了一个急刹车，把速度一下子降到了最低，像一名赌气的跨栏运动员，突然中止了比赛似的，在跑道上无精打采地走着。米昔又在包里胡乱地翻着什么，最后无奈地抽出一支烟：你车上有火吗？

米昔拿出一包火柴，一下一下地划着，但是风有些大，不停地被吹灭了。她终于把烟点着了，开始猛烈地吸着，又猛烈地咳嗽着。烟很快就被吸光了，她又抽出了第二支，重新开始点火。我伸手去阻止她，但是塞进我手中的却是她的小手。女人有时候一个小小的动作，会把一个男人精心武装起来的城堡彻底摧毁，这就像一根针轻轻地捅一下，再结实的气球也会爆炸。我不再生气了，紧紧攥住了米昔的手，重新把车开回了平常的速度。

我有些撒娇地说：你坚持来，来了，又不下去看看。米昔说：我已经看到了呀。我说：你看到了什么？米昔说：水声，睡莲，月亮，夜色，我不仅看到了它们，而且摸到了它们，它们也都看到了我，而且静静地摸了摸我，这已经足够了。我说：但是，你一直闭着眼睛。米昔说：我用心去看，或者我看自己的心，这样不可以吗？你认为怎么样才叫看？我们是不是非得跳进湖里，像鱼一样游一圈才对吗？我说：我恨不得跳下去洗个澡。米昔说：我看你也不是懂水性的人，身上的污垢还没有洗干净呢，恐怕就被淹死了。我说：只要痛快，淹死有什么了不起的。米昔说：不许你说"死"。我说：你可以说，我为什么不能说？

米昔再次抽出一支烟，这一次我去阻拦的时候，她乖乖地把烟送到了我的手中。

车很快就开到了一条十字路口，向左转就是去米昔的家。但我没有征求她的意思，就直接向右转，开向了我家的方向。米昔发现了：不去你家了吧？我不解地看着米昔：为什么不呢？米昔说，不打招呼就不回家，父母会担心的，而且我有些晚上要用的东西忘记带了。我还在争取：你现在可以给家里打个电话吧？要烟还是要毛巾，你告诉我，我去超市。米昔说：这么晚，打电话会吵着她们，我要的那些东西吧，不是什么地方都有的。

这时，迎面开来一辆大卡车，随着刺眼的灯光发出了刺耳的刹车声。米昔一只手紧紧抓住车门，一只手捂住自己的胸口，身体又开始剧烈地抖了起来，而且呼吸有点急促。

你怎么了？不会有心脏病吧？我摸出一瓶水递给了米昔。

米昔恐惧地看着我，好像我说出来的不是心脏病，而是什么秘密。

我想不明白，昨天晚上是米昔主动的，今天晚上又是什么原因使米昔改变了态度？是一天的劳累吗？是沿途的不快吗？是一直话不投机吗？是米昔真的不想让父母担心吗？昨天晚上，难道是因为冲动吗？难道是因为一个男人的无所作为，让她深深地失望了吗？男人不坏女人不爱，也是存在的一种。按照这个原理，如果昨天晚上我坏了，那么在米昔的体内就会制造出某种化学物质，这会让一个女人染上毒瘾一样，怀念我，渴望我。如果我不是人，而是一把罂粟的话，还会有今天晚上的争论吗？高尚的人是否可以得到高尚的回报呢？这些问题在我的脑海里不停地翻转着。

我把车靠着路边停了一会儿，反复提醒着米昔：再向前一个路口就是杨思路，右转一百米就到我家了。但是米昔没有商量的余地：真的送我回家吧。我说：如果送你回家的话，可能需要半个小时，而且明天又要转圈子了。米昔说：你不是喜欢转圈子吗？我说：我是想和你在一起。米昔说：我也想和你在一起，但是在一起有很多种方法，难道一定要睡在一起吗？而且我们睡在一起我很难受你知道吗？

我看你睡得挺香的呀？我说。

那是装的，其实一夜未睡。米昔说。

你是不是怀疑我不是男人？我说。

你是男人吗？我怎么不知道呀。米昔笑了。

这样吧，太晚了，也不折腾了，你把我放下来，我打车吧。米昔说。

我不是绅士，但是如今坐在我身边的哪怕是一个陌生人，我同样会送她回家的。何况在我的意识里，如果我喜欢这个女人，我愿意为她做任何事情，这是我快乐的源头。如果这个女人把我当牛当马地使用，这说明她已经把我当成她的仆人。我有些生气地说：我怎么能把你抛在半路上啊？我可不是这样的男人。

我启动了车，一踩油门，就朝着米昔家飞去。

我试探地问米昔，她后天就出差了，明天晚上是不是可以在一起。但是米昔坚定地告诉我：不可以，我要收拾东西，还要准备资料。我突然发现，今天并不是一个特例，在一般情况下，两个相恋的人分别前的这一夜，应该是最缠绵的时光。我说：收拾东西需要一晚上吗？你走之前我们不能在一起说说话吗？米昔也有一点生气地说：我们认识才几天，天天都见面了，你还想怎么样？我难道就没有自己的事情？

在国定路二二七弄外边，我们都没有急着下车，开始不停地探讨着感情的问题。谈恋爱最愚蠢的方法，就是谈论爱情本身，像是两个哲学家一样，永远都不可能有相同的观点。我们似乎都有些激动，具体说了些什么都不清楚了，只记得到后来，我已经无法控制自己，几乎脱口而出地说：那我们还是不要来往了。

好的。米昔侧过脸，怀疑地看着我，除了声音有些沙哑，我看不出有什么异样，只是她苍白的脸上涂上一层斑驳的夜色。米昔拉开车门，深深地看了我一眼，像是要记住什么，又像是要说明什么，就缓慢地离开了。我没有作任何停留，把油门一脚踩下去，没有方向地朝着米昔相反的方向开去。再朝前就是断头路，但我还是义无反顾，我不知道该去的地方在哪里。

今夜，就是一条断头路，我已经没有归宿。

5月10日

刻画了几十年的天使，难道只有短短的几天，就要飞走了吗？我有一点是可以肯定的，这一生再也无法忘记米昔的名字。那个单眼皮、小巧、烟雾一样的形象，她贴近我身体时的颤抖，以及那个看似安静而无眠的夜晚，再也无法从我的内心抹去。

五月十日的这一天，我坐在朝北的办公室里看着窗外，不远处的佛玉寺的上空弥漫着不易觉察的蓝色的香火和悠扬的钟声，再远一点的苏州河波光闪闪地穿城而过，岸边是超大型的住宅小区中远两湾城，人来人往车进车出，显得热闹而繁忙。

大厦楼下的紧急刹车声传到二十一楼时，我想肯定又出车祸了，我似乎认同了米昔的看法，觉得生命是易逝的，没有谁知道自己明天还在不在这个世界。如果我突然从窗口掉下去了，或者一出门就被车撞上了，生命也就随之消失了，谁会知道我对米昔的爱慕呢？

我决定立即立一份遗嘱，证明我的心曾为一个人狂热地跳动过。我打开电脑，详细交代了谁帮过我，我欠谁的钱，谁欠我的酒，哪天踩死过一只蚂蚁，什么时候吃掉过一条怀孕的鱼……最后，我特别交代，在我去世以后，告诉不告诉其他朋友不重要，但是一定要通知一个叫米昔的女孩。如果要举行葬礼，让她穿一身黑色的衣裙，胸前戴一朵白色的小花，在我的灵堂前守上一夜，唱一首《城里的月光》或者《幸福在哪里》。她是我的亲人，因为在我的血液里，流动的全是父母的血液，但是在我的灵魂里，流动的全是米昔的影子。

写完了，感觉有些好笑，电子文件这样的东西谁会承认呢？于是我又拿来纸与笔，重新书写我的临终声明，还找来一枚印章盖了上去。但是长期使用电脑的原因，下笔的时候发现横不平竖不直，写的任何字怎么看都不正常，像是错的。这份手写的遗嘱，与电子的遗嘱完全不同，不再交代一些鸡毛蒜皮的后事，而是对财产问题进行了分配。在这个物质至上的社会里，支撑血缘关系的不再是遗传基因，似乎只有金钱。只有财产的归属，才能体现人与人的关系是亲是疏是爱是恨。我罗列了自己的财产清单，大到一套两室两厅的房子，小到一支派克牌的水笔，还有我精神财富的诗词歌赋。我首先考虑了无依无靠的父亲和两个苦难的姐姐，然后还考虑了那些曾经对我恩重如山的朋友，比如那个发给我两毛钱压岁钱的叔叔，还有那个塞给我两颗糖果的女同学。在最后，我另起一行，单独地写上了米昔的名字，郑重声明米昔是我至爱的人，她将拥有我所有遗产的二分之一。在遗嘱的结尾，我特别强调，她虽然是无名无分的，但是看在我的面子上，请大家不要追问她是谁，也不要与她争吵。当我签上自己的名字，再盖上自己的印章后，我还拨打了一位律师的电话，咨询了这份文件的法律效力。整个过程严肃、认真，还流下了几滴欣慰的泪水。

但是，我怎么才能死呢？如果我真正地死了，我的爱情还能不能继续呢？一份伟大的爱情，也许并不受生命的限制，相反还会因为生命的逝去，而穿越时间与空间，显得更加绵长。梁山伯与祝英台不就是一个千古难忘的例子吗？他们虽然早已羽化成仙，但是在我们的身边，每一对蝴蝶都是他们爱情的延续。

我在想，世界上任何不幸的事情都会让我联想到米昔，因为米昔已经成了我的世界。我从没有因为在乎和担心一个人，从而开始在乎和担心整个世界。那我为什么还要放弃呢？痛苦也许才是爱情真实的本质，如果人生没有痛苦，那还有爱情吗？花还会在风中凋零吗？草还会在阳光下逢春吗？树还会在寒冷中摇晃吗？如果没有痛苦的话，人恐怕连花草树木都不如了。

我打开婚恋网站，希望以乐猪贝贝的照片来打发孤单的日子，但是网页上突然显示一行字：此会员已经找到意中人，资料由此关闭。关闭日期是五月八日凌晨，正是我们刚刚相识的时候。我再查看有关文字的时候，发现有一篇恋爱日记，也只有一行忧伤的文字：分手如果是一把刀子，刀尖对着我的时候，对他也许是最有利的。

这句话分明是写给我的，我真想扇自己一个耳光，我真是一个笨蛋傻瓜，我怎么可以和自己的天使说"分手"呢？这对她来说不是刀子是什么？而且为了一个臭男人的那一点点自尊，而浪费了整整一天的时间去检讨自己，这是多么的自私自利自大啊。我立即发了一个短信给米昔：对不起，真的对不起，我们的世界没有刀子，我想送给你的只有百合花。

米昔明天就要出差了，我决定捧着一束百合花去车站为她送行，我不希望我们相识后的第一次远行陪伴她的不是鲜花，而是一把刀子一样的伤害。在两个人之间，如果只有一束百合，无论谁捧着它，无论花对着谁，两个人都不会受到伤害，只能闻到迷人的香味。我立即下楼，向花店冲去。奇怪的是，这种总在夜晚悄悄开放与凋零的商品，在夜深人静的时候却往往最难找到它的踪迹。我一连跑了好几条大街，终于敲开一家已经关门的花店。这个晚上，在自己家里，在那张床上，我一边查看着江南的地图，测算着从上海到浙江台州的距离，一边打量着十一朵冰清玉洁的百合花，想象着即将见面的米昔，静静地期待着黎明的到来。我想，我要在她转身离开的时候，深深地拥抱她一下，如果她愿意的话，我还要轻轻地吻她，把一个三十六岁老男人的初吻献给我的天使。我一再地设定，我们在接吻的时候这束百合花应该放在什么位置，如果夹在我们中间，不仅会把这美丽的花儿弄坏，还会干扰我们身体紧密地接触在一起，所以最好的方式是把这束花举到她的身后，挡住那些投来的目光。

五月十日，我最后的一个动作就是熄了灯，看了看身边米昔曾经躺过的地方，然后甜蜜地舔了舔自己的嘴唇。

5月11日

早晨六点起床后，我先去超市买了几个橙子、几个苹果、一盒草莓，然后再带上昨晚准备好的那束百合花，向杨浦区国定路二二七弄赶去。

你起床了吗？我在到达的时候打通了米昔的电话。

早起来了，今天要出差的。米昔提醒着说。

你下楼吧，我送你去车站。我刚刚放下电话，车门就被拉开了，出现在眼前的不是别人，而是米昔镀着金色阳光的脸。

你是来接哪个妹妹的吗？怎么这么巧啊。米昔笑嘻嘻地站在车外。

你是飞下来的吗？怎么这么快呀？我有些吃惊，米昔分明已经预料到了我的到来，所以早早地等在了这里。我捧着百合花下了车，向米昔一步步走去。米昔笑嘻嘻地站着，双手背在身后：这不是什么花吧？这么杀气腾腾的，我怎么感觉像是刀子呀？有人说得好呀，你心里有什么，你看到的就是什么，我真是太失败了，明明是一束漂亮的花，在你的眼里怎么就成了刀子，如果是你心上的人，即使真送了一把刀子，你看到的也应该是一束花吧？米昔说，在我眼里呀，刀子就是花，花就是刀子，哎哟我的妈呀，这束花真香啊。

那你还不赶快接着？我说着，就单膝跪在地上，摆了一个求婚的那种姿势。

你干什么呀？让人看见了多不好意思。米昔匆匆忙忙地接过花，慌张地钻进了车里。

这花是不是过期了？米昔陶醉地闻着。

我从来没有听说过，花也有有效期吗？我说。

老土了吧，闻一闻就知道了，肯定是昨天晚上买的，已经被你享受过了对吧？我看到米昔的情形，知道那个天使又回来了。她今天穿着的正好是第一次见面时的那件短袖，我已经不再是那件红色条纹衬衣，而是一件粉红色的 T 恤。

你这次出差需要多长时间？我有点恋恋不舍。

先去台州，然后到温州，需要四天吧。米昔说。

四天啊？你们天上的四天，就是我们人间的四年，没有你的日子怎么过啊？我有些伤感和失落。

你就发短信吧。米昔看了看我，又补充了一句：我在外地是不能接电话的。我真想问，是话费的问题，还是别的什么原因？但是我没有吱声，我怕自己的胡思乱想破坏了刚刚回到身边的气氛。

我们很快就到了长途车站，到处都是熙来攘往的人流，把整个马路都给堵住了。为了赶上预定的那趟班车，米昔没有来得及告别，就匆匆地买票去了。我停好车，赶到候车室的时候，接到了米昔发来的短信：谢谢你，我已经上车了。我捧着花，提着水果，迷茫地向四周张望着，怎么也找不到开向台州的班车。昨晚想象了一百遍的那些情景一下子都落空了，我的嘴唇有些干裂地疼痛。

你走了吗？那百合花怎么办？我发短信问她。

花嘛，放哪里都一个结果。米昔说。

水果呢？你还没有吃呀。我说。

你先带回去，等我回来吧。米昔说。

我还没有送你。我说。

你傻呀，从家里到车站，那是谁送的呀？米昔说。

还有仪式呢，你难道不觉得你走得太匆忙了吗？我说。

难道你还要唱歌？米昔说。

我要抱抱你，还要吻你。我说。

呵，知道了。米昔半天才说。

我以为米昔会像韩剧一样，突然出现在我的身边，重新抱我一下，吻我一下，来一段完美的告别，然后再飘然离开。但是我在车站的出口等了四十分钟，看着一辆辆班车进进出出，看着旅客们来来往往，我没有看到一趟开往台州的班车，也没有看到一个与米昔相似的人。我不知道米昔真实的去向，在预计六个小时的车程中，她也仅仅回了我一个"等我回来"的短信。

等我回来！她难道没有想过，人可以等，但是花与浪漫一样，都是即时性的消耗品，是很难储存到下一次的。

上海依然是灯红酒绿，股指依然天天暴涨，黄浦江还是浑浊地从淀山湖一直朝下流到了长江口，然后再汇聚到东海，人们还是匆匆忙忙地上班、下班，小资们晚上聚集到钱柜、百乐门唱歌跳舞，小青年们在半夜的时候兴奋地走出家门，去威海路去新天地去陆家嘴泡吧蹦迪，就连流浪猫与流浪狗也会在半夜三更醉生梦死地闲逛。我们楼下那个保安，坐在高高的吧台下，说着含糊不清的安徽话，那双小眼睛像一台透视机一样，盯着里里外外的每一个人。

但米昔无声地离去之后，这座城市对我而言已经是空空的了。我不停地发短信给米昔，不停地查询手机蓝色的屏幕，不停地打开电脑翻看米昔的照片。发呆，自语，叹气。这张照片是我下载到电脑里的，已经不知道看过了多少遍，照片上的每一个细节我都一清二楚，甚至可以准确地判断拍照的时间是个下午，大概可以数出米昔额头上有多少头发，有几根是卷曲的，有几根是开了叉的……我此时的心情，用什么都不能表达：喝酒？酒无法到达感情的浓度；抽烟？烟无法达到岁月的沧桑；唱歌？没有哪一首歌能够唱出我的心声。

我此时只能写诗了：

你轻轻地走了，

为何风随之而来？

难道你留下的背影，
就是飘荡的云彩？

灿烂的阳光是另一种泪水，
谁说打不湿我的黄昏？
凄凄惨惨戚戚，并不是，
雨打芭蕉谱写的曲子。

我还在灯火阑珊处吗？
翻遍苏州河里的每一滴水，
也没有找到自己的影子。
我，到底迷失在哪里呢？
难道像一只鸽子跟随着你，
悄悄地去了远方。

你说江南又逢细雨，
没有两朵云的相遇，
这缠绵从何而来？
空城啊！连路边的丁香也不见了，
只有你如期而归，
百花才敢盛开。

又逢周末，整个大楼都处于黑灯瞎火的状态，在二十一楼值班的那个老头也休息去了，整层楼没有一个人，显得无比寂静。我一直坐在办公室里，无心欣赏没完没了的韩剧，只是静静地守着电脑。只有电脑，才是比天堂更快捷的路。直到晚上十二点钟，乐猪贝贝突然上线了，等我跟她说话的时候，又重新显示为"脱机"。我忍不住拿起电话打了过去，正像米昔所说的那样，果然无人接听。

化妆品，在这个人人都在伪装的年代里，应该是一份美丽的事物，但是正因为人生不可逆转的宿命，让化妆品的买卖显得如此艰辛。如果米昔推销的不是只能遮掩一下苍老的胭脂红粉，而是太上老君炼下的"青春不老丹"，那会不会轻松得多呢？记得米昔说过，她出差要忙店面的设计，要忙宣传的布置，有时候还要亲自充当模特，让别人在自己的脸上化妆。此时，米昔也许正在画一只兔子，也许正在清洗被人涂在脸上的胭脂，也许不知不觉地趴在桌子上睡着了。我在办公室里坐了整整一夜，为米昔找到了一千一万个理由，来替米昔开脱。到天亮的时候，我竟然坐着入睡了。

我看到米昔穿着一袭白衣，白云一样在天空飘来飘去，一会儿飘到了佘山上的教堂，一会儿飘到了东海里的洋山岛。后来飘到了陆家嘴，被挂在了东方明珠上边，发出哗哗啦啦的声响，最后一阵大风刮过，扯掉了她的裙子，撕碎了她的身体。她变成了一片片雪花，向下飘啊飘啊飘啊，落在楼顶上，落在树梢上，落在河水里，落在马路上，落在每个人的身上。这些雪花一边落一边挣扎，一边落一边呼喊，说自己多么希望落下来，多么希望落在某个人的手心，但雪花是易化的，一旦落在别人温暖的手心，很快就会化成水，很快就会失去白色，很快就会烟消云散。这就像她的爱，不爱吧，生不如死，一旦爱了，就会立即死去，所以她矛盾极了，也害怕极了……这场雪简直太大了，眼看着就把整个世界覆盖，我知道米昔就是雪花，这纷纷飘落的就是米昔，我似乎听到了米昔的呼救，所以赶紧伸出双手去接。我接了一片，不是米昔，我再接一片，还不是米昔，我接了一片又一片，接住的永远都不是米昔，也不是雪花，更不是水。水不见了，雪花不见了，米昔也不见了。在我的手心里，仅仅留下了一封信，信里装着她所有的秘密。又一阵大风吹过，这封信竟然飘了起来，不停地向上飞向上飞，飞到东方明珠上绕了两圈，然后突然失去了浮力，直接坠入了旁边的黄浦江……

米昔，米昔。我在呼唤中醒了过来。我动也不敢动，仍然直直地坐着，保持着原有的思绪，我希望自己继续留在梦里。只有留在梦里，才能找到那封信，才能拆开那封信，才能看到米昔不敢直接告诉我的秘密，才能知道米昔矛盾的和害怕的到底是什么。我在脑海里，像搅动着一盆糨糊，把自己的记忆与未来混为一团，把自己的现实与幻想兑在一起，然后不停地搅拌，希望自己重新回到迷糊的状态，但是无论如何，再也睡不着了，再也无法找到去梦里的入口。我认为这不是梦，而是一个预兆，于是向黄浦江奔去。当我来到黄浦江边的时候，看着那滔滔的江面上除了水花与泡沫什么也没有，我对着在岸边游荡的人问：有没有看到下雪？有人说：这是几月啊，怎么会下雪吗？我说：有没有看到一封信落进了黄浦江？有人说：什么信啊？这么深的水。我说：人呢？有没有看到人跳进去了？有人说：除非是人民币，谁会注意这些东西呀？

我只好拨打米昔的电话，想亲口问问她好不好，是不是真有什么秘密，但是米昔的电话仍然处于无人接听的状态。

人生有两条路，一条路就在眼前，一条路则在梦里。没有什么比两条路都被堵死的时候更让人绝望。五月十一日，这就是世界的末日，明天还有幸存者的话，那一定都是上帝的护佑。

5月12日

太阳依旧升了起来，天空还是被涂成了蓝蓝的颜色。虽然已经到了夏天，应该是万物生长的季节，但这座城市没有多少生机，反而显得冰冷、刻板，依然是一片灰蒙蒙的基调，因为被钢筋水泥替代的大地是麻木不仁的。今天是星期天，按照报社的惯例只上半天的班，上半天大楼内一片寂静，我知道，过去的岁月哪怕一秒，也不可能重新回到生命之中，面对这重新打开的一天，二十四个小时，一千四百四十分钟，八万六千四百秒，我能干些什么才能有意义地活着呢？

面对一秒一秒滴滴答答的时间，再想到失去音信的米昔，我肆无忌惮地哭了起来。

今天新闻平淡，我拨打一位女记者的电话，但是十遍，二十遍，五十遍，竟然一直无法接通。我一边破口大骂一边十分恼火地拍着桌子，坐在对面的老姑娘已经上班，她终于忍无可忍地提醒我：你看看你自己，不是盯着电脑，就是盯着手机，眼睛红得像要吃人，不会是疯了吧？

我站在窗前，看着自己映照在玻璃上的影子，好像一位瘸脚画家用洗毛笔的废水画出来的，笨拙，不完整，若有若无，而且轻飘飘的，只有两只充血的眼睛像是画家盖上去的落款。我无奈地说：我真的想吃人了。老姑娘一把夺过我的手机，看到了已经设为屏保的照片，有些不屑一顾地说：我看你还是吃屎去吧，为了一个女人你值得吗？

你说我该怎么办？我也想跳楼了。我自言自语地说。

跳吧，如果嫌这里不够高，可以去楼顶，我安排明天上头版。老姑娘说。

我生气地夺回了手机，查询开往台州的班车，各种信息告诉我说，没有出现晚点，没有出现一起车祸，没有走失一个乘客，一切都是正常运行的。我再拨打台州宾馆酒店的电话，一个一个盲目地打过去，说我的爱人失踪了，或者说我的女儿私奔了，反正要寻找的那个人她叫米昔，是一个单眼皮的漂亮女孩，我最终得到的回复只有一个：查无此人。我想，也许米昔中途改道，根本就没去台州，而是去了杭州或者温州，我再给这些地方的宾馆酒店打电话，为了不浪费时间，统统声称自己是公安局的，要办一个十万火急的案子。最后，李喜、王熙、张曦都有，米昔这个名字，根本没有。我再次给米昔发出了一条短信：上海的天气真好，阳光暖暖地照了进来，但是今天的阳光是伤感的。台州呢？台州有阳光吗？

　　我希望能够得到米昔的回音，哪怕一个字，都能将之前所有的折磨与痛苦一笔勾销。

　　很简单，不想绝望的话，删除她的所有信息，包括MSN、电话号码和照片，对待女人就跟对待紫菜汤里的老鼠屎一样眼不见为净。老姑娘又把手机拿了过去，并不征求我的意见，就自说自话地开始删除。

　　黄昏的时候，有一只小鸟落到窗台上，叽叽喳喳地叫着，好像在和我说着什么。这也许是谁派来的信使，它说的每一句话，对无关的人都是密码，对有关的人都是深情地表达。在我们的生活当中，无论一朵小花一根小草，它们每一次出场的颜色和姿势，都是上天注定的暗号，对准暗号的两个人，他们就会相亲相爱相厮相守。他们一旦把暗号对错了，就会产生误会，就会失去联系，就会劳燕分飞。

　　我突然听懂了小鸟的叫声，它念叨的就是"米昔，米昔"，它告诉我"不急，不急"。我准备把这个翻译出来的暗号告诉米昔，才发现米昔的电话号码已经被删除。我与米昔之间连单线联系也不存在的时候，这才叫真正的绝望。

　　台州在下雨。晚上十点多，米昔终于回了一条短信。这是米昔几天里唯一的消息——台州在下雨。仅仅五个字，我像文盲一样，首先一个字一个字地翻着字典，查着每一个字的注释，然后两个字两个字地组合起来，台州，州在，在下，下雨，雨下，下在，雨在，雨州，雨台……像世界上最长的一部小说，我从这五个字的任意组合中，读出了千奇百怪的意思，读出了人世的悲欢离合，读出了人生的起承转合，读出了某种参不透的玄机和天意。

这肯定不是外星人发给我的，可以证明米昔还好好地生活在地球上。只要她没有去火星去月球，我相信总有一天会发现她的痕迹。米昔就这样重新回到了的手中，我推开窗户，轻轻的晚风吹了进来，上海的天上繁星点点，特别是国定路二二七弄的方向，有一颗星星比平时大了很多明亮了很多。我知道，除了哭泣，上海的今天再没有别的雨水，上海的明天肯定还是阳光普照。

下雨？真是不同的天空啊，你不是喜欢滴水的声音吗？如果没有寺庙，那就看着树吧，雨打芭蕉也别有一番味道。我给米昔回短信的心情有种走在雨中的潮湿。

但是，米昔再次失踪了。我无法想象，什么样的人连个短信都发不出呢？古人？植物人？昏迷不醒的人？无情无义的人？或者根本就不是人？无论哪一种人，好像都不是米昔。呵，应该还有一种可能，那就是没有手机的人，难道米昔的手机丢了？

有一个热线电话打了进来，一个植物人沉睡了一年多，在醒过来的第一句话就是，把手机拿过来，看看有没有未接来电。接到这个线索，我一时无法判断真假，因为人们最依恋的不是亲人朋友，而是那个时刻放不下的手机。只有在生命垂危的时候，也许才会暂时放下手机。那米昔呢？她会不会就是弥留之际的那个人呢？回想起米昔常常发抖的身体和那些参不透的有关死的语言，以及米昔化为大雪飘飘的梦，我有了一些恻隐之心。

你是不是病了？我把这个短信发了好多遍，依然没有得到回复。

临到下班的时候，在楼道里碰到有人捧着鲜花，才知道又是母亲节。我跑到大厦对面的便利店里，买了十一朵康乃馨、两只蜡烛、一沓纸钱，向回家的方向走去。小时候，每次不顺心的时候，我都会来到母亲的坟头坐一阵子，向母亲做着无声的倾诉。但是，母亲没有来过上海，她的魂肯定也不在上海，怎样才能让母亲听到我此时的心痛呢？我想到了卢浦大桥，桥南西侧原来是浦江水厂，作为未来的世博园区，目前还没有得到开发，所以是黄浦江边所剩不多的清静之地，这是人间与天堂的结合处，是人神共舞的舞台。我开着车，顺着一条小路，穿过一大片树林，停在了一片荒凉的滩涂上，然后搬来几块石头垒起一座坟墓的样子，然后摆上鲜花，点燃蜡烛，跪了下去。我一边烧纸一边轻轻地呼唤着母亲，母亲像一阵风一束光一抹尘土，从千里之外来到了我的身边，静静地等待着我这个儿子的倾诉。

妈呀，为了米昔，儿子心里好痛苦啊。在心里说出这句话的时候，多日来的委屈与无奈尽上心头，我一时无法控制，趴在地上，就像趴在母亲的怀里一样放声大哭起来。

黄浦江起风了，一下子吹灭了蜡烛，四周顿时陷入了黑暗。我知道这是母亲迷茫的信号，她不知道米昔是谁，不知道米昔和儿子是什么关系。我拿出一张还未燃烧的纸钱，写上米昔的名字点燃了，让米昔的名字化成一堆火和一把灰，母亲就明白是谁让她的儿子如此痛苦。我静静地坐到了半夜，然后朝着黄浦江上游走去，不远处有一个巨大的港湾，里边停泊着几十条拉沙的大船，船与船连成一片，像观景平台一样，延伸到了黄浦江的中心。我来到江心，打量着对岸，徐家汇那边灯光闪烁，隐隐传来汽车的轰鸣声还有人流的喧哗声，我知道这座城市永远都没有入眠的时候。不知何时，我静静地躺在了船上，仰面看着暗淡的星空再一次入梦。这个晚上，我先是梦见了母亲，远远地看上去，她像是一只很大很大的瓶子，瓶子里边装着雪花，雪花被温暖地守护着，像水晶一样晶莹透亮。当我跑过去准备抱一下母亲的时候，发现自己怀里的母亲一下子变成了米昔。

我不知道母亲与米昔之间为何发生了某种转换，也许米昔就是母亲的延续，母亲就是米昔的前生。我的体内流着母亲的血液，而我心中流着米昔的灵魂，让我对这两个人的思念有着相同的含义。

今天的我，从感情的角度看，其实都是她们的遗传。

5 月 13 日

不知什么时候，耳边响起一阵嘈杂的声音，等我睁开眼睛的时候，发现天空已经大亮，大沙船已经启程，摇摇晃晃地行走在一条江里。

这里怎么有个人？船夫很吃惊地说。

这个人是谁？我揉着眼睛，一脸迷茫地反问着，不仅不认识自己，也不知道自己此时身在何处。

真是奇怪了，你不知道自己是谁吗？船夫有些疑惑。

我身上的衣服已经被露水打湿，早晨的风一吹冻得人直哆嗦。我抬起头，发现大沙船正从一座大桥下边通过，桥上写着红色的大字"徐浦大桥"。我知道大沙船并没有走远，还依然行驶在黄浦江里，只是已经到了郊区，所以两岸显得有些萧条，不时有水鸟尖叫着，在水面上划过。

这船去哪里？到不到台州？我问。

台州没有沙子，我们只到湖州。船夫说。

既然这艘船不到台州，我坐在上边还有什么意义呢？大沙船驶过徐浦大桥以后，我请求着登上了黄浦江的北岸。上海像疯了一样，早晨的气温就涨到了三十多度，而且还下起了太阳雨。只有我知道，太阳是上海的，而雨是台州的。在台州的时候还是一片云，飘到上海的时候就是雨了。我觉得太阳雨下得从来没有过的亲切，于是冒着一阵阵拌着阳光的雨水，顺着黄浦江北岸朝前，经过龙华烈士陵园，经过徐家汇，经过静安寺，走了三个小时还是五个小时，连我自己也记不清了，只觉得淋着的太阳雨，似乎不是太阳也不是雨，而是谁的小手远远地伸来，在抚摸着我的头发，在拍打着我的脸。

我回到康定路报社的时候已经是下午时分，保安拦住我不认识似地看了半天，然后嘟哝着说：你是不是到苏州河里游泳去了，怎么也不脱衣服啊？

我觉得他真是好笑，游泳为什么要脱衣服？我张了张嘴，话已经说了，却没有声音。当我摇摇晃晃地钻进电梯，眼前突然一黑，就晕过去了。相思不是病，却是精神中的一种细菌，精神一旦被细菌入侵，人的肉体不过是一摊稀泥而已。也许没有人乘这部电梯，也许根本没有人搭理我，我躺在电梯的角落里直到下午三点，才自然地醒了过来。

外面的雨真大啊。我自嘲似的走进了办公室。

你瞎说吧，这么晴的天哪有一滴雨？同事们说。

我从窗口望出去，发现天空蓝蓝的，上海的太阳圆圆的，火辣辣地挂在天上，然而那淋着我的雨，从台州一路走来的雨，却一滴也不见了。难道不是雨水而是阳光？难道是东边日出西边雨？晚上离开办公室的时候，康定路上已经一片迷离，路灯已经关闭，大部分店铺已经打烊，唯有那些不明不白的洗头房、桑拿房、歌舞厅、夜总会，还粉红地开着。来到停车场，发现空空荡荡，才记得自己的车还停在黄浦江边。我穿过一条条马路，跨过一条条街道，迷茫到了极点，根本不知道东南西北。

你迷路了吧？在一条巷子里，身后有人轻轻地问我。

你怎么知道？我问。

因为你像一只失恋的流浪猫。她说话的时候呵呵一笑。

是谁这么神奇？竟然能看透我的心思。是从我那沉重的步子，还是凭着我没有方向的乱走？我回头，发现是个与我同路的女孩，朝着巷子深处走去。她小巧，迈着细碎的步子，透过斑驳的夜色，简直有点像米昔的影子。

你是米昔吗？我吃惊地叫道。

什么呀，你认错人了吧？女孩已经走到了面前，我才发现，她虽然身材与米昔有一些相似，也看不清是不是单眼皮，但是她留着一头披肩长发，上身穿着有点妖艳的裙子，经过我身边的时候能够闻到一股刺鼻的香水味。我想，如果能够在迷路的时候，突然与自己一心牵挂的米昔相遇，那将是多么美好的事情。

我去杨思路，你知道怎么走吗？我失望地问。

你是不是因为这个米昔才迷路的？那你跟着我吧。女孩在前边走着。

我跟着这个陌生的女孩，顺着一条大路不停地朝前走，大路边上有一条小河，河水在清清亮亮地流动，路边有着宽阔的绿化带，许多叫不上名字的树开着白色的花。她从路边摘下一朵小白花，插在自己的头发上对我说：需要一个小时，加油吧。

你家也住在浦东吗？为什么不坐车？我好奇地问。

我也失恋了呀。长头发说。

你帮我猜猜看，女朋友出差后失踪了，应该是什么原因？我有点病急乱投医，竟然问起了一个陌生人。

说明她很忙呀。长头发毫不犹豫地回答。她的回答是那么简洁明了，而且与米昔的回答惊人的一致。也许只有身陷情感中的人，才会把一个非常简单的问题复杂化；也许女人与男人终归是两台结构相反的机器，所以才有很多不可思议的误会。我又一次把问题向复杂的一面推进：再忙连个短信都没有时间回吗？长头发有些生气地说：不回短信说明什么？说明她就不想你了？不在乎你了？男人为什么都这样，总以为自己被冷落了，为什么就不好好想想，她如果不是因为忙而是生病了呢？我紧追着问：如果生病了，为什么不告诉我？

怕你担心！这个你也不懂吗？长头发回过头看了看我。

她走了几天，就一个短信，我不更担心吗？我说。

你真的没有救了。长头发有些无奈，无语地加快了脚步，一会儿就消失在又一条巷子里。

这一天，一切都是错乱的，都是支离破碎的，让我感觉自己有时候生活在梦中，有时候飘浮在空中，有时候在人间，有时候又好像已经到了来世，有些事情深深地雕刻在我的心上，有些事情却永远地失忆了。反正，五月十三日这一天，时光像是被人一点点拆散了，把一束束阳光，一滴滴雨，一朵朵花，一个个人，拆散了再重新组合起来，撒在世界的各个角落，让我无法脉络清晰地复述在这一天里到底发生了什么。

在迷路的状态中回到家的时候，我试着开始理解米昔，于是再次发了一个短信：出差很辛苦，记得早点休息，如果你已经入睡，那就甜甜地睡吧。

5 月 14 日

今天什么时候回来？我去机场接你。我早上醒来的第一件事情，就把这条信息足足地发送了六遍，昨晚刚刚拥有的一丁点儿理智，在一夜无眠中还是丧失了。

大概四点吧。米昔这一次回得比较快，仅仅过了几分钟。

祝你一路顺风。我一下子兴奋起来，这几天的我多像装在一个袋子里的水，被人提在手中，没有流向，无法蒸发，那么郁闷与无奈。而米昔的这句话就是一根针，轻易就把这个袋子扎破了，所有的水在瞬间里就倾泻而出。在我的眼里，上海这座城市在米昔离开的时候就是一片废墟。没有外滩的洋味儿，没有陆家嘴的繁荣气息，没有徐家汇的时尚潮流，就连一根小小的草一片小小的叶，也失去了原有的内涵，仅剩的只有米昔的幻影。我要宣布，我精神的城池上海，终于要解放了。

我拨通了报社总编的电话，装作有气无力地说，自己感冒发烧，已经三十九度，需要请假一天。虽然我还不知道米昔坐的是哪趟航班，具体时间是四点多少。我想，只要我肯等待，自然可以把每一个起点等成终点，从冬天开始也可以等到三月的桃花六月的飞雪。

我特意去了花店，可能是母亲节刚过，所有的花都打折销售，康乃馨一块，百合花不过两块，玫瑰可能比较长久，卖到五块钱一枝。我生性不喜欢太艳丽的东西，最不喜欢的就是红玫瑰，它像是抹着口红刚刚吃过人的女妖。所以，我仍然选择了十九朵百合，只有百合与米昔可以相比，都显得纯净而端庄，就连百合的枝百合的叶也是落落大方，不会如玫瑰一样，枝上有刺，叶子零乱。

我在中午十二点就开始出发了，在机场等待的时间里，我再次反复设置着见面后的场景，其中包括要不要拥抱一下米昔，要不要吻一下米昔。我最后决定，抱还是要抱的，吻也是要吻的，但是要尽力控制自己，这么多天的煎熬，已经把我熬成了一堆干柴，我怕情不自禁会要了自己的命。下午两点的时候，米昔在出发的机场主动发了一个短信给我，说是三点五十五分到达虹桥机场，千万不要跑到了浦东。她还特别提醒：实在太累了，不能再陪你了，我要从机场直接回家。

见面了再说吧。我给自己埋下了伏笔。

我尽量克制住自己，不要询问与行程有关的情况，对于一个愿意等待的人来说，这一天不存在晚点，不存在提前到达。因为实行空中管制，广播不停地播放着航班大面积延误的消息，但是三点五十分的时候，我等待的这趟航班提前五分钟到达。我远远地看到米昔走出来的时候，我的心开始疯狂地跳动，好像不是在迎接一个女人，而是在等待一个长着翅膀的天使。天使是属于天堂里的，如今她要来到人间，回到大都市上海，把这个丢失了四天的城市再次带入我的生命。我已经无法控制自己的情绪，眼泪竟然夺眶而出，那泪水落到百合花上透明得犹如早晨的露珠。

米昔靠近我的时候，我一动不动地呆呆地站着，看着她的背影在一点点拉长，看着我们之间的距离在一点点缩短。我当初设计的场面又一次忘记，准备好的一大堆埋怨统统化解，这几天淤积在心头的哀怨与苦闷统统消失。

难道你不是接我的吗？怎么还不走呀。米昔笑着说。

米昔看到了我的眼泪，她似乎明白这个男人为什么要哭。眼泪有时候并不一定与伤感有关，有时候因为掉入的沙子，有时候因为过度的开心。从机场到停车场，要穿过一条马路，我把自己的手伸向了米昔，米昔的手乖巧地迎接了我的手，不过却像一只垂死挣扎的兔子，在我的手心里冰冷地颤抖着。我想，她应该在飞机的颠簸中吓到了，或者是真的太过劳累的原因吧？反正，当两只手牵在一起，所有的隔阂没有了，我们像是两块铁被紧紧地焊在了一起。

出差还顺利吧？我说。

差不多被气死了，让同事在展板上画一只兔子，他竟然画得像一只白色的大肥猪。米昔的声音有些沙哑。

大肥猪不能用化妆品吗？我笑了，但是米昔没笑。

你还是考虑一下换个工作吧。我说。

我看当神仙好，吃饭睡觉都不用了。米昔打开烟盒又开始抽烟。

我决定带着米昔去一家粤菜馆，先吃点东西再休息一会儿，这家饭馆叫"今一靓汤"，牛奶银耳木瓜汤很有名，而且就在延安高架下边。我征求米昔意见的时候，已经把车开下了高架，但是米昔以哀求的口气说：你已经答应过我，直接送我回家吧。

我轻轻地叹了口气，不知道自己怎么样，才能让米昔活得轻松一点，总觉得爱情与浪漫有时候确实是闲着无聊的事情。如果是前几天，我会不停地反对，而且还会感到不可思议，但是现在已经不一样了，我要忍住自己的欲望，来减轻对她的压力，更重要的是理解米昔，她的决定必定有着自己的道理。正是夕阳西下的时候，阳光把整个天空都染红了，再从后边的车窗照射到车里，我们像是沉浸在一幅油画当中。我第一次渴望大堵车，但是前面的路还在慢慢地变短。其实我没有太多的奢望，只希望生命的每一秒流逝都有米昔的陪伴。

按照米昔的吩咐，顺道先去单位的楼下拿样东西，然后再从浦东转回浦西。延安路隧道已经过了，世纪大道已经过了，大连路隧道已经过了，四平路已经过了，我们在不停地靠近国定路二二七弄。在路过一大片绿地的时候，我把车停在了旁边，装作检查故障的样子围着车绕着圈子。我希望米昔此时也能下车，我们就像出游一样一起站在地上，牵着手悠闲地走上几分钟，然后再轻轻拥抱一下。

车坏了吗？米昔淡淡地问。

是啊，你先下来吧。我说。

那就推着走吧。米昔说。

你要我把你推回家？我真的开始往前推，有个玩耍的小孩也上来帮忙，车就往前开始滑行。但是米昔并不惊慌，还是闭着眼睛说：我可不会把握方向盘啊，别把我推到沟里就行了。

我知道自己再简单的要求，米昔恐怕也难以顾及，此时的她如烟如岚，在这个世上是那么飘渺，好像用不着刮风，而是朝她呵一口气，她就散了。所以我钻进车里，继续送米昔走完所剩不多的路。我问米昔：我写给你的诗，你看了吗？

我哪里有时间呀？看来米昔这几天并没有浏览我的博客。

时间像某某，要挤总会有的。我说。

如果是尸体呢？也挤得出来吗？米昔面对任何话题，如果一直交流下去，最后从她心里冒出来的，总是那么消极的结果。我总觉得在米昔的心里，有着某种难以解脱的宿命。夕阳已经彻底被淹没，看到眼前依次亮起的灯，我不禁有些伤感起来。

有人给你写过诗吗？我问。

有呀，为什么没有？米昔回答。

我转过头去，静静地看着她的脸，希望从中看出一些内容，但是她的眼睛是闭着的，看不到瞳孔就看不到她埋藏着的故事。我突然想，米昔为什么熟悉淀山湖，为什么了解宝扬码头，为什么去过金山的海，为什么看过青浦的月亮，也许都与诗情画意有关。说不定，米昔本身就是一个多愁善感的诗人。

背给我听听如何？我充满了嫉妒。

轻轻地你走了，正如你轻轻地来，你挥一挥衣袖，不带走一片云彩。米昔没有继续念下去，声音开始低沉得有点颤抖，然后有气无力地断了。

原来你的情人是徐志摩呀，这几天你轻轻地走后，我做了很多的梦，梦见你变成了雪花，大声地喊叫着说，有个不敢告诉我的秘密。你的这个秘密是什么呀？我想问问米昔是不是真有什么瞒着我。米昔眼睛轻轻地睁开了，盯着我说：只有你才会相信梦是真的，我昨天晚上还梦见自己会飞了呢，你现在看看我是不是长出了翅膀？

车已经到达国定路二二七弄的路口，天彻底黑了，在上海判断天黑与不黑，并不是看夜色有多浓，而是看路灯有多迷离。

我回去了。米昔看着我说。

回哪里去呀？我明知故问。

回天堂。米昔说。

你又瞎说了。我责怪着她。

看把你吓的，我回家了啊。米昔说。

不表示一下吗？我装作很顺从的样子，静静地盯着米昔。米昔明白我的意图，轻轻地转过身来，轻轻地抱了我一下，然后轻轻地吻了一下我的额头。有一股淡淡的体香散发出来，如丁香花的味道，这种香味不是每一个女人都有，更不是洒点香奈儿就可以，也并不是每个男人用鼻子就可闻到。因为有一种灵魂的香味，只有用心才能体会。

我一时沉醉，也可能是失落，依然呆呆地坐着，竟然忘记送送米昔。米昔自己提着行李已经准备离开了，她在离开的时候又回过头拉了拉我的手。我突然发现，她的右手贴着一块白色的东西，好像是打针过后用于止血的那种纱布，飘浮着一股淡淡的药水味。我准备打开灯看一看，但是米昔已经抽开手走了。

你是不是打过针？我追问。

我好好的打什么针呀。她已经走进了弄堂，忽然像忘记了什么似的，又转过身，走回来，爬上了车，然后紧紧地抱着我，开始急切地吻着我。

我把米昔含在嘴里，像吮吸着一支冰淇淋，既怕它化了，又怕它碎了。这是一个三十六岁男人真正意义上的初吻，我为自己如鱼得水的表现十分吃惊。我明白这是爱教会了一切，只要有爱，每个人都会无师自通。我的手同时伸进米昔的怀里，失控地握住了她的乳房。她像是被捅了一刀，轻轻地尖叫了一声，然后试探着把乳房送了过来，而又迅速而痛苦地撒开。她就这样，送上来，撒开，再送上来，再撒开……

她像被刀捅了一次又一次，呼吸随之越来越急促，整个身子猛烈地颤抖了起来。

你怎么了？我紧张地问。我认为是自己弄痛了米昔。米昔没有回答，只是喘着气，逃命似的拉开车门，紧捂着自己的胸口，歪歪扭扭地离开了。她不停地回过头冲着我轻轻地笑，如果有风的话，那风轻轻一吹就能把她的笑吹遍世界。

如果爱人离你很远而无法相见，这就叫作思念；如果爱人离你很近却无法相见，这只能叫作痛苦。比如一片片东西挂在天空，你怎么也抓不着，这就叫作白云；比如一点点东西落下来，随便就打湿你的衣衫，这就叫作细雨。看着米昔消失在迷离的夜色深处，我知道今天晚上我并不孤单，因为米昔重新回到了我可以想象的城市里，而且带走了我今生今世如生命一样珍贵的灵魂。

我回到办公室，打开米昔带给我的礼物，那是一包香喷喷的鸭舌头。坐在对面的那个老姑娘仍然没有下班，她打开一瓶张裕黄金冰谷酒，把鸭舌头摊在桌子上，当成了她丰盛的晚餐。老姑娘说：这东西你不能吃。我端起酒在鼻子上闻了闻：为什么？老姑娘说：因为这些鸭舌头在我眼里是美食，在你的眼里是天使的嘴巴。

什么意思？我不懂。我说。

这是那个单眼皮买给你的吧？现在在你面前摆着的不是鸭舌头，分明是那个女人，看你两眼放光，你看照片的时候不就是这副德行吗？老姑娘一边啃着一边喝酒。

我没有再说什么，端起一杯酒饮了下去。很少喝酒的我，是无法品出酒的好坏，只觉得有一些的苦，有一些的甜，有一些的酸。我认为，这世界上没有一个人觉得酒好喝，但为什么千千万万的人还是喝个不停？有的人喝了醉，醉了吐，吐了喝，有的人喝高了打老婆，有的人喝多了骂娘，有的人喝醉了撞车，但依然那么痴迷和疯狂。也许因为酒是一种象征，是人世间唯一可以逆着时间流动的液体，在时间面前什么都可以流逝，什么都可以腐烂，什么都可以消灭，但是酒呢，却永远都是越久越香。

老姑娘介绍说，你别小看这瓶酒，酿造的葡萄都长在海拔三百八十米的地方，而且采摘的时候温度必须低于零下八摄氏度，早在一七九四年，德国法兰克尼亚一个葡萄酒庄园的园主，有一天外出与情人约会，由于依依不舍，没有及时赶回去采摘葡萄，突如其来的一场暴风雪覆盖了整个葡萄园，把葡萄冻成了冰，他不想浪费这些结冰的葡萄，就采摘下来压榨出了数量极少的果汁，最后发明了芳香异常的冰酒。

酒是好酒，但是鸭舌头有一股腥味，怕是山寨货吧？老姑娘说。

当然是正宗的了，今天才从台州带回来的。我说。

骗谁呀，这哪是台州的，明明是温州货，因为包装上写着

"鸭赚"，鸭舌头用温州话讲就是"鸭亏"，温州人觉得不吉利，就把"亏"改成了"赚"，你现在知道什么意思了吧？哎哟哟，好像吃坏了肚子。老姑娘抹了把嘴，像是真要上厕所似的，背起包匆匆忙忙地跑掉了。

让你白吃，还那么多的话。我冲着老姑娘喊，但是没有回音，也许真到厕所拉稀去了，也许根本就不想回答我的话。老姑娘说得不错，办公桌上剩下的一堆骨头看上去是一堆垃圾，在我眼里每一根骨头都是天使的缩影，显得如此亲切。

五月十四日晚上十点，办公室里再次变得空空荡荡，从二十一楼看出去，玉佛寺已经熄灯止静，中远两湾城家家户户都亮着灯，明明暗暗，大大小小，红红绿绿，每一扇窗户里边都隐藏着一个故事，穿过其中的苏州河仍然分不清上游下游地流动着。我给米昔发了一个短信：谢谢你，"鸭赚"配着葡萄酒，是我一生当中最好的晚餐。

我独自喝了几杯，也许是酒劲的原因，我的心开始狂热。我在想，现在的米昔对我而言，不就是一瓶珍贵的冰酒吗？虽然明明知道喝下去后会醉，但是如果不把它一滴滴一点点抿入自己的唇齿间，融进自己的腹中，那将是多么空虚。我真的有些醉了，人在醉的时候就是一条河流没有大堤，那水想怎么流就怎么流。我开始不停地拨打米昔的电话，拨打一次电话我就喝一口酒，很快就把一瓶酒喝空了。没有酒了，我突发奇想，在空空的酒瓶里灌满了自来水，继续打电话，继续喝水。水也喝完了，电话还是没有人接，我提起瓶子从窗户扔了下去，听到楼下"砰"的一声，碎了。

平生第一次喝醉了，才知道醉酒的时候，心里什么都清清楚楚，却还那么随心所欲。原因是酒不会摧毁人的智商，只能把人的情商归零。比喻一下，人喝醉酒后，就是一辆只有油门没有刹车的小汽车。

> 醉过才知酒浓，
> 爱过才知情重；——
> 你不能做我的诗，
> 正如我不能做你的梦。

记得小时候读到这几句诗，还大骂胡适这老夫子，把诗写得一点意境都没有，用词也是那么僵硬。现在重温一下，让人不禁潸然泪下。二十几岁之前，读胡适的那个年代，我还不知道情为何物。同桌的她在书中夹上一张纸条，上边写着"我昨晚梦见你了"。我的回复竟然是那么无情：我经常梦见我家的那条黄狗，这有什么好奇怪的？

而现在呢？米昔可能已经入睡。米昔入睡之后，梦中可能会有七层空间，在这七层空间里可能出现化妆品，可能出现樱桃小丸子，可能出现精灵鼠小弟，更有可能出现加勒比海盗。什么都能轻而易举地走进米昔的梦，唯独我想走入米昔的梦，却不知道哪里是梦的入口。我明白这扇门就藏在爱情的深处，正如上海老弄堂里的石库门，你必须走过街街巷巷才看得到、摸得着。看到了又能怎么样呢？它需要钥匙，这把钥匙永远都不在自己手中。

睡吧，米昔。我自言自语。

大概已经十二点了，上夜班的同事已经下班。楼道里刚才还有钥匙声响起，说明值班的老头还在一层一层地巡视着，如今钥匙的响声也消失了，说明这座楼已经空空荡荡。此时，一首《大城小爱》的曲子响了起来，在这静静的夜晚显得那么凄切。我趴在办公室的桌子上，跟着曲子哼了起来：

脑袋都是你心里都是你

小小的爱在大城里好甜蜜

念的都是你全部都是你

小小的爱在大城里只为你倾心

······

让我大声地对你说

I'm thinking of you······

唱着唱着，我的声音慢慢地变成了抽泣。不知道唱了多久，嗓子已经沙哑，我突然一惊，猛地站起身子，拍着自己的胸脯，寻找着这音乐的来源。我发现这音乐不是从电脑里传来的，不是从收录机电视机里传来的，更不是王力宏站在门外唱给我的。我甚至走下楼，到大厦外边看了看，也没有找到音乐的来源，因为洒水车从康定路经过的时候播放的就是这首曲子。最后，我发现这首曲子就握在我的手中，它是我的手机铃声。

你是乐猪贝贝吧？我都打了一百遍电话了，怎么还找不到你啊？我哽咽着接起了电话，我相信是米昔打过来的，她刚才也许睡着了，也许有事没带手机，反正迟迟没有消息已经成了米昔的常态，就跟人们已经习惯北方迟迟不肯下雪一样。

大叔，你认错人了吧？我不是你的猪猪，也不是你的贝贝。电话那边大笑起来，她竟然不是米昔，而是那个小博士，车上的那个小瓷人就是她的杰作，只不过是我弄断了它的腿。

你不是猪，难道你是狗？我有些失望。

我是美女，看来你在等哪个畜生。小博士哈哈地笑着。

你有事吗？如果没有事，那就赶快滚吧。我说着就把电话挂掉了。

求你别挂呀，人家想见你。小博士一副哀求的口气又打了过来。

那见就见吧。我答应了小博士。

人在喝醉了的时候和醒着的时候竟然是完全相反的。我狠狠地想，如果小博士这么哀求下去的话，我也许会带她去我的小屋，我不想再做一个高尚的男人，不想再陷入自己和自己无休止的战斗。我要放松，要学坏，要向自己投降，要彻彻底底把自己弄脏，把现在的一切痛苦都归罪于那个米昔，归罪于和她无所作为的那个夜晚。既然没有谁愿意为高尚者买单，那就让高尚者见鬼去吧，上帝造男人的时候之所以没有造出一种叫作贞操的东西，不是上帝太傻太健忘，而是上帝本身就是一个男人，他懂得男人的本性和女人的喜好。

你愿意见面？那等我十五分钟，我立即把自己送过去。小博士好像很惊喜的样子。

你今天想干什么我都愿意。我说。

有人说，女人能读到博士的大凡都长得丑陋。但小博士是个例外，她是华师大一名学生，圆圆的脸庞，白白的皮肤，加上湘女特有的豪爽，算是博士中少见的一个美女。我们同样认识于那个交友网站，按照她的话说，我是她的大叔。正是因为她的这句大叔，让我一下子感觉到我们之间的距离，永远是无法用爱情来抹平的。我在康定路上见到小博士的时候，她比以前又漂亮了许多，一条白色连衣裙衬托着白皙的皮肤，脸色红润中带着羞涩，还不停地微笑着。

大叔，你这么丑，为什么还这么牛？小博士站在我的面前，摆弄着自己的手指，一副不知所措的样子。天空有零零星星的雨花落下来，似乎要下雨了，风也特别大，使劲地把她的裙子坏坏地往起掀。

走吧。我朝停车场走去。

小博士孩子一样乖乖地跟在我的身后说：你喝多了，还能开车吗？我不听劝告，开着车疯狂地奔跑着，似乎不是自己醉了，而是这辆车醉了。小博士并不害怕，更加高兴地说：大叔不想活了，我也不想活了，那就再快一点吧。我说：你说吧，你现在最想去哪里？小博士说：你最想带我去哪里？我说，去我家。小博士说：去你家干什么？我说：我们想干什么就干什么。小博士侧过头看了看我，并没有表示反对。经过江宁路、长寿路、武宁路，来到中山西路，我把车一溜烟地开进了华师大的校园，停在了丽娃河边。此时的丽娃河静静地流淌着，许多小情侣隐藏在河畔的树林里，时而嬉笑，时而呢喃，时而呻吟……雨终于下来了，随之就是一哄而散。

下车吧。我对着小博士说。

你家住在这里？小博士似乎还没有反应过来。

你应该回宿舍了。我提醒她。

你不是想干什么就干什么吗？真是没有出息的家伙。小博士换到了司机的位置，把车一溜烟地开到了曹杨路边的一个院子前。她在下车的时候轻轻地抱了一下我，说谢谢大叔，你现在喝醉了，你一定要记着，男女之间的事情必须醒着的时候干，等你醒了以后真想干什么再通知我吧，我记得你家好像住在卢浦大桥那边，如果迷路了你就打电话给我。她扬着手，调皮地走进了院子深处，雨噼里啪啦地从天上砸了下来。

确实如此，爱情最容易让人醉，却是最需要醒着的时候。一旦被你谈醉了的爱情，那就不是浪漫，可能就是浪荡。我并没有急着上路，而是躺在小博士家这个陌生的院子里仰望着一片没有星星只有雨水和乌云的天空。

5月15日

被酒精麻醉过的身体每个关节都隐隐作痛，我歪斜在办公室的电脑边一直守到下午，乐猪贝贝才在MSN上出现了。我装作什么事情也没有发生的样子问：你昨天睡得还好吗？米昔也若无其事地回答：还好呀。

你今天不上班？我问。

今天休息一天。米昔回答。

我们见面吧。我说。

对不起，我要逛街去。我们的对话一点感情色彩也没有，我是在尽力地克制着，而米昔呢？米昔为什么呢？从这些对话中丝毫也看不出两个人的亲密关系，甚至有一些陌生，像一瓶水一样，之所以没有波浪没有颜色，那是因为装在瓶子里本身有着太多的限制。我知道，我们都在控制着自己，我控制自己是怕自己一冲动就伤害了米昔，那么米昔控制着自己又因为什么呢？

我陪你逛街吧？淮海路还是南京路？我觉得最好去虹桥城，那里可以购物，又可以吃饭，还可以看电影。我一边说话一边开始想象，在购物的时候，我乖乖地站在她的身后看着她一件件地试衣服，我乖乖地提着大包小包随着她没完没了地走来走去，如果她回头问我这件怎么样的时候，我可以笑着告诉她，她长得好看，穿什么都很漂亮。

关键是，我想你了。我忍不住又补充了一句。

对于有些人而言，需要你花费更多的时间去想她，而不是去见她。米昔说。

我一直都在想你。我说。

米昔沉思了半天才说：我也想你了，但是对不起，我已经约好了同事，昨天就约好了要去五角场。女人逛街的时候最希望陪着的应该是自己的爱人，但是米昔并没有选择我，我的心头顿时泛起了一丝醋意：他是男的还是女的？米昔终于变成打开瓶盖的水在那边呵呵地笑着：你呀，也不问问我是不是同性恋！当然是女的了，我们卖化妆品的有几个男人呀？我叹了口气：唉，你能不能和她说一声，把你让给我一个晚上？米昔好像有些为难：我又不是什么东西，随便让来让去的？改日吧，改日我们去看《蜘蛛侠》。

你走的时候我们不能在一起，你回来的时候也不能在一起，你觉得我们算什么呢？你走的那天晚上我们说句话都那么艰难，人家说小别如新婚，千呼万唤地盼着你回来了，但是你呢？我差不多打了一百个电话你也不接，而且到现在连一句解释都没有。我不想再控制自己，我感觉就要爆炸了。

我睡觉刚起来。米昔终于解释。

我现在都糊涂了，你能不能告诉我，你到底怎么想的？我说出了自己的迷茫，有时候觉得米昔离我是那么遥远，与陌生人没有什么两样，但有时候她又离我那么近，好像就在我的心口，轻轻一唤就跳出来了。

我没有怎么想。米昔说。

要不我们结婚吧。我认为爱情是没有终点的，但是在柔肠百结的情况下一旦结了婚，所有的问题就不需要答案了，就像遇到一场大雾，我们不用费尽心机去猜测被雾遮挡着什么，只要等着太阳一出，雾自然就会消散。

我们结婚有什么不好的吗？在我的计划中，婚礼可以去马尔代夫住在海边的小木屋里，也可以去乞力马扎罗坐在茫茫的雪地上；婚后可以天天送她上班接她下班，再生一对儿女每天送他们上学接他们放学；周末可以开着车一起去追寻流星雨，也可以去看看电影听听音乐会喝喝咖啡；如果她喜欢，我每天少不了为她写一首诗，并念着诗哄她入睡，直到她甜甜地进入梦乡。总之，我会让她成为真正的天使。

米昔没有下线，也没有回答我的问题，再一次以沉默的状态失踪了。

报社每天下午都有一个例会，要把所有的新闻信息汇总在一起进行讨论。有一天下午一点半，我正要抽身开会的时候，乐猪贝贝又回来了，她先发过来"一杯茶"，然后又"电"了我一下。

你不是逛街去了吗？我问了问米昔，然后让开自己的座位，告诉对面的老姑娘：女人更懂女人，你就以我的名义和她聊聊天吧。

我是一个小时之后匆匆忙忙回到办公室的，当我打开 MSN 对话框的时候，只能看到最后的几句对话。

老姑娘在 MSN 上指责米昔：你凭什么老不回我的电话？说轻点是不尊重别人，说轻点是素质太低，说重点是人品有问题。米昔说：我真的忙呀。老姑娘说：你有叽叽喳喳的麻雀忙吗？我不需要你的拥抱，不需要你的吻，更不需要和你睡觉，你再忙只需要回一个短信给我，这是起码的尊重也是起码的礼貌，这点小小的要求你都不能满足我吗？

米昔说：我比联合国秘书长还忙呢。老姑娘说：你又不是卖什么飞机大炮的，你不就是一个卖化妆品的吗？米昔说：我喜欢卖化妆品，接受不了是吧？老姑娘说：你以为我稀罕你吗？我是被爱情冲昏了头脑！房子车子工作，我要什么有什么，什么样的女人找不到？硕士博士后边排着队想和我结婚。米昔还是淡淡地说：有房子有车子当记者的人就了不起了？老姑娘说：这些你有吗？爸爸妈妈爷爷奶奶三代人挤在一间房子里，放个屁都找不到一个安静的地方，就这样还牛逼得像小布什的女儿，说明白一点吧，你整天躲躲藏藏的，也许就是一个被人包养的小三而已！

老姑娘还打了一串串的词语：小三，小妾……她一条一条地发给了米昔，最后发出去的是一条"小娼妓"，再加上无数个疑问号。但是在MSN上再也没有看到米昔的回话。

我整个人开始发抖。我似乎明白米昔为什么那么容易发抖，那是因为她总是心痛。我在MSN上解释，我刚刚开会去了，聊天的不是我，而是我的一个同事，她简直是个畜生！但是无论我怎么说，再也没有一个字的回音，乐猪贝贝已经显示为脱机。

你是真正的神经病！我指着对面的老姑娘骂。

那女人总是说忙，只是一个借口，说明什么？说明我猜对了，她根本不喜欢你，或者本来就是一个小三！小三你知道吗？就是小妾！小妾哪有时间和你磨磨唧唧的？而且你眼光绝对有问题，天下这么多好女人，你为什么偏偏盯上了她？你如果耐不住寂寞，老娘陪你还不行吗？老姑娘好像不是指责别人，而是指责自己红杏出墙的老公。

你打电话给她吧，告诉她那些话不是我说的好不好？我已经有些崩溃。

你自己解释吧。老姑娘冷冷地说。

我解释不清啊。我在哀求。

老姑娘斜着眼睛鄙视地看了看我，然后把电话递给了我。

刚才我去开会了，是同事在和你聊天，她说了什么我不知道，反正这不是我的意思，反正我真的很爱你，非常非常地爱你。我结结巴巴地说完这些，才发现电话根本无人接听。

我发短信告诉米昔，二十分钟后我在门口等她。我匆匆忙忙走出大厦，在白天，很少有时间走上康定路，此时发现合欢树已经绿得发黑，天空依然下着星星点点的雨，特别是这条拥挤而狭窄的马路一夜之间已经改成了单行道，只能朝东不能朝西，正好适合我赶往国定路二二七弄。但是这一天出行高峰来得特别早，整个高架都是车水马龙，路况信息牌上全部变成红色，像是一条蠕动的蚯蚓。

按照原来的预想，米昔会准时出现，然后钻进车里，被我茫然地带走，带向那条断头路，带向那陌生的黄昏，带向连我自己也不确定的地方。最后，我们会去上岛咖啡，她把一壶铁观音沏了一遍又一遍，我则拉着她的手看着她的眼睛，把这些天的离愁别绪一点点一滴滴地倾诉出来，还要解释一下刚刚发生的那些误会，臭骂一顿那个可恶的都三十岁了还嫁不去的老姑娘。这时候，米昔会点燃一支烟，吐出那淡淡的雾，随着那雾淡淡的消失，一切就都过去了。

但是，天黑了，我的心也黑了，黑到可以点灯的地步。我在国定路二二七弄的梧桐树下等了又等，我清楚地看到树叶被风吹落了三片，麻雀叽叽喳喳地来了一波又走了一波，左看右看也不见米昔的身影。

我再次发短信询问：我在你家门口，你怎么还不来呢？

米昔很久很久以后才在短信中告诉我：你不用等了，我不会来的。

你下来吧，给我五分钟的时间。我说。

一分钟也不可能，一切都结束了。米昔说。

我是不会离开的，我会等到天亮。我的时间再次在等待中消逝，行人一个一个迷茫地走来，再陌生地走过，每一个人的出现都是一次希望，又是一次失望。我看着国定路二二七弄里的窗户一扇扇地亮了起来，但哪一扇窗子背后才是米昔呢？晚上九点的时候，一团团乌云转到头顶，随着几声雷响，天下起了噼里啪啦的暴雨，像一个小脚的女人有些急切有些碎。我钻进对面的候车亭，那雨一直追着我，敲打着路面，敲打着路灯，敲打着头顶。

出来吧，看一眼我就走。我说。

别等了，我不在家。米昔说。

有一对恋人没有带伞，全身已经被淋湿，女孩颤抖着钻进了男孩的怀里，他们在雨地里搂着抱着，亲吻着抚摸着，发出了呢喃的声音。他们为什么就可以继续下去，而我和米昔总是在米昔的颤抖中痛苦地中断了一切？也许人与人不一样，像一朵菊花它是能经得起风霜的，而一朵桃花一旦遇到了寒风就会轻轻地飘零。

我走进国定路二二七弄，开始向进出的人打听米昔。有人说，叫什么来着？我说，小米的米，今昔是何昔的昔。有人说，她长什么样子？我说，一米六的个子，白皙的皮肤，而且是个单眼皮。有个保安问：她是你什么人？我说：我老婆呀，没结婚呢。保安说：你老婆家你都不认识吗？

上海的弄堂其实是极其复杂的深巷，某某弄里还要分某某号，某某号里再分几楼几室。我走进国定路二二七弄，第一次发现除了两排枯瘦的杉树，几乎没有什么花圃与草坪，即使是盛夏时节也显得毫无生气，甚至有一些沧桑颓废的气息。我如果还是二十几岁，会毫不犹豫地站在楼下，大声地喊叫米昔的名字，甚至带着一个高音喇叭，向米昔发出全世界的呼唤。但是，我已经三十六岁了，胡子一天不刮就会苍老的男人，如果我放声喊叫，我敢肯定的是，不出十分钟救护车就会开来，把我送进精神病院。如果进了精神病院，谁能证明我是健康的呢？在这个世上恐怕只有两个人，一个是我自己，另一个就是米昔。从此，我只要喊叫着米昔，只要喊叫着"我爱你"，只要是真情告白，就一定被人认定为疯子。

我乖乖地从某某号某某楼开始一家一家地敲门。第一扇门开了，我问米昔在家吗？老太太说：你是找闵喜善吗？我想，米昔也许本身就叫闵喜善，我从来没有查过她的名字，她叫什么对我来说仅仅是一个用来呼唤的符号。我问她是单眼皮吗？老太太说：刚刚割了双眼皮。老太太赶紧对着身后喊：闵喜善，快出来，有人找你。听到房间里响起沉闷的脚步声，我的心一阵狂跳，不过很快发现，他体型肥硕，下巴留着一撮胡子，分明是一个叫"善"的男人。

我一层一层楼向上爬，一扇一扇门地敲击，第二扇门开了，第三扇门开了，第四扇门开了，最后一扇门打开的时候，有一位老大爷像是专门等我，他静静地站在楼道里望着我，猛吸了两口烟，然后关心地问我：你在找谁呀？我说她叫米昔，你认识她吗？我们约好了见面的，但是已经五个小时了。我说着话，眼泪已经夺眶而出。

我不认识她，她应该有事情吧？老人蹲了下来，又猛吸了两口烟。

我们才认识几天时间。我说

感情的事与时间长短无关。老人说。

我们第二天就在一起了，当时只是抱了抱，不过，我当时很冲动，血液一直都在燃烧，但最后还是战胜了自己。我不明白为什么要和老人说这些，也许是他处在昏暗的楼道内，整个人更像一抹浓重一点的夜色，而我不过是在夜色中自言自语。

男人就应该这样。老人说。

那是第一次，第二次在车上，她主动吻了我，你不要笑话我，那可是我的初吻。我突然意识到，我沉浸在离别的伤感中不能自拔，以致于都忘记回味那个初吻是多么美妙，似乎那甜甜的味道至今还留在我的舌尖。

那继续了吗？老人问。

没有，她一次次地推开了我，然后就下车了。我说。

为什么不继续呢？老人的话总是慢慢腾腾的，像是他吐出的一团烟雾。

因为她在发抖。我说。

每个人都会发抖。老人抬起头看了我一眼。

我也会发抖，但是和她不太一样，她的脸色乌青，嘴唇发紫，喘不过气来，像被捅了几刀一样痛苦，也许不是痛苦而是痛快，对，像白岩松的那本书，应该是痛并快乐着。我说。

她喜欢你吗？老人又埋下头猛烈地吸烟。

应该吧，但是非常奇怪，那天晚上以后，她为什么总是躲着我。我说。

老人又抬起头看了看我，掐灭了一个烟头，站起来对我说：如果你想敲门的话，别怕，就继续吧。老人消失在楼道尽头，我像是根本就没有遇见过这个人，而是遇到了一个人的影子。我抬起了手，从五楼开始，楼道里再次传出嘭嘭的敲门声。不知道谁家的孩子从睡梦中醒来，大声地啼哭着，有人哼哼着摇篮曲：风不吹，树不摇，鸟儿也不叫，小囡要睡觉，眼睛闭闭好。这摇篮曲哼得很轻很浅，这是上海已经消失多年的花样经。在十里洋场的年代，花样经就是剪纸艺人走街串巷，一边剪花样一边哼唱的民谣，一首花样经唱完了，一张花样也剪好了。这极富上海民俗文化色彩的艺术，随着街头剪纸行当的消失，如今找不到一个传人，没有想到已经湮没的曲子在这弄堂中响了起来。

走完两个单元后，大部分窗户已经变黑。我不忍心把别人从睡梦中惊醒，所以不再敲门，而是一家家地巡视着，包括门上贴着的年画，墙上乱涂的文字，门口堆放的杂物，楼道晾晒的衣服，甚至包括那些垃圾箱，我都统统地观察一遍，希望从这些物品中间找到米昔的痕迹。走进第三个单元顶层的时候，楼道里的灯已经坏了，只剩下一盏忽明忽灭，让人觉得有些恍惚，楼道尽头堆放着几个装着杂物的大纸箱，透出一丝别样的气息。记得米昔曾经说过，她曾经销售过一种非常高级的化妆品 SK-II。我在恍惚中发现，楼道里堆放着的大纸箱上边，隐隐约约地印有 SK-II 的图案。这个与米昔相关的图案在昏暗的楼道里，像夜空中的一道闪电，更像一张米昔的心电图，对我而言，这个庞大的纸箱子已经不是废物，而是米昔正在靠近的身体。

我抬起手，轻轻地叩击着纸箱前边的这扇门。我尽量稳定住自己的心情，希望叩击声能够富有节奏，不大不小，不紧不慢，让人听起来充满了诚意。有一串脚步声踢踢踏踏地走过来，打开了门上的一个窗口，露出一位老夫人的半张脸，她用迷茫的眼光看着我。我尽量平静地问：阿姨，请问米昔在家吗？

你找她有什么事情吗？老夫人好像已经明白了什么，起码已经知道有这么个与米昔相关的人。我的神啊，这里就是米昔的家！这个有些狭窄的楼道就是米昔天天爬上爬下的通道，这扇门就是米昔不停启动的关口，在这扇门之外就是米昔的世界，门里关着米昔所有的秘密，也把我们无情地隔开了。

我，我想见见她。我一时忘记自己寻找米昔的目的。

对不起，她不在家。老夫人说着话，就把门上的小窗口关上了。

我呆呆地站在门外，希望在门上找到一条缝隙，甚至确信自己的目光能够穿透这一面面墙。但是门里没有透出丝毫的动静，隔绝得让人以为这间屋子是空的，即使有人那应该已经睡着了。我一次次抬起手，又一次次放下，最后还是闭着眼睛轻轻地敲了起来。

她真的不在家，她不会回来了。老夫人不再打开门上的小窗口，而是隔着门对我说。

什么意思，她搬家了吗？我说。

我不知道。老夫人说。

我说：我真的会对她好一辈子。老夫人说：怎么叫好一辈子？我说：她要星星，我也要摘给她。老夫人好像已经走远了：你先摘一个给我看看吧？！我说：我说的是真的，她如果想吃人，我就把自己的胳膊剁下来，挑一块最好的煮给她。老夫人突然提高了声音，情绪有些失控：我看你要吃人还差不多，我都说了她不在家。

我总觉得米昔就在里边，就在老夫人的旁边，所以也故意提高了声音说：其实，网上的话不是我说的。

你的那些话也太伤人了吧？老夫人沉默了半天。

我去开会了，是同事说的，应该是畜生说的！我不知道怎么表达自己。

这孩子哪受得了这样的刺激呀？老夫人显得十分伤心，说话的语气有些缓和了。

我"扑通"一声就跪在了门外。我已经顾不得那么多了，双手不停地拍打着门板。左边的邻居被吵醒了，一个光膀子男人透过门缝向楼道里不停地张望，右边的邻居家则传出孩子一阵尖利的哭声。老夫人也许怕吵到了邻居，隔着门无奈地说：你还是回去吧，我们也要休息了。

房间里的灯随之熄灭，门上的缝隙全部消失。我发短信告诉米昔，我要一直等她等到天亮。

楼道里没有窗户，世界上所有的灯光全部被挡在了外边，那恍恍惚惚的最后一盏灯最终还是灭了。夜色和灯光不同，好像从来不需要通道，总会穿墙而过流到任何一个地方。我坐在台阶上，被黑暗深深地淹没，几乎看不见自己。其实在黑暗之中，我就是黑暗的一部分，连影子也离我而去，没有任何东西可以证明我的存在。我就这样孤独地坐着，好像所有的人都去了天堂，只有我一个人守着这个伤感的地球。我开始做梦，一个很长很长的梦，也许是几亿年之前，也许是几亿年之后，总之恐龙依然活在人间，它们对我不会造成任何威胁，因为我已经可以飞翔。我赖以飞翔的不是翅膀，而是安装在身上的一只盘子，它可以帮助我任意行走于任何一个星球。我不需要像生活在地球上一样呼吸氧气，不需要放羊与耕种土地，不需要饮用长江黄河里的滔滔之水。我利用太空中的光与热自由地生产一日三餐，这些人类生存的东西像一滴滴露水般放在我的怀里，每天只要张开嘴吸食一滴，便可以长生不老地活下去了。我最喜欢的是月亮，是因为它离地球比较近，不会走出我的视线，而且月亮上的桂花树四季飘香，总让我寄托了对某人的思念。玉皇大帝是太空的最高统治者，我看到他穿着睡衣和拖鞋，鬼鬼祟祟地站在一座玻璃宫殿外，双手轻叩着门环。我对着他说：玉皇大帝好，你在这里干什么？他不好意思地说：我来向嫦娥借东西。我说：你亲自出马借什么呀？他说：我最近有点发胖，想借她的呼啦圈用一下。我说：呼啦圈呀，我借给你吧。我折下桂花树上的一根树枝轻易就制成了一个大大的呼啦圈。玉皇很不开心地摇着呼啦圈离开了月球。恍惚中不知过去多少年，整个宇宙电光闪闪，火星四溅，那一只只盘子失灵了，人类在太空中顿时失去了重心，变成宇宙尘埃在四处飘荡。在宇宙毁灭时，我本能地喊叫了某人的名字，那只盘子又化成一道光，把我颠簸着带回到了地球。地球已经一片混沌，没有一根小草，没有一个人与动物，连一根骨头也看不到，整个大地像是铁锅一样，连石头也被熬成了粉末。

我奄奄一息，正要化成一把尘埃的时候，有一个单眼皮的女孩走了过来，我一看竟然是米昔。她拉起我的手向前奔跑，我们来到了一个山洞，这里有水有草，还有蝙蝠与松鼠，因为山洞十分深邃，所以才免受宇宙毁灭时的涂炭。我们遭受到强大的极光辐射，脑子已经一片空白，不知道什么是算术，不知道什么是文字，但是我们懂得牵手与接吻，繁衍了成群结队的孩子。若干年后，人们把我们避难的山洞叫伊甸园，把我称为亚当，把米昔称为夏娃。

我这像梦又不像梦的故事，被喵喵的几声尖叫惊醒。我哆嗦着睁开眼睛，发现这尖叫声并不是从神话里传出来的，而是夏天的午夜依然有些寒冷，有一只灰色的流狼猫乖乖地靠在我的身上取暖，我挪动屁股的时候压到了它的尾巴。

可爱的小灰猫，你又在等谁呢？

5月16日

等到天亮的时候，小灰猫已经不知去向，对面的那扇门还静静地关着。房子之所以要安上窗户，是因为阳光不像小偷那样，可以拐弯，可以翻墙。国定路二二七弄的楼道，大部分是没有一扇窗户的，所以这里的早晨已经不是早晨。我的电话不停地响起来了，报社不断有人催我回去上班。记者们长着千里眼顺风耳，他们把任何鸡毛蒜皮的事情都在第一时间汇总给我，希望得到我及时的反馈，这样他们才会有出击的目标。

五月十六日这天早晨，我收到的重要信息有三个：首先是中国股市已经摆脱一天前的阴影，沪深股市双双高开后震荡攀升，沪指重新站上4000点关口，深成指创下历史新高，市场人士认为，由于加息的可能性依然存在，股指很可能继续维持震荡格局；其次是一辆23路公交车途经江宁路、武定路口的时候，车上两名乘客为了争抢座位发生口角，其中一位老人不幸倒地不起，当场气绝身亡；最后是上海中心气象台首席预报员分析，上海市当天气温可能创下新高，达到三十三摄氏度，是三十六年来五月中旬的最高气温。

在离开国定路二二七弄之前，我把耳朵贴在米昔家的门上仔细地朝里边听了听；我还透过墙壁上一条小小的裂缝仔细地朝里边看了看，但是没有任何声音，也没有任何光线，只是从另一面传来麻雀叽叽喳喳的叫声。我站起身准备下楼的时候，发现身边铺着一张报纸，上边放着一份东北煎饼和一盒光明早餐奶，地上还有被啃得七零八落的面包，没有任何迹象表明，这是留给我的还是留给小灰猫的早餐，反正基本符合了我个人的喜好。

我收到的三个重要信息，在忙完一天工作后的傍晚都有了眉目。这一天，沪深两地的股市果然在震荡中普涨，沪指收盘4048.29 点，786 只股票上涨，深成指收盘 12011.08 点，579 只股票上涨。无论你在哪里，听到的都是谈论股票的声音，连扫马路的阿姨扫帚上也绑上了红飘带，孩子们的泰迪熊被父母们换成了牛头玩具，大批股民从下午收市开始，便浩浩荡荡地涌向威海路，去酒吧一条街狂欢和庆祝。

这一天，那两个为抢座位而发生口角的乘客，一个是上海本地人，一个是外地人，整个上海由此拉开一场声势浩大的争论：本地人认为，这个悲剧是因为人太多造成的，人太多是因为没有素质的乡下人不断涌入造成的，所以应该把乡下人统统赶出上海；外地人认为，如果仅凭着眼睛长在头顶上的上海人，那么多大楼是盖不起来的，那么多大街是铺不起来的，那么多树和草是长不出来的，所以说上海是外地人建起来的上海。争论到最后，两派之间几乎是水火不容，只好以有关部门出面叫停而收场。

这一天，天气是晴的，但是风沙太大，看不见天空，看不见白云，也没有一丝风，空气黏黏的稠稠的黄黄的，整个城市像被稀泥糊出来的烤红薯的炉子，气温在中午时升到了三十二度六，所有的人都在喊：好闷啊。

这一天，终于又黑了。我开上那辆破车再次向国定路二二七弄跑去，路过一家名叫香格格的花店，浓郁的香味飘过来，在这闷热喧嚣的夜晚，我不由自主地深吸了几口。我走进花店，卖花姑娘推荐了一束"爱情恒等式"，由九朵百合花、十二枝康乃馨和一把情人草组成，再用香槟色皱纹纸包装，最后系上一条褐色丝带，卡片上则写着"幸福＝有你"。我捧着"幸福＝有你"向弄堂深处走去，我要再去拍打米昔家的门。也许需要拍打一百次一千次，这门开与不开已经不重要了，重要的是我想弄明白，米昔她到底在哪里？她到底怎么样了？她真的以为那些话是我说出来的吗？

我刚刚爬上二楼，就遇到了听我倾诉的老人，他坐在楼梯上猛烈地吸烟，他在明明灭灭的光亮下不再是一抹浓重的夜色。

你来了？老人没有抬头。

她还没有见我。我准备从他身边走过的时候，他指了指楼梯，示意我坐下来。

我不会抽烟，我从来不会抽烟。我拒绝了老人递过来的一支烟。但是老人把烟塞进我的手中，把打火机递了过来：抽一支吧，也算是最后一支吧。我把烟放到嘴上叼着，并不急着点燃。老人沉默了好久，然后抬起头看了看我，说你也许永远见不到她了。

　　她就住在这个单元的顶层，我只要天天来这里守着，怎么会见不到她呢？我相信她肯定会原谅我的。老人猛吸了一口烟，把烟蒂递上来要为我点烟。老人介绍说，如果心情好，就轻轻地吸一下，让烟在嘴里转一圈，如果心情不好，那就深深地吸一下，把烟吸入体内消化掉，再深深地吐一口气。

　　米昔就是这样吸烟的。我照着老人的话，把烟深深地吸入了肚子，顿时被呛得咳嗽起来。

　　这说明她心里有事，你再也见不到她了。老人停顿了一下，然后接着说：她死了。

　　你是她爷爷吧？她让你来说谎的对不对？我笑了笑说。

　　我替你打听过了，她真的死了。老人一本正经地说。

　　不可能！好好一个人，怎么可能呢？我虽然一点都不相信，但还是把烟在地上拧灭，爬起身，朝着楼上跑去。随着我奔跑的脚步声，每一层楼的感应灯都亮了起来，只有顶层的楼道还是一片漆黑。我使劲地敲着门，但是没有任何回应。我不停地喊着米昔的名字，但是也没有任何回应。整栋楼里所有的居民都被惊醒，不停地走出门向楼上张望，还有几只宠物狗开始凶猛地狂叫。这时，有人从楼下爬了上来，手中提着一些蔬菜，正是那天在门里对我说话的老夫人。我赶紧跑过去问：你是米昔的妈妈对吗？你告诉我米昔去哪里了？

你搞错了，我不是米昔的妈妈。老夫人说。

昨天晚上我还见你在米昔的家里呀。我怀疑地说。

米昔的妈妈带着米昔回安徽万寿山了，我只是她的阿姨，来给她们看门的。老夫人说。

我一阵欣喜，把手上的花递了过去：果然是骗我的！我就说嘛，好好的怎么会死呢？这是米昔平时最喜欢的百合花，麻烦阿姨把它插在米昔的床边吧。

老夫人接过花呆呆地看着我，然后一边叹气一边开始抹泪。老夫人说：我想你应该就是那个记者对吧？米昔的妈妈再三叮嘱我，如果你来找米昔，不准对你说什么，现在我还是实话实说吧，米昔真的已经去世了。

我看着老夫人的泪水，怀疑她也是骗我的同伙：这怎么可能？！你们都想骗我，我可不是那么好骗的。老夫人抽泣了起来：我没有骗你，她从小身体不好，医生都看遍了，药也吃了，针也打了，手术也做了，根本没有效果，这孩子本来已经放弃了，但是认识你以后，又口口声声地说，她不想这么早就死，所以前几天就到浙江看中医，心想喝了人家配的神丹妙药也许会好转的，谁知道啊……

那次她不是出差吗？我说。

她怕你担心啊。老夫人说。

我说：那她昨天怎么还回短信给我了？老夫人说：我看你

站在雨地里，衣服都淋湿了，我就回了你的短信，我想打消你的念头，你就忘记她赶紧回去吧。我依然不相信老夫人的话：这又不是出车祸，哪能连一句话也来不及说啊？她如果真的讨厌我不想见我，也不用编这样的谎话吧？

你就当是谎话吧，反正你要保重。老夫人已经变成了哽咽，掏出钥匙打开了门。

她患的是心脏病，心脏病你知道吗？她天天对我们说，你这也好那也好，说等她的病看好了就答应你，和你结婚，和你生孩子。现在哪个小姑娘不想着找个有钱的？像她这么单纯的一个孩子世上还有吗？但是你竟然骂她"小娼妓"！她平时受一点点刺激就会犯病，你那样恶毒地骂她，她能受得了吗？所以，这么一个又乖又好的孩子一下子就没了。老夫人坐在桌子边号啕大哭起来。

你知道吧？是你害死了米昔！老夫人说。

我忽然想到了米昔总是涂着紫色唇膏的嘴唇，想到了米昔听到快节奏的音乐时那颤抖的身子，想到了她的胸口她的乳房她的吻，想到了她每次贴近我的时候那迷恋而又痛苦的表情。我还想到了她为什么不再去我家，为什么尽量躲着我不要单独和我在一起。我冲进了米昔的卧室。那个插着百合花的屋子应该就是米昔的卧室。床头的那面墙上挂着我看了几百遍的照片，米昔睁着一双单眼皮的眼睛依然冲着我轻轻地笑着。但是照片装在一个镜框里，上边围着黑纱。我仍然觉得这是假的，是她们串通一气来欺骗我的，我只相信那束插在瓶子里的百合花，它有点无精打采的样子这才是真的。

老夫人递过来一张纸，像一张撕下来的日记，我一看就是米昔的字迹：这几天我骗你了，说是出差，说是忙，都是假的，其实离开上海的这么几天，我都是躺在深山里的病床上度过的，我希望这名老道士是我的救星，他用自己的医术救活了很多人。其实，我不需要他救赎我的命，而是救救我的爱情。自从认识你之后，多么想天天和你在一起，多么想和你亲亲热热的，多么想和正常人一样相拥相抱。但是那天晚上，我们认识不久的那个晚上，我尝试了一下，当一次次靠近你，然后抱住你的时候，我明白这是我值得一生都不放手的人，但是我的心脏几乎停止跳动……看病回来的那天，我再一次豁了出去，当我与你抱在一起亲吻在一起的时候，我是多么甜蜜而激动啊，但是我的心脏总是与我的爱情背道而驰。如果不是心脏要爆炸，我一定会把自己完完全全地交出去，这么多年的坚守不就是等着这个能交付一切的时候吗？所以在我还没有治好病之前，我要尽量地躲着你，我知道这是多么残忍，这是多么痛苦的事情，但是总比还没有交付的时候就已经生死相隔要好。我祈求上苍保佑我，我求求上苍让我活下去，哪怕和你完整地进行一次，把我完完整整地给你一次，然后再让我悄然离去，我也心满意足死而无憾……

我双腿发软，把这张纸，把这张米昔不知道什么时候写好的留言紧紧地贴着我的胸口，不由自主地跪了下去。我大声呼唤了一声：米昔啊。

当我喊了一声米昔，我眼睛就瞎了，耳朵就聋了，语言就消失了，在瞬间里丢失了整个世界。我呆呆地朝着楼下走去，一步步，一阶阶，一台台，都走得那么漫长。经过一楼的时候老人还坐在原地，他已经不像一个人更像一个浓重的影子，在我走出这栋楼的时候影子在背后念了一句：阿弥陀佛。

好多人也跟着念了一句：阿弥陀佛。

我没有整理任何行囊就坐上了那辆破车，向这个世界唯一存在的地方奔去。广播里正在播放着天气预报，首席预报员说冷空气的步伐随之而来，上海地区将有雷雨冰雹，可能伴有十二级以上大风。我迎着风慢慢地驶离国定路二二七弄，驶离杨浦区，驶离上海市，在即将出城的时候，我拿起挡风玻璃前的小瓷人吹了一口仙气，然后远远地扔出了窗外。

我清楚自己的归宿在什么地方，这个地方从上海出发，经过金陵、肥东、六安，然后有一个美丽的小镇，它在安徽省舒城县汤池镇，在万佛湖边的万佛山下，这将成为我安放灵魂的新的城池。

43 年后

公元某某年，五月七日，早晨。在安徽省舒城县汤池镇，在万佛湖边的万佛山下，一个白发老人在一个单眼皮小女孩的搀扶下走出一间白色的小木屋。

这里有一个小小的山坳，通过一条小路紧连着万佛湖畔。山坳里长满参天的枫树，枫叶还是一片青翠，地下则铺满了隔年的红叶。老人今年已经七十九岁，由于眼睛已经昏花，受不了任何刺激，看见一片叶子都会落泪。他从湖边走过的时候，还是忍不住睁开眼睛，欣赏这旖旎的风光。阳光拍打在湖面上像是抛撒着万吨的金子，老人一边流着泪一边微笑着说：真像一面镜子呀。然后他颤巍巍地趴下去，掬了一捧清水饮着。湖边的枫林里有小镇仅有的一块墓地。四十三年里，老人几乎天天都要从湖边经过，到墓地中的一座坟墓前坐一会儿。最近几天，老人已经卧床不起，但是今天醒来的时候，他还是坚持要去墓地。

老人流着泪来到那座坟墓前，像往常一样抬起衣袖擦了擦墓碑上的那行字：十天爱了一辈子，天使米昔之墓。二〇〇七年五月敬立。

这是老人几十年前亲自刻上去的，石碑也是老人从万佛山中凿出来的。墓边长有一棵合抱粗的枫树，与其他的枫树显然不同，它的叶片很大很大，而且只有五个角，每到秋天红得似火，像一只只火红的手掌。这也是老人亲手栽下的，如今也整整四十三年了。每年秋天，老人都会摘下一只"手掌"夹在一本相册里，他已经夹了四十二枚，老人在对比中发现，枫叶一年比一年大，颜色一年比一年深。

老人觉得仅仅隔着一天，坟头上的蒿草好像更深了，他爬上坟头一根根地拔着，拔到中午的时候，坟头就干干净净的了。他还想弄一些黄土培一培坟头，也许实在太累了，就靠在墓碑上睡着了。

单眼皮小女孩独自跑到万佛湖边玩去了，她先是把湖面当成一面镜子，采了一朵朵小花插在自己头上，然后被湖面上飞掠的白鹭所吸引，就一路追着跑着去捡白鹭的羽毛。她想到老人的时候，太阳已经开始西下，把湖面染得一片血红。单眼皮小女孩回到枫林，她在墓碑后边找到了老人，老人仍然趴在那里沉沉地睡着，手中捏着一张发黄的照片。单眼皮小女孩对照片上这个单眼皮的女孩很熟悉，常常觉得自己长大了就是照片上的这个人。老人常常坐在坟地里握着这张照片，轻唤着一个叫"米昔"的名字。

　　单眼皮小女孩笑着推了推老人，但是老人已经死了。他等了四十三年，不就等着这一天吗？只有在另外一个世界，他才能见到那个叫"米昔"的天使。他见到天使后第一句要说的并不是"对不起"，而是在人世间已经消失多年的"我爱你"。

　　只有在另外一个世界，她才能听到他的表白。

后　记

1

　　前几天，朋友小叶说自己身体不适，去医院验了血。一个漂亮的女大夫，笑起来很迷人，她含蓄地对他说，他身体里埋了个定时炸弹，少则三五年，多则十来年，就呜呼哀哉了。原以为知道自己病情，他会更加烦躁，奇怪的是，他不安了几十年，竟然一下子安静了。小叶说，原来开车是横冲直撞的，在花前月下散步，也是大步流星，一副赶路的样子；吃饭是狼吞虎咽的，好像后边有一群狼逼着；一旦天黑出行，手握半块砖头，以防遭遇劫匪。从医院出来，他把车开得像出殡似的严肃缓慢，遇到红灯绿灯从来没有过的规矩，路过一家陕西菜馆，不再违章停车，花二十块停车费，享受一顿久违的羊肉泡馍。掰馍，喝汤，细嚼慢咽，吃了大半个小时，多年来从未有过的满足和过瘾。

小叶说，在单位，遇到那个写匿名信的人，他对他笑了笑；看到总跟自己过不去的人，他还是笑了笑，好像过去从未发生，一切都释然了。一堆破事，一下子失去了意义，回头窗外，阳光明媚，鸽子很白。他开始写遗书，把这么多年欠下的一一罗列了下来。小学时，邻居家晾晒的天麻，承认是自己偷的，希望给人家道个歉；在初中，答应一个女同学，考上大学后一定娶她，希望抽空找到她，看她过得是否幸福；工作第一年，借过一位朋友五百块钱，希望把二十年的本息一起还清。

小叶说，当天下班的时候，踏着夕阳走得有些散漫，看到一群蚂蚁在搬运一只果核，原来匆匆忙忙，会无视它们，自己一脚上去，它们就粉碎了。但是这一天，他绕行了。

《真如》之前，我的系列小说多在城乡间徘徊，从这一部开始我把讲述的重心放在城里。我在城里生活了二十年，让我用几个词来反映，有"冷漠"，有"浮躁"，最想说的是"不安"，不安是一种常态，正如女大夫所言，像有一枚炸弹。不过这枚炸弹，不是埋在身体里的。埋在身体里的炸弹，像病人小叶一样，随着死神的靠近，就会一点点排除；而埋在心里的，说不清什么时候，触动了哪根神经，就会一下子爆炸了，而我们永远不知道排爆方式是什么。

我是学了点中医的人，对于埋在身体里的炸弹，可以开个方子，或者柏子仁，或者远志，煎服便可。但是埋在内心的炸弹，正如文章结尾，我照样是迷茫的，去寺庙里烧个香下个跪，似乎是无法得到宽恕的。这种忏悔只求得了一时心安，真正的心安如果像小叶一样，需要在最后一刻靠死神来兑现，以抵命的方式平复自己，显然是不是有些悲催了？

2

我是以写大移民时代城市与农村的人性冲突见长的，所以有几位读者写信给我时，不约而同地问我，在我眼里城市与乡村的差别到底在哪里？我说，城市是一个不断膨胀的气球，是变幻着的，是飘浮着的。你遇到的人基本是陌生的，你不知道她的根在哪里，不明白她想干什么，她来这里与你有什么关系。生活在农村呢，你看到一个女人，即使不是你的亲戚，也肯定与你是有瓜葛的，她娘家是谁，儿女又是谁，你是知根知底的。就是一只喜鹊站在树梢上，你也明白它的巢在哪里，它为什么叽叽喳喳地叫。

写完《静安》的时候正在春末初夏，在一条朝九晚六的路边，我发现了一株植物，巴掌形的叶子，管状的茎，欲抽蔓的样子。它是南瓜秧子，北瓜秧子，还是丝瓜秧子？是谁无意中丢下的？最为关键的，在一个打着饱嗝的欲望都市，它的身份到底是什么？我应该叫它庄稼，还是应该叫它杂草？如果在农村呢？看到一株秧苗从泥土中钻了出来，你还会有这么多的惊疑与猜测吗？

你可能认为《静安》是荒诞的，但是大部分事情却是真真切切地发生了的，有很多还发生在我自己身上，我突然有一点体会就是，在这个离奇的时代，荒诞并不等于虚假。《静安》中那个叫"流水落花"的女人是有原型的，她当时是冲着我策划的一个征婚活动和一个情感倾诉的栏目来的，我接待她的时候被她莫名其妙地给缠住了，整整被她纠缠了二十多天，那些日子真的很绝望，跟踪、色诱、调查，什么方法都用尽了，不仅无处藏身更是投诉无门，最后让人意外的是，仅仅用小小的五百块钱化解了一切，面对金钱她立即就消失了。

"流水落花"这样的人，其实与路边的秧苗无异，她是一个疯子？是一个桃色陷阱？她如今在什么地方，到底是一个什么角色，是不是还潜伏在我们身边偷偷地注视着我们？什么都显得不那么确定。每个人在城市里的身份都显得十分可疑，这也许就是城市的魅力所在吧。

等我准备把那株路边的秧苗移栽到我家阳台当成一株花卉来养育的时候，那个夏天超乎寻常的高温却把它给活活地晒蔫了。第二年的夏天它会从哪个神秘的地方、再以什么样的身份冒出来呢？我是没有答案的，我估计它自己也是没有答案的。

3

窗外的梅雨没完没了地下着，风不知道都躲到哪里偷懒去了。我在写《宝山》这篇小说的时候，我的怀里正抱着我十一个月大的儿子，他没有缘由地啼哭着，显得毫无节制，只有钻进我怀里的时候，他才能安静地入睡了。我抱着儿子，内心里不停挣扎着的却是《宝山》中奶妈张小泉。她怀里也抱着一个孩子，与我不同的是，我抱的是自己的血脉，因为父子之间与生俱来的血肉相连，使我在辛苦与狼狈中升起一股幸福感。而她呢？抱着的，却是与自己几乎无关的人，她与他之间如果说有联系的话，那就是乳汁，白色的乳汁。

其实，不知从何时开始，奶妈这一看似民国以前才有的职业，却突然又重新回到了我们的视野。几年前，我只知道为了生计，有出卖肉体的小姐，有出卖苦力的保姆。虽然社会已经禁止卖血，仍然有人在暗中卖血。直到有一天，我接触到一个陕西老乡，我问她在上海干什么的时候，她说，她在给人家当奶妈。我说，奶妈不就是保姆吗？她似乎有些气愤地说，这你就曲解了，两者当然不一样，保姆是没有奶水的，而我是有奶水的，我要给别人的孩子喂奶。看着我吃惊的样子，她又给我打了一个比方，奶妈和卖血是一样的，只不过一个是红色的，一个是白色的。当着她的面，我没有忍心问她，她的乳汁是从何而来的？她自己的孩子当时又在何方？但是我相信，这白色乳汁与红色血液是不一样的，红色血液人人都有，而白色乳汁只能来自一位母亲生产后的身体。

从此，这个陕西老乡就一直在我内心跳动，她有时捧着一对充盈的乳房，有时则茫然地看着窗外，直到我儿子出生之后，我才明白，并不是生你的那个人才值得叫一声母亲，那个用白色乳汁把你一点点养大的女人，同样值得你深情地叫一声母亲。

这个奶妈的身影，终于在我内心中变成了一场地震，让我有了书写她的冲动，最初我写了一首长诗，诗中我说："有乳就是娘，看到孩子冲着我笑 / 我说，钱就不要了 / 等孩子会说话了 / 记得喊我一声妈。"我觉得这还不够，几乎在儿子的屎尿中，我一口气完成了这部作品，那几乎是一天一夜的事情。

正如小说中张小泉一样，她如果为了钱，她绝对不会当奶妈。与小姐卖身，与女人卖血，与保姆做苦力，奶妈最不一样的地方，她其实什么也没有卖。能卖的东西是可以生产的，是毫无节制的，所以从她体内源源不断地流出来的，恐怕只有温暖的母爱。所以说，这部小说不是一个外乡人的血泪控诉，而是在"进城"这个大背景下，对所有定义下的母亲吟唱的一曲赞歌。

4

《杨浦》写的，纯粹就是一个爱情故事。我一直认为，没有单纯地谈过一场恋爱的人生是有缺陷的人生。记得在学生时代看过很多琼瑶电影，不仅仅是我喜欢，同学们几乎都很喜欢，常常为电影里缠绵的爱情而伤感落泪。琼瑶热不是没有理由的，因为那个年代还是相信爱情的，年轻人几乎都渴望着能谈一段浪漫的爱情，而且那时候谈恋爱，大家谈论最多的，是理想，是追求，是人生，是事业，谈恋爱的场景基本选在花前月下。我们学校里，有一片泡桐树林，于是就成了大家的伊甸园，无论清晨或者是夜晚，总有成双成对的人，两人围着一棵树，依偎在一起聊天，看星星或者看日出。但是不知道什么时候起，爱情与亲情、友情一样，都被物质化了，谈恋爱的主题变了，大家讨论最多的是房子，是车子，是金钱，恋爱的场景也搬到了商场与酒店，有些人恋爱的内容干脆直接变成了购物。

这就是时代。亚当与夏娃，崔莺莺与张生，梁山伯与祝英台，弗朗西斯卡与罗伯特，贾宝玉与林黛玉，每一个时代有每个时代的爱情。不过，上下五千年，无论是战乱还是瘟疫，没有哪个时代的爱情，会离我们如此之远，甚至当人们谈到爱情这个词的时候，都有点难以启齿了。为什么呢？一是没有时间谈爱情，二是没有实力谈爱情。因为要谈爱情，大家必须先赚钱，然后再去花钱。就跟现在的大肉包子，你想吃里边的馅，必须先把厚厚的皮吃掉，最后才能尝到星星点点的肉味。

没有单纯爱情的社会，是一个无趣的社会。写这部小说，其实我是有私心的，我开始不是写给大家看的，而是写给自己看的，我把这场只有十天的爱情，当成了一个有趣的亲身体验。特别是女公主留下的那封遗书，出现在我眼前的时候，我终于忍不住哭了。我确信在这个世界上，有一个情投意合的女子，她给我留下过这么一张纸条，而且她仍在某个地方某个时间等着我。这部小说，说白了，意在满足自己的一个愿望，弥补自己人生中的一个缺憾。我相信大多数人都在内心里，暗藏着某个完美的对象，在夜深人静的时候，与其私会于某个虚拟的世界。

萧伯纳说人生有两大悲剧，一是没有得到你心爱的东西，一是得到了你心爱的东西。用在这部小说上，更是十分贴切的，我们设想一下，在男女主人公仅仅只有十天的交往中，从第一夜的同床共枕，到最后一夜的生离死别，如果她把自己的肉体，很轻松地交给了他，而他很自然地得到了她，再通俗一点说，就是他们发生了性关系，那么这个故事还有如此凄美的结尾吗？就目前的情节而言，他们彼此得到了心爱的灵魂，同时又没有得到世俗的肉身，所以关于这是一个悲剧的说法完全是不成立的。

2020 年 10 月 28 日修订于上海